中央高校基本科研业务费专项资金资助

京师影视
学术书系

电影创意思维研究

Creative Thinking of Genre
Film's Narration

田卉群　编著

（具体撰写者：田卉群、黄宇斌、孙子荀、严晖、齐馨、李慧研）

北京师范大学出版集团
BEIJING NORMAL UNIVERSITY PUBLISHING GROUP
北京师范大学出版社

目　录

总　论

导言：中国电影叙事的创意之失

在中国电影的叙事维度里，我们长期面对着"原创"的焦虑，"创意"作为极其重要的一维，却常常处于失语的困境。表达什么？为什么表达？如何表达？这三大切合题旨的疑问似乎始终萦绕在行业创作者们的心头。一方面，随着中国综合国力的整体提升、产业结构的更新迭代，中国电影领域经历了各种意义上的震动、剧变与跃迁；另一方面，在以互联网为表征的电影行业的新格局中，负载着中国人独特经验和思想的、言说时代精神脉搏的、激发观众们普泛共情及想象的原创故事，似乎不再被投射在银幕世界的纵深处。在某种意义上，我们所身处的历史时期正将我们拖进一个原创性衰竭的真空之中，现代性的"铁笼"不断生产着世俗、理性或平庸。我们置身于消费主义的旋涡里，文化生产又进一步地服膺于资本运行的逻辑与规律，进而，商业法则成为评判艺术的第一标尺，由此，创意叙事进一步地散佚在漫无边际的现代性荒原里。

于是我们看到，近几年中国电影行业的创作路向正在不断走向趋同。在一定的时间阶段内，大量青春电影、公路电影、市民喜剧等同质化的创作项目扎堆，不断重演着陈旧的任务和情境。IP(Intellectual Property，指适合二次或多次改编开发的影视文字、游戏动漫等)改编的热潮也席卷而来，网络文学、动漫、游戏，甚至微博故事都在重复着自我加工及自动化生产。若是以西方成熟的类型电影工业作为参照标准，不同之处即在于，西方类型电影的每一套话语规范都指涉一类社会文化的症候，而电影工业的生产机制无不在类型电影的叙事逻辑中悄然置入了对此类焦虑的想象性解决。但是，中国电影的类型化创作解决的仅仅只是同一套焦虑，即票房焦虑。

究其实质，中国作为后发的现代性国家，并没有深刻地参与到现代性之中，而只是被裹挟、被植入这一段无法阻挡的历史进程，因着断代冲动的作用力，与前现代的历史阶段划开一段巨大的沟壑，面前是茫然而不可知的未来。但我们还来不及切身体验现代性的时代气质、情感结构及思想浪潮，便又被未完成的现代性迅速地抛离，甩向接踵而至的后现代性的瓦砾之中。中国没来得及在世界格局的重新洗牌时找到自己的主体位置，亦来不及参照西方现代性指标重建一整套行为制度与模式，更来不及在真正意义上思考科学理性、人与技术、宗教信仰等现代性议题背后的文化矛盾与社会焦虑。

因此，用"现代性"这一理论范式重新打量中国特别是中国电影，便使得许多潜在的问题突显出来。而在现代性的理论范畴内探寻"创意思维之失"，便构成了对中国电影叙事问题根源的一次索解，或者说是一次穿刺，继而才有可能实现电影创意思维的迭代或弥合。

"电影创意思维"（The creative thinking of cinema）并非一个新兴词汇，它似乎已经成为学界所形成共识的、与先验（a priori）相对并为先验所加工的日常经验，然而学界尚没有对其进行过有"针对性"、"全景幅"、"深入"的探讨。国内被冠以"创意思维"的研究也不胜枚举，但是这些"创意思维研究"基本上属于设计艺术和广告的研究范畴，如果将"创意思维"的使用领域推广，那么在课堂教育中（尤其是在中小学教育改革领域），"创造性学习"、"创意思维"等概念早已经流行了很多年，但是这与我们本书所要谈的完全是两码事。似乎"创意思维"天生就应当是一个教育和心理学的范畴，也恰恰因为"创意思维"的普遍性，人们忽略了它在具体领域的表现形式。它的边界如此模糊，又使它可以随意地游离于艺术、心理学、教育，甚至是工业设计领域，进而全然抹消了它在具体领域的独特表征。

"创意思维"变成了报纸头条、学术期刊、各大研讨会上的热点词汇，然而多数谈论皆是浅尝辄止，或将创意思维当作一种被社会广为接受的经验性的常识来对待，抑或止步于有中国特色的论文结尾——"创意是国产电影的救命稻草、应该全面提升创意"等诸如此类的敷衍论断。这就阻碍了电影创意思维这一深刻概念从经验常识变为学术论证与分析的可能。电影创意思维最后仅沦为一种对于当下国产电影空想式的救命药方，至于配方为何，却无人知晓。

当中国故事遭遇现代性

捷克知名剧作家瓦茨拉夫·哈维尔（Václav Havel）曾在其著述中讨论"故事的消失"。他认为，发达的、稳固的社会中不存在故事。在哈维尔的语境中，所有关于个体生命的叙事，包括生活的多元性、丰富性及其不可预测性都被悄然抹去了，由此，故事的意义便荡然无存。意即，哈维尔在本体论层面上将故事与一种稳固的、僵化的、已完成的语义范畴敌对起来，当人类被纳入了整全性的计划之后，固定的公共事件便取替了自由创意的精神实质，消灭了故事，消灭了历史，最终也消灭了生活本身。

在此，关于"侵吞故事的机制是什么"及"该机制如何运作"等议题均不是笔者所意欲讨论的内容，笔者认为，哈维尔关于"故事的消失"的所有讨论，其实质是在言说现代性的发生。哈维尔屡次提及多样性的衰退和一体化过程的显露，在与一元性抗争的过程之中，生命与故事的多元本质逐步枯萎——这正契合了关于现代性的一种经典描述：现代性是在各类二元结构中确立一元核心的文化表达模式。在现代性的理论框架中，故事被蚕食、被消解了。霍克海默、阿多诺等理论学家甚至将现代性直接命名为极权主义，他们曾明确指出："（现代性）启蒙带有极权主义性质。（现代性）启蒙企图用理性来解释一切，它企图建立包罗万象的体系和一以贯之的逻辑；它以此吞并一切，甚至吞并自己的对立面，将其纳入一个完整严密的统一体内。"总之，启蒙现代性以降，世俗理性、诫训制度异化了人，使人的能动性与创造性就此枯萎，启蒙现代性（亦即现代性）一步步走向了单调的、整齐划一的历史进程，充满自由和创造力的故事无从生长。

什么是"现代性"？一般认为，现代性首先是一种"时空观念"，它暗合了资本主义的发展过程，并且伴随着资本主义的不同发展阶段呈现出不同的面貌。我们现在理解的"现代性"是指启蒙时代以来的"新"世界体系生成的时代，以及一种持续进步的、合目的性的、不可逆转的、发展的时间观念。现代性推进了民族国家的历史实践，并且形成了民族国家的政治观念与法的观念，建立了高效率的社会组织机制，创建了一整套价值理念。正如马克斯·韦伯所说，"现代性是科学精神、民主政治和艺术自由的三位一体"，哈贝马斯将其视为新的社会和知识时代，福柯将其当作一种与当代现实相联系的思想态度和思维模式，而吉登斯将其理解为一种"后传统秩序"，即后封建的工业化世界的行为制度与模式。①

19世纪，在尼采和波德莱尔所开创的现代性视野中，艺术占据了一个核心的位置，作为一种历史性的时间意识，现代性正如波德莱尔所言，"既是过渡、短暂和偶然，也是永恒和不变"。所以又出现了一种美学上的现代性，它是对另一种现代性（理性、进步的，资本主义的）的抵制和批判，这种现代性创造了迷人的现代主义艺术，它引发了现代艺术否定的激情，也展现了现代艺术被扭曲的痕迹。这种全新的现代性我们称之为"审美现代性"。自现代性发轫之初，其弊端就不断遭到哲学家的抨击。法国启蒙运动的代表人物卢梭曾在其著作《爱弥尔》中猛烈抨击："文明人在奴隶状态中生，在奴隶状态中活，在奴隶状态中死。他一生下来就被人捆在襁褓里，他一死就被人钉在棺材里，只要他还保持着人的样子，他就要受到我们的制度的束缚！"②福柯更是语出惊人，他甚至发出了在现代性话语下"人死了！"的论断。福柯认为，"在现代性的语境中，无论是孤立的人还是集体的人都应成为科学的对象，都只是知识之序中的一个事件，即'人死了'！"现代性对于主体的压迫使众多人开始反思现代性在带来巨大文明的同时所产生的非人化的副作用。不仅是福柯，著名马克思主义心理学家弗洛姆也宣称"19世纪的问题是上帝死了，20世纪的问题是人死了"。利奥塔也从人的主体角度看待现代性"人已不是语言的主人，人使用语言不是为了自己的交际目的或者是表达思想；除了由句子构成的宇宙赋予他们的身份外，他们别无任何其他'同一性'"③。这些言论或揭露了人的主体地位在动摇，预言人将降低为被奴役的对象，或

① 参见胡建：《现代性价值的近代追索：中国近代的现代化思想史》，5页，上海，上海人民出版社，2008。

② ［法］卢梭：《爱弥儿》，李平沤译，15页，北京，商务印书馆，1978。

③ ［德］彼得·毕尔格：《主体的退隐》，陈良梅等译，2页，南京，南京大学出版社，2004。

洞察到人的本性将改变，断言人将衰落到"非人"的地步！这对自启蒙主义以来辛苦建立起来自尊和自信的主体来说不啻于一个巨大打击！①

两种现代性呈现出了截然相反的面貌。启蒙现代性以进步历史观，将理性的触角深入社会生活的方方面面，将社会—历史统摄到一种高速运行的机制之内，以一种高歌猛进的积极姿态，向着前方狂奔。另外，启蒙现代性对于理性和科技的笃信也同步导致了"工具理性"和主体人的物化恶果，并逐渐呈现出强大的官僚倾向。审美现代性的提出则标示着人类对于自身意识的思考到达了一个全新的高度，人类不仅反思过去，追寻未来，同时也反思自我的内在性和行为的后果。现代性与其说是一项历史工程、成就或可能性，不如说是历史的限制和各种问题的堆砌。这使得现代性在思想文化上具有持续自我构建的潜力。

毫无疑问，现代性作为我们这个时代的构成力量，使全球视野进入了一段崭新的历史。在某种意义上，现代性的问题意识构成了人类当下的处境或存在本身。任何对启蒙理性、现代化、现代性的简单否定本身都是一种对于我们当下的存在状态、对于我们置身其间的世界的敌视。或者说，这样一种否定自身的冲动正是现代性自反精神的核心价值所在——高度发达的物质文明、民主政治、大众文化并未使精英感到满足，反倒促使精英越发激烈地抨击科技对人性的僭越、制度对人的异化等，但这一切批判的最终根源和目的无不是为寻求更完美的世界的尝试和深植现代性之中最为可贵的理性批判的冲动。启蒙时代以来，现代性乃是一种合乎历史进步的线性时空观，强调事物的前进与发展，拒斥社会在发展阶段上的徘徊或者倒退。这就必然导致了现代性的问题意识不断地抨击着现实制度、传统文化的弊端，以期使世界变得更加美好。

从学理上说，现代性源于西方世界的话语系谱，若是要在系统意义上言说现代性概念其本身，则依然是在西方中心主义的题域中进行研究，如对现代化一词进行词源辨析及考证，对社会现代性/审美现代性概念间的分野进行厘定，对现代化进程发展阶段的梳理，等等。大致而言，所有来自外域的知识话语都有其原生的限度，若是纯粹以泛西化的视角对

①　参见李进书：《现代性"终结"与审美现代性批判》，载《东南学术》，2006(4)。

本土现实进行读解，则始终是一种失效的表述。因此，笔者尝试具体到中国的国情及语境，在中国及中国故事的层面上理解作为一次整体性运动的现代性，并企望厘清其在何种意义上触发了中国故事叙事方式的迭代。

西方的现代化进程得益于启蒙运动及近代工业革命的成果，其至为激进的诉求则是反对中世纪宗教神学（神权、神圣天国、禁欲主义等）的阴翳，如果说这里的现代性是一种从资本主义内部缓慢生长起来的主动之力，那么中国的现代化进程则是被强迫输入、被动参与的发展过程。19世纪末20世纪初，船坚炮利的西方殖民者以绝对的武力优势打开了清朝紧锁的国门，耽溺于大国想象美梦的民族就此被惊醒，中国迈着沉重而耻辱的步伐被裹挟入全球化历史进程的旋涡，周围充斥着资本主义世界的回响。在文化生活方面，国人第一次在西洋镜、影戏等光影媒介的震惊体验之后，从技术及内容层面上渐次置换了中国故事的叙事思维。

中国真正的现代性故事是在对西方文明的体验中开始的，一批又一批的电影人投身创作，先是从旧有的叙事惯性中，将儒道传统、伦理教化、苦情模式等基因深深地镌刻进影戏的剧幕之中，先后拍摄了《孤儿救祖记》、《苦儿弱女》、《弃妇》、《神女》等一系列中国电影，强调电影教化功能、关注人生疾苦的影戏观统摄了早期故事创作的主要思路。至20世纪20年代中后期，中国影人又学习现代西方舶来的趋近成熟的类型电影，好莱坞类型电影的语汇模式及娱乐倾向在某种程度上切中了国人的避世情绪及逐利野心。这一阶段，中国电影银幕上大量出现神怪仙侠等题材作品，以1928年连续拍摄了18集的《火烧红莲寺》为代表，从1928年到1931年，中国一共上映了227部武侠神怪片，掀起了一波较为兴盛的热潮。但随着国民政府电检委员会的管控介入，左翼思潮迅速迎合，并在文艺创作界推波助澜，神怪仙侠的类型电影很快便被查禁，中国电影的叙事形态又开始向政治现实、时代潮流、民族寓言等题域逐渐转轨。从宏观上论，自20世纪30年代初至70年代末80年代初的新时期以前，中国电影始终饰演着意识形态的传声筒，在大银幕频频上演的不再是关于商业潮流及娱乐消遣的虚构故事，更缺乏关于个体价值、情感、心理等向度的反思揭示，却是追随着阶级、民族、社会、时代等主潮，反映着各方政治势力之间、各民族阶层之间的隐在博弈。甚至一度在"十年浩劫"间，滑向了哈维尔所述的"故事已经消失"。殊途同归，虽然此时的中国故事并非消失在现代性高度发达的极权主义阴翳之中，但同属于意识形态对故事的绞杀，这亦是哈维尔的题中之义。在一定意义上，中国电影的发生与发展正符合"中国式"现代性启蒙的描述——"中国的现代性启蒙是以民族独立、国家富强而不是以个体价值的认定和张扬为主要目标的。"①西方的社会启蒙是理性、秩序与规制的启蒙，以人本主义反抗神本主义，建立现代政治经济制度，并进一步保障个性、个体的价值和权利。而在中国，个体及个性从未被放置在主要的位置，相反，民族解放、国家富强的整体利益才是中国现代性启蒙之所以发生的重要内容及结果，"立足于差异性个体的独立表述"被关注家国命运的元叙事所高度统御。在整体性运动的浪潮里，故事不知所终。

20世纪80年代初期以来，在思想解放的文化大背景下，中国电影叙事开始找回被政治文化放逐、压抑至边缘的个体，抹去伤痕，谋求自身主体性的解放。一方面，他们在本体层面上索解电影语言的现代化转型，在对巴赞、新浪潮及长镜头语法等的追逐中确立纪实主义新美学；另一方面，在内容层面推崇诗化、心理化、散文化的表意实践，对个体命运的关怀、对人伦情感的呼唤、对现实国情的反思日益明显。在这一阶段，第四代导演群体义不容辞地接下了追求现代化的创作重任，摄制了《巴山夜雨》、《城南旧事》、《小花》、《乡情》等一系列优秀的现实主义影片，他们在新时期的文化语境中探寻人性道德之美，呼唤个体的觉醒与解放，并试图通过光影故事建构稳定和谐的社会秩序。应当说，此时的中国才在真正意义上步入现代性启蒙的正轨，作为现代性核心的人文精神（自由与平等）、科学精神（工具理性）这才开始逐步建立。

然而，进入20世纪80年代末90年代初，尚未有效发展、落实及完成的现代性启蒙进程又被粗暴地打断了，它遭遇到了后现代性无情的反叛及质疑。伴随着政治、经济体制改革的阵痛，中国电影迅速转入多元论、消费主义、大众文化的喧哗之中，以启蒙精神为核心的精英话语又

---

① 　徐碧辉：《美学与中国的现代性启蒙——20世纪中国的审美现代性问题》，载《文艺研究》，2004(2)。

一次地失声并失落，中国电影的后现代性转型不可避免。新兴的全球性的大众文化与商品消费的浪潮席卷而来，凭借势如破竹之力将中国电影的现代性路程给淹没了，从事文艺创作的作者们发现——"他们的发言已经没了听众，他们的表演成了无人观看、无人喝彩的尴尬独白，他们的批判失去了对象。席卷而来的大众文化的潮流淹没、吞噬了一切关于思想、人文的话语。"①其后，中国影坛的新生代力量异军突起，他们是时代之子，以"第六代"的自我命名，清晰地划开了与前代创作者们的区隔与界限。而他们也就此放弃了精英文化、启蒙理性的建构过程，选择了嘲弄、颠覆与解构，在极端风格化的、形式主义的多元话语场中，操演着另类的、边缘的、破碎的后现代故事。在世纪之交的转轨处，尚未建构完成的现代性进程过早地遭遇了后现代思潮，被动地接受了另类叙事、边缘立场的解构，在纷乱多元的格局中，中国故事的创作思维和叙事逻辑再次坠入混乱茫然的失序状态。

笔者试图要指出的是，虽然中国的历史阶段不断经历着现代性进程的整合，但现代化的整体程度不够，现代观念的式微导致中国故事的思维始终停留在不稳定的稚弱阶段，并更多地呈现出一种单向度的"平面化"特征。如中国电影缺乏向上探索无限宇宙及人生终极意义的作品，往往凝固于具体的情感和事件而无法进行超越性的形而上的哲学思考，中国电影太关注当下而较少思考未来，缺少幻想的气质；大量呈现历史题材和家庭伦理题材的作品，却对现代性问题较少反思，且不以全新的世界观去观照厚重的历史及文化；对于个体人物的刻画注重情感，但往往忽略了对其心理的揭示，使人物陷入扁平化模式的窠臼……

如此，穿行于现代性、后现代性之间的中国电影当如何叙述独属于自己的创意故事？

在类型电影范式中探讨创意思维的必要性

当我们意欲讨论故事的发生、发展及消失的时候，我们难以直观地对故事本身加以衡量或评定，更无法通过量化分析的研究范式得出一个

---

① 徐碧辉：《美学与中国的现代性启蒙——20世纪中国的审美现代性问题》，载《文艺研究》，2004(2)。

相对客观的结果。鉴于此，笔者提出了创意思维研究，将分析对象从看似浮泛玄虚的"故事"置换为有据可考的"创意思维"，如此，对电影创意思维的研究即是分析中国故事的一个重要范畴及尺度。

总体而言，若将创意思维作为静滞的概念，想要在叙事学等理论谱系中谋求对此概念的主动理解，是极其困难的。而笔者所依循的，是借助现代性理论这一宏观的理论，结合类型叙事的微观语法，借他山之石来辨析创意思维这一开放的语义概念。

因此，为了进一步说明电影创意思维这一概念，笔者将要引入"类型电影"的研究范式，以期在具体而微、足履实地的讨论中，完成对电影创意思维的细致阐释。那么，为什么引入"类型电影"作为考据中国电影创意思维的参数呢？此前我们提到了现代性对中国电影创意叙事的影响，笔者认为：其一，好莱坞类型电影本身就是现代性的一种直接结果；其二，"当中国遭遇现代性"在电影文化史领域即可被转述为"当中国电影遭遇类型电影"；其三，恰正是现代性的历史进程，触发了好莱坞类型电影语汇的西风东渐，从而深刻地影响了中国电影的创意叙事。

"类型电影"是一个舶来词，源自好莱坞的商业体系，是艺术创作与工业机制共谋的结果。由于好莱坞制片制度的日臻成熟，类型电影的概念应运而生，它指的是一套标准化的、规范化的创作方法，这些程式化的固定模式让大制片厂得以提高制作效率、降低制作成本，只需要将情节、素材稍微改动，便可以成功地复制出适销对路的艺术作品。另外，类型片的出现也标志着电影市场细化、观众品位分类的初步完成，他们开始以相对稳定的审美经验系统，主动选择荧幕上的视觉形象、话语惯例及情节结构。综合国内外已有的类型电影研究，类型片的三项基本元素可以被界定为：公式化的情节、定型化的人物、图解式的视觉形象。类型片作为一种稳固的秩序性范畴，与现代性理论的精髓不谋而合。现代性追求一套稳固的价值体系，且同时表现为对秩序的一种无止境的建构。英国著名的社会学家齐格蒙特·鲍曼（Zygmunt Bauman）曾在《对秩序的追求》一文中指出："在现代性为自己设定的并且使得现代性成其为是的诸多不可能的任务中，秩序的任务——作为不可能之最，作为必然之最，作为其他一切任务的原型（将其他所有的任务仅仅当作自身的隐喻)——凸现出来。"①由此可见，关于秩序的理念是现代性所内在固有的，而它也同时被类型电影的文化传统所共享，或可阐释为，好莱坞的类型电影其本身就是现代性策略在电影产业中的直接反映。

学界普遍认为，类型电影进入中国电影发展范畴的时间为 20 世纪 80 年代后期，意即中国电影真正意义上的类型化发展起始于中国电影市场化改革、向产业化道路转型的新纪元。但笔者试图指出的是，早在 20 世纪初期中国电影初生之际，便已经隐含着类型电影的创意基因，作为中国电影事业开拓者的第一代影人郑正秋、张石川，已经初步建立起了较为规范的叙事模式，如以《阎瑞生》为代表的社会问题剧、以《孤儿救祖记》为表征的家庭伦理剧，还有类似于《火烧红莲寺》系列的武侠传奇、《劳工之爱情》等爱情喜剧。直至今日，除了主旋律和革命历史剧为中华人民共和国成立之后所独创之外，其余的占据市场主导地位的电影和叙事类型无不源自早期叙事模型。而这几种类型的电影的叙事模式却又恰恰是中国最古老，也是最有生命力的。需要说明的是，恰正是现代性的历史进程，将类型化的叙事源流深植入中国电影的表意实践之中。在中国遭遇现代性启蒙和西方文明之初，中国摄制了第一部电影《定军山》，它是电影技术与国粹艺术的有机结合，由著名京剧老生表演艺术家谭鑫培表演完成。据考，他在镜头前表演了最拿手的几个片段，便草草结束("只见他配合着锣鼓点儿，一甩髯口，把刀一横，立成顶梁柱一般，就听旁边有人喊：'快摇'，刘仲伦便使劲摇了起来，那时的胶片只有二百尺一卷，很快便摇完了，算告一段落……")。彼时，被国人称作"影戏"的电影，仅仅只是一种技术性的吸引力杂耍，仅仅只是一种陌异的视觉震惊体验，但却没有完整的创意故事。而随着现代性启蒙的逐步深入，西方电影及其观念进一步传入中国，并渗入艺术创作者们的电影意识之中——"电影从短小的、令人震惊的'吸引力'向以人物、表演为基础的'故事'转变，开启了一个相似的现代性转变，即从'吸引力'爆炸性的、断断续续的能量向系统控制的叙事力量转变。"②由此，中国电影开始从

---

① [英]齐格蒙特·鲍曼：《对秩序的追求》，载《南京大学学报》，1999(3)。

② [美]汤姆·甘宁：《现代性与电影：一种震惊与循流的文化》，刘宇清译，载《电影艺术》，2010(2)。

纯粹的杂耍技艺转向一种程式化的规范和惯例，负载着故事经验的、类型化的叙事创意就此发生。

概言之，作为现代性的直接结果，类型电影成为检验故事、创意的重要尺度。此外，类型电影之维也清晰地标示出中国潜在的文化冲突和社会矛盾。理解类型电影所蕴含的文化密码，有利于创作者和研究者们在宏观层面上把握群体性的特征及诉求，总结并归纳社会问题及矛盾。或可认为，类型电影通过娱乐的展演方式，将个体与社会之间的矛盾揭示出来，让观众们在银幕故事的浸入体验中实现共振，继而通过想象性的解决过程有效地弥合矛盾，让观众们得到安抚及慰藉，从而使人们找到个体与秩序、体制的和谐相处之道。"类型电影成功的一个关键在于对于观众观赏欲望的顺应、张扬、转移和隐藏。"①观众们的情感、欲望、焦虑、负担都在观影的快适中被调动起来，在类型范式的虚构人物及情节中得以释放，而后，创作者使观众们的注意力实现了巧妙的腾挪和转置，通过对文本内容的矫饰、包装等精心建制，进而平复观众们潜意识中的焦虑，实现视觉快感的彻底解放，或完成欲望的代偿性宣泄。

针对本书所要重点阐释的内容，笔者将作出概要介绍，包括数种类型电影的创意叙事及发展现状、各类型电影在现代性理论观照下所揭示出的文化矛盾、可供探析的问题及可能性，等等。

(1)科幻电影

科幻电影是当今电影产业中重要的电影类型之一，然而这一类型却在中国电影序列中长期缺席。科幻电影长期缺失并难以发展的原因是十分复杂的，包括深层次的文化基因和中国的电影产业等各个方面。而这也正是笔者所致力于探讨的主题，即，从文化到产业分析中国科幻电影长期缺失的成因究竟是什么。一方面，中国社会的现代性任务仍旧没有完成，启蒙未竟全功，中国社会就在未完成的现代性中进入了多元化的后现代性，理性精神的缺失、科学精神的缺乏、多元化的后现代性导致的思想的混杂，导致人们对于科学理性及人与技术的关系缺乏思考；另一方面，未完成的现代性未能在中国人心中建立起对于科学的信念，也

---

① 胡克：《当代电影类型化难题》，载《当代电影》，2008(5)。

缺乏信仰以解决在现代社会环境中人们精神上的问题。同时，科幻电影不同于其他类型电影的地方在于其在创意思维上具有更高的要求，通过对科幻电影创意思维的研究，我们试图厘清中国科幻电影所存在的问题和发展瓶颈。此外，笔者也试图从对中西文化的差异和西方科幻电影的发展经验的分析中为中国科幻电影找出未来发展的可能性。笔者将以现代性理论和三维创意思维模型为研究方法，以科幻电影为主要对象，探寻科幻电影的文化基因，梳理好莱坞科幻电影的主题和创意思维，并对中国科幻电影缺失成因进行探讨，最后对中国科幻电影发展的可能性提出建议。

（严晖撰稿）

（2）魔幻电影

21 世纪以来，中国的魔幻电影在西方影响下日渐成熟。无论早些年的《无极》、《画皮》，还是后来上映的《捉妖记》、《三打白骨精》等，都能在同档期影片中取得相对不错的票房成绩。片中鲜明的奇观想象、浓烈的人物情感，往往给观众留下深刻印象。然而，中国魔幻电影仍存在诸多问题，有的影片世界观混杂、西化，远离了传统文化的土壤；有的影片世界观薄弱，缺乏完整架构，魔幻沦为影片的包装和噱头；还有的影片世界观褊狭、雷同，纷纷呈现出"魔幻为体，爱情为用"的实用主义创作理念。概言之，中国魔幻电影缺乏完整的、具有中国特色的世界观设计，这正是本书所致力于探讨的主题之一。笔者以中国魔幻电影的世界观架构为主要研究对象，探究中国魔幻电影的世界观源流，梳理 21 世纪以来中国魔幻电影在世界观架构方面的缺失，并对中国古代神话、传统文学，以及现代流行文化中的魔幻世界观进行一番归纳，总结其对中国魔幻片创作的借鉴意义。

（孙子苟撰稿）

（3）主旋律电影

"主旋律电影"创作要求的提出，对于社会环境极速变革的 20 世纪 80 年代具有文化战略意义，30 多年以来，主旋律电影经历了电影产业的转型与电影市场的开放，曾经历低谷，也曾走过辉煌。电影艺术的发展，离不开对社会现实的关照，而由于特殊的意识形态属性，主旋律电影的演变，又成为民族历史与社会文化的缩影。对于主旋律电影的研究，笔者试图聚焦于对英雄叙事演变过程的探析。英雄题材作为主旋律电影的重要组成部分，伴随着社会文化与电影艺术的发展，也经历了英雄形象的演变与叙事策略的创新。作为英雄片表现主体的英雄人物承载着宣扬主旋律电影的精神内核与主题的使命，是民族精神与主流价值的集中展现，是传统文化与时代精神的具体表达。主旋律电影英雄叙事的演进，具有鲜明的时代特征，笔者从神话模式、苦情模式、平民模式与商业模式四个角度着重探讨主旋律电影英雄叙事的演进，并分析四种叙事模式的文化成因、创作策略，以及对主旋律电影英雄形象的塑造效果，同时以相关影片的个案研究作为补充，从英雄叙事的演变分析中寻求当代启示。

（李慧研撰稿）

（4）喜剧电影

喜剧电影是电影当中不可或缺的一种表现形式，深受观众喜爱。进入 21 世纪以来，中国喜剧电影样式不断丰富，制造笑料的方式越来越别出心裁，但随着大量喜剧电影的制作和上映，也突显出了一些问题，如喜剧人物设置扁平化、雷同化，喜剧语言缺乏智慧和幽默，一味滥用网络用语，喜剧性情境设置不合理，等等，使得一些喜剧影片不可避免地走向了低俗和媚俗。笔者认为，问题产生的原因是缺乏对人物矛盾性的挖掘，缺少人文关怀，概言之，中国喜剧电影缺少喜剧精神，即对人类自由的肯定和歌颂、对强权和规定的反叛，这正是笔者致力于探讨的主题。文艺理论家巴赫金曾将目光投向中世纪的民间广场，深刻洞察到了喜剧的内在哲理核心。笔者将以 21 世纪以来的中国喜剧电影作为研究对象，以巴赫金狂欢化理论为理论工具，梳理中国喜剧电影在喜剧精神方面缺失的现象及成因，以期对中国电影的喜剧创作产生一定的启示作用。

（齐馨撰稿）

（5）青春电影

青春片，是中国电影市场中独表一枝的创作序列。虽然有诸多争议声称"青春电影尚未能算作一种成熟的电影类型"，但"青春电影已在长足的发展中逐渐走向类型化"却是不争的事实，青春电影已经成为近年来国产电影票房的主力军。在真正意义上，中国青春片起兴于 20 世纪 90 年代，这也恰正是现代性与后现代性思潮缠绕交织的动荡年代，在这一时间段中，笔者发现第六代群体创作了大量书写及反思青春的影片，而与现代性议题高度相关的"身体"，作为第六代导演话语实践的一种新锐而有效的参数，在代群创作的影像文本中日益清晰起来，营构了一个系统而完整的脉络体系。身体，作为不同规模实践最终交汇的场所，负载了前现代性、现代性、后现代性等多重文化因子，成为创意叙事最为有效的、最为显见的修辞。由此，笔者意图选取"世纪之交"这一兼具现代性（建构精神）与后现代性（解构精神）的时间关隘，勾勒及探析彼时第六代导演影像创作中的"青春身体"，思考第六代导演如何在青春身体的写作中演绎现代性进程，以及它如何同步折射出中国青春片创意叙事的源流。此外，笔者于线性的发展历程中揭示了青春片源起时分完整而成熟的创意表达，而在青春片繁荣发展的当下，关于现代性身体的探寻或可成为反思时下创作现状的有效坐标，以期对中国青春电影的创作产生一定的借鉴意义。

（黄宇斌撰稿）

第一章 中国科幻电影缺失成因及其发展 可能性探析

　　科幻电影是重要的电影类型之一，当今的科幻电影大片一经上映总能在全球席卷大量票房。在电影技术飞速发展的今天，科幻电影在视听效果的呈现上有着天然的优势。好莱坞出产的科幻片往往占据着票房榜前列的位置。截至 2016 年，包括漫威出品的超级英雄电影，科幻片在票房前十中占据了五个位置。

　　但是，只看到科幻电影的视觉奇观和巨量票房对这一类型来说也是不公平的。科幻电影类型可以说是紧随着电影的产生而产生的，乔治·梅里爱是最早投入制作科幻电影的电影人，而科幻电影也由从属于恐怖、惊悚的亚类型发展成为当今电影最为重要的类型之一。在带给观众视觉刺激和陌生化感受的同时，科幻电影也反映出更为宏观和深邃的问题，从不同的角度反映了人类自身各个方面的希望、恐惧，在更为宏大的层面上探讨与人相关的哲学问题。

　　从这两方面来看，科幻电影在中国电影类型中的长期缺席都是令人遗憾和不解的问题。虽然在中国电影发展的历程当中，零零散散地出现过科幻电影的创作，甚至在中国电影发展的早期阶段就有《六十年后上海滩》这样的一部科幻电影，然而就其总数而言，放在中国电影的创作历程当中，几乎可以忽略不计。

　　2016 年被称为中国科幻电影的"元年"，表明科幻电影在这一年成为电影创作者、投资人和观众重点关注的对象。大量立项的科幻电影一方面是投资人、创作者对于科幻电影创造票房能力的认可，另一方面也可以说是市场对长期缺失科幻电影的反弹和弥补。如此火热的表象却透露出背后存在的大量问题。

除去拍摄科幻大片所需要的电影技术和类型创作规律，拍摄科幻电影不同于其他类型电影的地方在于其需要一定的科学精神和科学审美，其创作根基在某种程度上源于现代化和现代性过程中对于科学理性的崇拜和反思。随着技术的不断发展，现代性进程当中对于科学和理性的崇拜也慢慢地转变为对技术的惶惑和顾虑，在此基础上，科幻电影也承担起了对科学理性进行反思的任务。科幻电影总在某种程度上放大对于科技成果的恐怖想象，并且探讨人类在技术发展过程中所应该秉持的态度和精神。科幻电影总是在讨论，人类与人造物和科学技术之间的关系，到底是人类创造和操纵科技，还是科技反过来控制人类。在科技大发展的现代社会，人类的能力让人类把自己看作造物的上帝，而科幻电影让人们认识到，人类不一定具有掌控技术的能力。在西方科幻电影中，人们对于科技成果的恐怖想象，总会运用内含的宗教理念去平衡，这也是科幻电影对科学技术进行反思后试图去寻找的精神上的寄托和归宿。

在此基础上对国产科幻电影缺失的讨论就不能局限于单纯的对电影特效技术的讨论，而需要从中国社会整体出发，从中国的现代化和现代性的历程中去寻找问题所在。一方面，自近代以来，中国在磕磕绊绊中试图进入现代社会，然后经历了不同的历史时期，中国社会的现代性任务仍旧没有完成，启蒙未竟全功，中国社会就在未完成的现代性中进入了多元化的后现代性，理性精神的缺失，科学精神的缺乏，多元化的后现代性导致的思想的混杂导致了人们对于科学理性及人与技术的关系缺乏思考。另一方面，未完成的现代性未能在中国人心中建立对于科学的信念，在现代社会环境中的人们也缺乏信仰解决精神上的问题。

同时，科幻电影不同于其他类型电影的地方在于，其在创意思维上具有更高的要求，因此本章旨在通过对科幻电影创意思维的研究去发现中国科幻电影所存在的问题和发展瓶颈。本章所建立的创意思维模型来自美国心理学家斯滕伯格的智力三元理论，选取斯滕伯格智力三元理论的理论框架及方法论，将创意思维分为三个层面——情境维（文化、地理、现实）、经验维（历史、业已成熟的经验模式、思想观念的演变）、心理维（主体的人格与心理层面）。通过对创意思维这三个层面的分析与解读，去了解西方科幻电影中所内含的创意思维，去分析中国科幻电影在三维层面上的缺失。借鉴于智力三元理论的创意思维模型进行分析也与文化历史与社会环境密不可分，通过创意思维模型与文化现代性的结合能更好地分析中国科幻电影的问题所在。文化现代性在这里更像是一种方法论，以此来判断中国社会的状况和社会问题。这也就是选题的意义所在，从更深层次的角度去分析中国科幻电影缺失的原因，并探析中国科幻电影的可能的发展途径，希望能够在中国科幻电影类型的发展过程中提供一些指导性的意见，为中国电影类型的发展完善作出微薄的贡献。

第一节　现代性与电影创意思维

(一)两种现代性——启蒙现代性与审美现代性

"现代性"向来是一个纷争不断的领域，对于现代性人们有不同的理解和困惑，以及对于它的批判与解构的尝试。关于现代性话语的讨论，按哈贝马斯的说法，从 18 世纪后期开始，它"就已成了'哲学'讨论的主题"。而据美国学者马泰·卡林内斯库的考证，至少从 17 世纪的英国开始，现代性这个术语就开始流行。自启蒙时代开始，从康德、黑格尔直到韦伯、福柯、吉登斯、哈贝马斯，对"现代性"的思考、批判就一直没有停止。现代性从词源上来说，首先是一种时空观念，这是相对于"古代"、"传统"而言的。"'现代'主要指的是'新'，更重要的是，它指的是'求新意志'——基于对传统的彻底批判来进行革新和提高的计划，以及以一种较过去更严格更有效的方式来满足审美需求的雄心。"①基于此，迄今被广泛接受的对于现代性的概念界说有三个。其一便是吉登斯所认为的，"在其最简单的形式中，现代性是现代社会或工业文明的缩略语。比较详细地描述，它涉及：(1)对世界的一系列态度、关于世界向人类干预所造成的转变开放的想法；(2)复杂的经济制度，特别是工业生产和市场经济；(3)一系列政治制度，包括民族国家和民主"②。可以看出，吉

---

　　①　[美]马泰·卡林内斯库：《现代性的五副面孔》，顾爱彬、李瑞华译，中文版序，南京，译林出版社，2015。

　　②　[英]吉登斯、皮尔森：《现代性——吉登斯访谈录》，尹宏毅译，69 页，北京，新华出版社，2001。

登斯基本上将现代性看作现代社会的政治与经济制度。其二是哈贝马斯所认为的，现代性是一项"未完成的设计"①，将现代性视为取代"古代"的新的知识和时代。其三是福柯将现代性理解为"一种态度"，不是一个历史时期，也不是一个时间概念。对于福柯而言，现代性从本质上可以认为是一种批判的精神。

从以上三种概念界说中可以看出，现代性本身便包含着两种彼此冲突而又相互依存的概念。其一便是社会现代性或启蒙现代性，即自启蒙时代以来，由资本主义的发展和资产阶级的成长所带来的社会经济变迁的产物，推崇理性和自由，崇尚自我，以科学代替神学，认为科学技术的发展能够造福人类。这些乃是资产阶级和资本主义社会的核心价值。其二便是审美现代性。它是从对社会现代性的反思和批判中产生的，审美现代性意味着对启蒙现代性的解构与批判，"审美现代性应被理解成一个包含三重辩证对立的危机概念——对立于传统；对立于资产阶级文明（及其理性、功利、进步思想）的现代性；对立于它自身，因为它把自己设想成一种新的传统或权威"②。审美现代性自产生便展现出了反资产阶级的态度，表明了其自身对于资产阶级现代性的公开拒斥和强烈的否定情绪。

现代性的这种分裂的深层原因便来源于它自身所蕴含的深刻矛盾。理性是启蒙现代性所推崇的第一大原则，而理性的运用正是启蒙发生的前提条件，通过对理性的运用，人类摆脱了思想的不成熟状态，使西方社会成为摆脱了宗教桎梏的理性的世俗化的社会。然而资本主义社会对于理性的过分推崇，使得资本主义社会成了一个全面"理性化"的社会，马克斯·韦伯通过他的分析，提出了"目的—工具合理性"与"价值合理性"，"形式合理性"与"实质合理性"。正是现代社会理性化造成了现代官僚制，造成了极度专业、精确、严格服从的行政系统，在功效原则的支配下，行动的理性越来越漠视价值原则，表现出人性的缺失，最终导致

---

① ［德］于尔根·哈贝马斯：《现代性的哲学话语》，曹卫东等译，前言，南京，译林出版社，2004。

② ［美］马泰·卡林内斯库：《现代性的五副面孔》，顾爱彬、李瑞华译，导言，南京，译林出版社，2015。

了以技术手段为核心的工具理性。而人在这个世界上受到这样的官僚机器的统治和非人格力量的支配，所丧失的乃是启蒙现代性所推崇的另外两个基本原则——"自由"和人的"主体性"。福柯甚至提出了"人死了"的概念，福柯通过其对疯癫、监狱、性的研究，认为人所生存的是一个"规训"的社会，人的主体是在奴役及支配中成长起来的。启蒙现代性所追求的理性、自由、人的主体性的自我确证就在启蒙现代性所内蕴的自我悖谬中被解构了。而正是启蒙现代性的这种深层矛盾，催生了审美现代性来捍卫人的主体性及更多的对于现代性的批判精神。审美现代性的产生并非排斥现代性的一切，而是"随着工具理性的日趋膨胀，美学担负着更多对抗、批判与救赎的职能。审美的自律构成了审美现代性的重要原则，具有重要的本体性意义。同时，审美必须秉承现代性自我批判与限定的精神，不能越界将自身凌驾于理性的其他能力之上"①。

两种现代性本就是同源而生，启蒙现代性将现代社会统摄进一个统一而高效的机制当中，张扬理性与科学，带来了现代社会的高速发展。而审美现代性从启蒙现代性所内蕴的矛盾中生长出来，反思现代性所带来的工具理性、自由和意义的丧失，捍卫人的主体性。同时，对于现代性的批判在另一方面也催生了后现代话语的产生，反对元叙事，反对现代性的整体性、统一性，追求多元化与差异化。

无论是两种现代性还是后现代性，作为社会思潮和理论话语，都深入社会生活的方方面面，展现了人类不仅反思过去和展望未来，同时也在对自我进行批判和反思，体现出了现代性在人类持续自我构建方面的潜力。而现代性思想所呈现的纷争和理论话语，同样也体现在人类文化生活中，无论是文学作品还是电影。科幻电影某种程度上是现代性与现代性问题的良好载体。在许多优秀的科幻电影中能看到现代性所带来的成果及现代性可能带来的负面影响。

(二)三维创意思维模型概念辨析——情境维、经验维与心理思维

创意思维常常作为一种无须论证，也无须阐释的常识被引用到各个

---

① 徐敦广：《现代性、审美现代性与艺术审美主义》，载《东北师范大学学报（哲学社会科学版）》，2009(1)。

学科的论述当中。另外，作为一个约定俗成的概念，人们又常常将"创意思维"等同于"创造性思维"，然而事实上并非如此，"创意思维"在某种程度上从属于"创造性思维"，是"创造性思维"的一种。根据《汉语大词典》的释义，"创意"就是创立新意，而新意既包括新意象、新形象和新表象等。"'创意'是指创造或创立内蕴特定思想、文化和价值的新意象、新形象或新表象的思维和意识活动。值得注意的是，创意这种特殊的思维和意识活动是指创造新意象、新表象和新形象，而这种新意象、新表象和新形象又是包含丰富思想、文化和价值的。如果创造了一种新意象、新表象和新形象，但它们没有思想、文化和价值的内涵，则不属于真正的创意；如果创立一种新思想、新文化和新价值，而没有创造一种新意象、新表象和新形象作为其外在的表现，这也不属于真正的创意。"①因而"创意思维"可以说属于"创造性思维"中的表象思维、形象思维和意象思维，"创意思维在本质上是一种艺术思维而不是抽象的科学思维"②。而将"创意思维"这个概念具体到电影的创意思维时，面对汹涌而来的技术浪潮，电影的创意思维不光要呈现不一样的视听体验，时代发展所带来的题材扩展也应当归纳到电影的创意思维当中，这就使得电影的创意思维包括了意象、形象、题材等各个方面。以此可以看出，电影的创意思维应是"通过对于现实与历史文化的批判性思考、结构化分析、综合性理解，进而发掘并形成一些有着独特美学风格的题材类型，运用艺术化的思维（如变形、夸张、陌生化等）和批判性（审美现代性）的视角产生出合规律性与历史进步性的价值观念、文化意义，同时还有与此相匹配的适当的象征形式"。

　　而三维创意思维模型便是在厘清创意思维的概念后，借用美国心理学家斯滕伯格的"智力三元理论"所搭建的用以科学地分析电影创意思维的结构性框架。斯滕伯格的"智力三元理论"将智力分为情境亚理论、经验亚理论及成分亚理论。斯滕伯格将智力看作"指向有目的地适应、选

---

① 胡敏中：《论创意思维》，载《江汉论坛》，2008(3)。
② 同上。

择、塑造与人生活相关的现实世界环境的心理活动"①。情境亚理论指的是"获得与情境拟合的心理活动，而不论及身体活动或那些可以促进或妨碍情境活动的外部、内部影响"②。经验亚理论提出，"测量'智力'的任务在一定程度上是以下一种或者两种的函数：处理新任务和新情境要求的能力和信息加工过程自动化的能力"③。最后，成分亚理论分析了构成智力操作的心理机制，所谓成分便是"对物体或符号的内部表征进行操作的基本信息加工过程。成分可以将感觉输入转换成概念表征，或将一个概念表征转化为另一个表征，或将感念表征转化为动作输出"④。简而言之，斯滕伯格通过三个亚理论，将人类的智力行为定义为"通过内部的心理机制(成分亚理论)去解决外部世界有关的有利于主体更好地适应、选择和改造环境的任务(情境亚理论)，而这些任务又必须处于经验连续体的特定位置上(经验亚理论)"⑤。而本章所使用的电影的三维创意思维模型使用了智力三元理论的理论框架及其方法论，将创意思维分为三个层面——情境维(文化、地理、现实)、经验维(历史、业已成熟的类型模式、思想观念的演变)、心理维(主体的人格与心理层面)。另外，在斯滕伯格的智力三元理论当中，智力的成分元素是最为稳定和基本的，然而电影的三维创意模型，恰恰与斯滕伯格的观点相反。心理维(主体心理和文化心理，民族心理特征)是受外在情境(文化)与经验(历史传统)的深刻影响而形成的。现代社会主体的心理，无时无刻不受到不断变化的情境与经验的影响，也是社会现实情境和经验的反应或是能动的适应，因而这里才能够将现代性与电影的三维创意思维模型相联系，用以分析具体的文化情境与历史经验是如何影响创意思维的。

综上，根据电影的三维创意思维模型的情境维、心理维和经验维，电影的不同类型自然可以归在不同的维度之下，同样，每一部电影也不

① ［美］R. J. 斯腾伯格：《超越 IQ——人类智力的三元理论》，俞晓琳、吴国宏译，45 页，上海，华东师范大学出版社，2000。

② 同上。

③ 同上书，67 页

④ 同上书，95 页。

⑤ 同上书，译者导言。

仅仅只有一个维度。三维创意思维模型所构建的乃是一个由主体内部到外部，由共时与历时结构所共同构建的一个立体之维。同时，这种内外上下皆互相连接的立体维度正是现代性理念所彰显的主战场。具体到本文所论述的科幻电影，便是三维创意思维模型之中情境维的代表类型，同时也彰显着对现代性所带来变化的具体呈现和问题的批判。

第二节　现代性视野下西方科幻电影的创意思维特征

当今全球科幻电影毫无疑问是好莱坞电影的天下，无论是在中国还是在全球市场，科幻电影都受到了极大的欢迎，就研究科幻电影而言，西方科幻电影永远是绕不过去的一环。而本章所试图论述的是科幻电影在中国类型电影序列中长期缺失的成因及在科幻热潮兴起后可能的发展路径，从这种意义上来说，分析西方科幻电影的创意思维特征乃至追溯科幻电影的文化成因都具有莫大的意义。笔者将对西方科幻电影的文化源流及创意思维特征进行分析，以试图了解科幻电影的文化内核与主题、视觉等方面的特征，为分析中国科幻电影的缺失和未来做借鉴。

（一）科幻电影的文化基因——基督教与现代性

对于欧洲人而言，从中世纪开始，基督教便是他们生活中不可缺少的精神力量。尽管工业革命和现代性历程减弱了宗教力量对人的控制，然而宗教并没有离开欧洲人的生活。而新大陆的美国，更是清教徒所建立的具有浓厚基督教氛围的新世界国家。正因如此，成长于浓厚宗教氛围中的西方人所创作出的文化作品，无论是文学还是电影，宗教都占有一席之地。从科幻电影鼻祖《月球旅行记》到如今的好莱坞科幻大片，科幻电影可以说是在西方文化中发展成熟的一种类型。无论是中国还是东亚其他国家，都在科幻电影的发展过程当中长期缺席。这让科幻电影这一类型本身打上了强烈的西方文化烙印，其中最为重要的一点便是基督教文化对科幻电影的深刻影响。

在各类型电影中，科幻电影所拥有的宗教感是最为浓烈的。而科幻所展现的题材，无论是对未知空间的探索、时空的旅行，还是人与人造物之间的关系，都在某种程度上体现了人类在面对未知空间、未知外来物、未知技术时的恐惧与焦虑，而解决这一恐惧与焦虑的精神力量便是深深烙印在西方人骨子里的宗教力量，用宗教理念来寻求精神上的寄托与平衡。这在某种程度上也是科幻电影不同于其他类型电影的一个方面，科幻电影中宗教力量和宗教哲思都远远强于其他各个电影类型，这也是由西方人的思考方式所决定的。

"科幻"这个词语所隐含的精神内核同时存在于小说与电影当中，某种程度上科幻电影可以说是科幻小说的衍生品，不少科幻电影从整体故事到概念、细节等都取材于科幻小说，因而探讨科幻电影的文化基因前，先探讨科幻小说的文化基因十分必要。

亚当·罗伯茨在其编著的《科幻小说史》中，将科幻小说的起源追溯到了古希腊小说中的幻想旅行作品，而将科幻小说的复苏归功于新教改革。在罗伯茨看来："出现于 17 世纪的'新教'和'天主教'（如果想用不那么教派化的术语，那就是'自然神论'和'魔法的泛神论'）之间的辩证关系决定了科幻小说。"[①]"在正统的天主教观点看来，多个造物世界的假设是不可容忍的……但是对新教徒（或者像笛卡尔、伏尔泰那样的怀疑主义的天主教人文主义者）而言，17、18 世纪的经验主义探索使得世界在我们眼前延展，关于宇宙的想象也随之不断展开。这是科学虚构的想象，它日益成为了西方新教文化的一个功能。"[②]天主教想象崇尚魔法，热爱浪漫故事，形成了奇幻小说的基础。而新教想象用技术设备代替魔法的工具性功能，产生了各式各样的科幻小说。著名科幻作家阿瑟·克拉克的一句著名格言说道"所有成熟发展了的技术都与魔法近乎无异"，这句有新教传统倾向的论述将魔法从科幻小说中完全清除了出去，也就是说对于看上去像奇迹的魔法般的事物，最终都会被证明是高度技术和唯物的，包括克拉克自己的小说中出现的具有宗教性的事物最终都会被证明是高度技术的。例如，改编自克拉克小说的《2001：太空漫游》中出现的具有神秘力量的黑色石碑，在他自己的续集小说中就被证明是高度文明的产

---

① ［英］亚当·罗伯茨：《科幻小说史》，马小悟译，6 页，北京，北京大学出版社，2010。

② 同上。

物。当然，对应于奇幻与科幻的天主教与新教传统并非是完全泾渭分明的，在科幻小说的传统中依然存在具有天主教传统倾向的科幻小说，在这类科幻小说中，依然存在魔法般的神秘力量，以对应于宗教中的神或者救世主的形象。在小沃尔特·M.米勒的小说《莱博维兹的赞歌》中，就广泛引用了天主教知识，并探讨核战争与天主教对人类文明的影响，并且书中出现了超越时间的宗教性人物莱博维兹以展示超自然的力量，也就是上帝的在场。而这种"天主教"与"新教"、"魔法"与"科学"的辩证关系就贯穿于科幻的发展历史当中，而科幻分类中"硬科幻"就与"新教"的"科学"传统相关，而"软科幻"便与"天主教"的"魔法"传统类似。当然，不管是哪一种传统，基督教文化作为西方文化中不可缺少的一环，也成为科幻小说中不可缺少的一个元素，或隐或显。在丹·西蒙斯的小说《海伯利安》中，小说便以一位神父在银河系中去求索论证基督是否是普遍的救世主开始，并在之后的系列小说中描绘了机器智能利用伯劳来折磨人类、毁灭人类的同情的精神，"把基督和撒旦之间的类基督教的战争推进到了银河系的广阔背景中"①。

传承自科幻小说的科幻电影中，宗教的影响自然也是处处可见，具有宗教超越性的情节在许多科幻电影中都是不可缺少的部分，构成了科幻电影的情节推动力。最著名的便是《2001：太空漫游》中的极具象征意义的黑色石碑，从远古时期到未来世界，黑色石碑引发了猿猴的进化和最终生命的新生与"星童"的诞生。黑色石碑的启示性作用像极了上帝通过先知对人类的启示和救赎。黑色石碑在克拉克之后的小说中被描绘成高度文明的产物，它在影片中所具有的宗教意义不言而喻。2002年的电影《天兆》更是一部彻彻底底的宗教电影，影片讲述的是难以承受爱妻死亡痛苦的男主角放弃了神父的职业，放弃了信仰，却因为外星人到来，发现生活中处处存在上帝的印记而最终重拾信仰的故事。正如这部影片的英文名"signs"所揭示的那样，在外星人危机面前，格雷汉姆仿佛从妻子的临终话语中得到启示，从巧合中看到"signs"。弟弟梅里尔把打出全美纪录的球棒挂在家中做纪念，却成了危急时刻与外星人搏斗的最好武

---

① ［英］亚当·罗伯茨：《科幻小说史》，马小悟译，6页，北京，北京大学出版社，2010。

图 1-1　丹·西蒙斯的小说《海伯利安》

器；小女儿波儿对水质挑剔因而家中摆满水杯，而水对外星人而言是毒药；儿子摩根由于哮喘发作停止呼吸，却因此奇迹般在外星人的毒气中生还，这些事情让男主相信这是上帝存在的征兆，是"signs"，都有其意义。包括 2016 年的电影《降临》，导演通过声效、镜头，以及对外星人的刻画营造出了深深的宗教感。在科学家们去见"降临"的外星人时，超乎地球科技的近于"魔法"的通道，科学家们近乎去聆听启示的紧张感，导演刻意加入的冷峻的声效所营造的氛围，都体现了影片所制造的"宗教超越性"。除了这种"宗教超越性"的情节外，科幻电影中常出现的宗教元素有："弥赛亚"情结，"末日"焦虑，"造物主"情结。

（1）"弥赛亚"情结

"弥赛亚"在希伯来语中指的是上帝所选中的人，是救世主。而在《新约全书》中，耶稣基督就是上帝派来拯救人类的救世主——"弥赛亚"。耶稣通过其救赎性的死亡和最终的复活拯救了人类。在西方的宗教文化中，原罪思想深深地烙印在西方人的心里，同时，社会的阴暗面，人性的罪恶，导致了西方人对救世主的渴望，在西方电影中，救世主的到来是经久不衰的主题之一，也造就了好莱坞电影中的个人英雄主义。这种情况

图 1-2 《2001：太空漫游》石碑海报

在科幻电影中更为常见。

　　1951 年诞生的产生深远影响的科幻电影《地球停转之日》中，为了阻止人类滥用科技发展核武，一个带着巨型机器人的人形外星人来到地球，对人类发出最后通牒。为了让人类醒悟，外星人展示了自己的力量，让地球停电一小时，证明了他毁灭地球的能力。然而军方最后发现了他，并将其击毙。可是原本应该死去的外星人，最终复活，并让全世界的科学家聆听了他的警告。这部影片所具有的宗教元素显而易见，从天而降的象征弥赛亚的外星人克拉图，带来了"上帝"因为人类的罪恶——发展核武器——而威胁毁灭人类的口讯，同时向世人展示了自己的"神迹"，并最终像基督耶稣一样死而复生。"复活"是基督教中确认耶稣是上帝之子的最终证据，耶稣通过复活表现自己得胜的姿态，为信徒们打开了天堂之门。而克拉图正是通过告诫人类，展示神迹，阻止了人类因为发展武力而陷入自我毁灭的境地。拍摄于 1978 年的《超人》系列电影中，"超人"形象被视作耶稣的"现代化身"，只是将耶稣基督的降生救世置换成了外星人来到地球，并且凭借自身的超能力与反派战斗并拯救人类、拯救地球的故事，超人形象在美国经久不衰，并且在某种程度上成为美国个人英雄主义的代表，与超人自身所带有的救世主意味是分不开的。《黑客帝国》更是将救世主的到来放置进了人类真正的末日之中，正是通过"尼奥"这个救世主的拯救，人类才能最终与机器达成和解，不再生存在"矩阵"这个虚拟世界中，最终迎来了新世界的诞生。

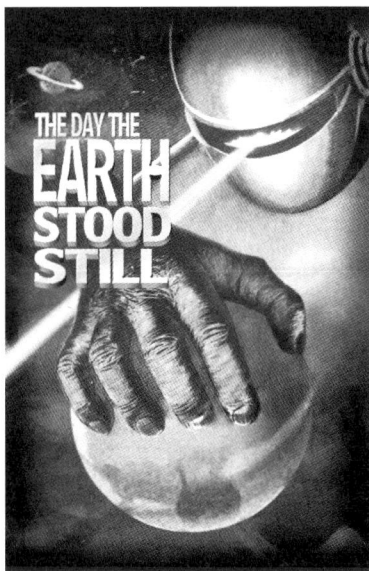

图 1-3　电影《地球停转之日》

(2)"末日"焦虑

在《旧约·创世记》中，因为上帝不满人类的所作所为，决定降下洪水清洁地面，最终只有义人诺亚因为受到上帝的指示，建造诺亚方舟才存活了下来。在《旧约全书》中，因为索多玛和蛾摩拉两座城市的罪恶，上帝派遣天使将这两座城市毁灭。而在基督教的思想中，还存在"最终审判"，到审判日之时，上帝将对所有人进行审判，无罪的得到赦免升入天堂，而有罪的则会被打入地狱。

因而"末日"一直是萦绕在基督教文化中的深深忧虑，这种因人类的罪恶而导致的末日浩劫和上帝的惩罚也内化进了科幻电影当中。灾难电影《后天》便描绘了人类对环境的破坏导致全球变暖后，整个地球的灾变景象。电影《2012》虽然取材自玛雅预言的 2012 年世界末日，但仍然体现了西方文化中对于世界末日的想象和忧虑。除了这种灾难电影，"末日"

的忧虑在许多科幻电影中并非主要表现对象，但很大程度上成为整部电影的世界观基础和背景。如《终结者》系列电影中，世界因为科技的失控，人类面对生死存亡的时刻，因而才有穿越时空去保护"救世主"，并期盼"救世主"在未来拯救自己的情节。《黑客帝国》更是展现了人类最终被机器奴役，并可能被消灭的末日景象。

在许多电影中，这种"末日"焦虑和"弥赛亚"情结是结合在一起的。正因为对"末日"的焦虑和对上帝惩罚的恐惧，人类才一直期盼着救世主的到来。

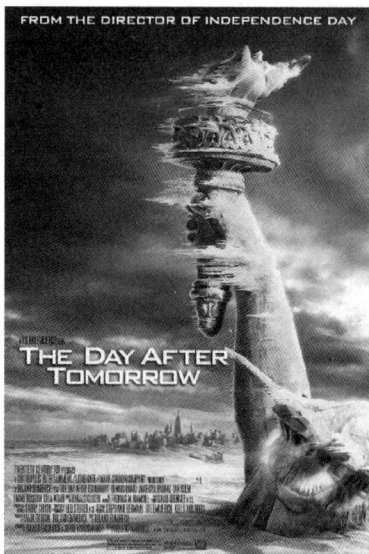

图 1-4　电影《后天》

(3)"造物主"情结

在基督教文化中，上帝按照自己的模样创造了人类，并让人类居住在伊甸园中。随着科技的发展，一方面人类不断发现自身的奥秘，但又不够完全了解，对自身的起源充满了好奇，并不断寻找上帝存在的证据。另一方面，当人类可以创造出生命之时，基督教社会陷入了对上帝权力僭越的忧虑。而科幻电影就常常表现这种人对自身起源的寻找及人与人造物之间的复杂关系。

电影《普罗米修斯》构建了一个外星人来到地球，将自身的 DNA 融入地球的水中，进而创造出了地球生命的世界。而人类在发现可能有生命存在的世界时，便千里迢迢去寻找，试图寻找到自己的"造物主"。

而在人类掌握了上帝权柄，能够创造生命时，人类就陷入了对自身能力的焦虑之中，忧虑人类无法良好地运用这种权力，因而在科幻电影中常常表现出人与人造物的这种复杂关系。人类常常忧虑科技的失控，人造物最终超越自己、毁灭自己。同时，也反思人造物是否会拥有人性及人造物所拥有的权力和界限究竟在何处。

人造物毁灭人类的题材在科幻电影中随处可见，经典的如《终结者》系列，《黑客帝国》系列，《2001：太空漫游》。而思考人造物所拥有的人性，以及人类对人造物的矛盾心理的科幻电影也不在少数，如堪称经典的《银翼杀手》中，对于复制人拥有的令人动容的情感的描绘。《机械姬》中，被人类创造出来的机械姬最终利用人类获得了自己的自由。"机械姬"这个人造物最终展现出了比人类更加心理阴暗和富有智谋的一面。

除上述三点以外，《星球大战》系列电影中，以"原力"为代表的宗教神秘主义，《黑客帝国》中数之不尽的宗教意蕴，这些具有宗教情结的设计在科幻电影中比比皆是，也可以说是深入科幻电影骨髓之中的文化烙印，是科幻电影的文化基因之一。

而另一个塑造了科幻电影的文化基因便是现代性，两种现代性从形式到内容让科幻电影有了现在的形态。启蒙现代性带来的全球的现代化浪潮，对于理性与科学的推崇，推动了经济的发展和技术的进步。而正是技术的大幅度进步，使得科幻电影相对其他类型电影脱颖而出，摆脱B级片和恐怖片的窠臼，成为当今席卷票房的科技大片。科幻电影与其他类型电影不同的地方在于对于视觉呈现的极端依赖，"科幻电影对外星人、对异常的或不存在事物的视觉化呈现能力，一直被看作其取得持续成功的重要前提"[①]。科幻电影对视觉特效和技术的依赖某种程度上是由科幻电影的特性所决定的，展现宇宙空间、未知世界、高科技的未来的场景都需要特效来支撑以更真实地展现出人们在现实世界中看不到的场景。而正是现代性历程中所带来的科技进步使得电影的技术也随之发展

---

① ［英］凯斯·M. 约翰斯顿：《科幻电影导论》，夏彤译，49 页，北京，世界图书出版公司北京公司，2016。

进步，并将最新的科技成果融入自身。而这种对科技的利用又分为两方面，其一是特效的制作和展示，能够使科幻电影中的场景更加真实可信、震撼人心。其二是科幻电影中对于未来科技的想象依赖于现代科技的发展，现代科技越发达，人们对于未来科技的想象便越真实、越可信，特效也越炫目，同时也展现了当代人对于未来科技的期望。正如1968年的《2001：太空漫游》中对于人类科技的展示就只能在当时的科技基础上进行想象，如笨重的电脑、小屏幕的可视电话等，而近年的科幻电影对于未来科技的想象步入了更为高级的阶段，如全息影像、触摸式的显示屏及高度发达的飞船等。而审美现代性对启蒙现代性的批判为科幻电影提供了数不清的内容。启蒙现代性在带来科技进步、经济社会的发展的同时，也带来了工具理性、官僚机制，甚至是极权政治的趋势。纳粹对犹太人的大屠杀是整个现代性阴暗面的集中体现。而科幻电影在某种程度上体现了审美现代性对启蒙现代性所带来的负面影响的恐惧与批判。科幻电影在展现未来世界时常常表现出对技术的恐惧和对极权体制的批判。在现代社会不断彰显的人与自然、人与机器的矛盾，以及第二次世界大战让人们看到现代性所带来的极权恶果的现实之下，科幻电影中所体现的往往是反技术和反体制的内容，这使得科幻电影在某种程度上代表了审美现代性的批判意味和问题意识，科幻电影以描绘一种或理想或荒诞的未来社会来针对当今现实进行讽刺与批判。电影《极乐空间》便塑造了一个阶级、贫富分化极端的世界。地球变成了一个废墟荒原，而少数人居住在建造得如同极乐世界一般的空间站中，而大部分贫民居住在千疮百孔的地球之上，富人们建立了极端极权的政府系统来控制穷人，穷人只能苟延残喘。这正是导演对于技术极端发展之后的未来世界的想象与批判。而经典电影《黑客帝国》系列中，未来的世界更为极端，因为技术的极大发展，导致了人类最终被机器所奴役，成为为机器供电的生物电池。《终结者》系列电影的背景也是在科技大发展的未来，人类控制不住自己创造出来的"天网"系统，进而发生战争的故事。而这种反思与批判性在众多经典科幻电影中占据了重要地位。更不用说，在现代性进程当中，针对全球化所带来的种族问题、民族国家问题，科幻电影通过各种方式进行隐喻和批判。

图 1-5　电影《黑客帝国》中的"人类电池"

基督教与现代性是我们讨论科幻电影永远无法忽略的、塑造了科幻电影最终形态的文化基因。科幻小说发源的初衷，是为了到宇宙中去寻找上帝的存在，基督教赋予了科幻电影某种具有宗教超越性的普世情怀，而现代性在给科幻电影带来越来越发达的科技的同时，也通过科幻电影对现代性所带来的负面影响进行反思与批判。

(二)现代性视野下的西方科幻电影的创意思维分析

正如开篇辨析三维创意思维模型时所言，本章主要探讨的科幻电影所处维度乃是三维创意思维模型的情境维，类型与维度的重合自然不可避免，然而科幻电影主要呈现的乃是在现代性时空观念改变所带来的地理、文化、现实等发生巨大变化的"新情境"，并以此探讨宗教、宇宙、主体之间的关系，因而科幻电影也就是最能作为情境维代表的电影类型。情境维在创意思维中的作用更像是文化情境的变化对创意思维的影响，现代性视野下的对科幻电影创意思维的分析所要展现的便是随着现代性的发展，变化了的文化情境对于科幻电影的创意所产生的影响。现代性带来了人们时空观念的巨大变化，"现代"这个概念原本就是同"古代"相对而建构出来的。当人们的观念突破旧有的时空之后，科幻艺术便应运而生。现代性带来了理性思潮和科技发展，人们开始突破地球的束缚，

图 1-6 电影《银翼杀手》

开始向星空中寻求证明上帝的存在，这就有了科幻艺术的发端。当科幻艺术中时空的存在慢慢褪去了宗教神学的意味，而多了物质实在性之时，科幻艺术便自此发展下去。

对现代性视野下的科幻电影的创意思维分析少不了对科幻电影的主题进行分类。亚当·罗伯茨将科幻小说粗略分为："空间（到其他世界、行星和星系）的旅行故事、时间（到过去或者未来）的旅行故事和想象性技术（机械、机器人、计算机、赛博格人及网络文化）的故事。还有第四种形式——乌托邦小说。"[①]对于科幻小说的四种形式的分类大致能套用到科幻电影的分类当中。而凯斯·M.约翰斯顿的《科幻电影导论》在梳理科幻电影的类型发展史之时，将科幻电影主题大致分为"发明与创造"、"入侵"、"探险"和"未来"四个维度。上海交通大学的江晓原教授在《好莱坞科幻电影主体分析》这篇文章中，将科幻电影的主题分为七个："一、星际文明；二、时空旅行；三、机器人；四、生物工程；五、专制社会；

---

① ［美］亚当·罗伯茨：《科幻小说史》，马小悟译，2 页，北京，北京大学出版社，2010。

六、生存环境；七、超自然能力。"[①]本章主要是对现代性视野下的科幻电影的创意思维的分析，并非对科幻电影这一类型的全面考察，因而下文中将采用江晓原教授的分类，并着重考察星际文明、时空旅行、机器人三大主题，这三大主题在某种程度上囊括了大多数重要科幻电影，并且可以作为情境维创意思维分析的代表主题。这三大主题代表了在现代性进程之下，人类对于未知的世界和未来的技术的态度和理解，并且展现了人类对于广阔世界和终极意义的思考。

（1）星际文明

星际文明主题的科幻电影，大概是电影观众第一反应能够想到的科幻电影，庞大的宇宙飞船，无边无垠的宇宙空间，超光速的飞行和奇异的外星生物。顾名思义，星际文明主题电影所表现的是人类对外太空的探索、生活、殖民的主题。新航路开辟、新大陆的发现，以及资本主义发展，整个世界开始全球化，现代性的进程大大扩展了人类的空间观念和探索欲望，人类不再将视野局限在地球，而投向了广阔的宇宙。正如经典科幻影视《星际迷航》中的一句经典台词一样："宇宙，最后的边疆。"而星舰"进取号"的任务就是"找寻新的生命和新的文明，勇踏前任未至之境"。这几句话很好地展现了人类探索未知的乐观进取的精神。

公认的科幻电影的鼻祖，乔治·梅里爱的《月球旅行记》便是有关星际文明主题的科幻电影。这部影片改编自儒勒·凡尔纳的科幻小说《从地球到月球》和赫伯特·乔治·威尔斯的《月球上的第一批人》。影片表现了一批科学家从地球乘坐炮弹到达月球，遭遇月球人，最终返回地球的故事。影片对后世的星际文明电影产生了重要影响。

1968 年上映的《2001：太空漫游》是导演库布里克的杰作之一，也是星际文明电影的杰出代表。影片几乎是人类文明终极命运的展示，从猿猴接受黑色石碑的指引进化成人类，人类探索太空，最后影片结尾，人类的终结和"星童"的诞生，库布里克用一部崇高、深奥、充满哲思的影片展现了对人类命运的思考和关怀，以及对宗教的探讨。影片中为了完成木星任务而不惜杀害人类船员的电脑哈尔 9000 不能不说是对现代性下

---

① 江晓原：《好莱坞科幻电影主题分析》，载《自然辩证法通讯》，2007(5)。

图 1-7　电影《月球旅行记》

极其追求效率的官僚体制和泯灭人性的工具理性的批判和反思，以及对于人类是否能够掌控技术发展的担忧。影片给科幻电影留下众多经典元素，太空飞船的外形和内部构造，创造出了极具未来感又真实可信的场景。得益于当时的科技进步，影片能够创造出壮观和绚丽的特效场景。而影片中黑色石碑所代表的具有"宗教超越性"的情节更是被不断讨论。《2001：太空漫游》中所展现的特效技术在当今时代已经被远远超越，而影片所呈现的哲学沉思在今天仍旧没有科幻电影能够超越。

　　另一部星际文明主题的代表电影无疑是《星球大战》系列。1977年上映的《星球大战》对科幻电影影响深远，将科幻电影彻底从B级片小成本电影提升到如今好莱坞最赚钱的电影类型的行列。《星球大战》系列也成为美国青年人的当代神话。《星球大战》虽然被诟病为"将家庭伦理剧搬进了银河系的舞台"，但是它引发了"神话"原型与叙事结构的讨论，并且对20世纪80年代及其之后的电影生产产生了整体性的影响。《星球大战》不像《2001：太空漫游》具有深刻的哲学思考，它带来的是纯粹的视觉愉悦并以此吸引了一大批年轻观众，创造了风靡几十年的粉丝文化，并极大地推动了电影技术的发展。《星球大战》创造了人类既熟悉又陌生的"情境"，不同于《2001：太空漫游》的整洁干净的宇宙场景，《星球大战》中的场景肮脏、杂乱，充满了凡俗气息，以此将科技发展与人类熟悉的情境联系起来，既"新"又"旧"，将现实感与科技感很好地结合在一起。自此以后，无论是《异形》系列还是《终结者》系列，都尽量创造更贴近真实生活场景的未来世界。

图 1-8　电影《星球大战》

（2）时空旅行

时空旅行主题，是科幻电影长盛不衰的主题类型，主人公借助各种各样的形式手段回到过去，走进未来，以此造成了各种巧合、混乱、伦理问题，甚至是改变历史的危险。时空旅行电影最常用的手段便是各种巧合、悖论和环形叙事，以此造成观众的意外和紧张。

时空旅行主题的产生毫不意外是现代性时空观念的产物，宗教时代的人们的时间意识极为淡漠，宗教神学创造出的神的永恒性和人类生命的短暂性，让人们并不在意时间的流逝。现代性的时间意识，让人们认识到时间的线性和不可逆，正因如此，人们这才会想象打破时间的不可逆状态，打破时间限制，想象这样打破常规的情境下的故事。时空旅行主题的电影更少宗教沉思，更多的是突出打破时间不可逆状态的故事趣味。时空旅行与星际旅行相映成趣，星际旅行电影体现了人类打破空间限制，探索未知的愿望，而时空旅行便是体现了人类打破时间限制，探索过去或未来的愿景。

经典的时空旅行电影有《回到未来》系列三部曲。上映于 1985—1990 年的三部曲，讲述的是一个高中生与发明时间机器的古怪博士通过时间机器穿梭于过去、未来发生的惊险有趣的故事。《回到未来》第一部中，高中生马丁穿越到过去，差点与自己的母亲成为恋人。《回到未来》第二部中，主人公因为阴差阳错改变了历史，创造了不同于现实的平行宇宙。《回到未来》第三部中，马丁和博士更是回到了西部时代。这三部影片通过妙趣横生、环环相扣的情节告诉观众，未来并非是一成不变的，而是掌握在自己手中的。

图 1-9　电影《回到未来》

(3)机器人

机器人主题的科幻电影其实代表了一系列人类对于科技发展所产生的恐惧。在机器人主题的常规模式中，机器人大多脱离了人类掌控，进而威胁到人类生存，引发人类内心的恐惧。另外，在大多数科幻电影中，机器人又是不可缺少的人类生活的一部分。而对这对矛盾的处理，正可以看出人类既离不开现代科技的发展又对科技发展感到恐惧的心理。同时也是人类对现代性危机的一种潜在忧虑的反应。机器人相对于人来说是冷冰冰的机械，缺乏人性，这表现了随着现代性进程的加深，人们对工具理性的逐渐泛滥、人的主体性丧失的深刻忧虑。

最早的令人印象深刻的科幻电影是德国表现主义经典《大都会》，片中创造出了经典的反面女性机器人形象玛利亚，影片极具思想性。影片以马克思主义为起点，以基督教精神为终点，加之表现主义风格的电影场景，成为德国表现主义的代表作。

《终结者》系列是融合时空旅行和机器人主题的系列电影。《终结者》系列中的反派"天网"便是由人类开发最终导致人类危在旦夕的科技产品。而由反抗军派过去保护人类反抗领袖的 T-800 机器人成为影片的主角。影片中亦正亦邪的机器人角色和"救世主"情节，展示了构成科幻电影的两大文化基因——深藏在好莱坞电影人骨子里的宗教救世情结及现代性所带来的问题意识。

除了上文论述的三大主题，科幻电影的发展过程中出现了众多主题融合的影片。一部科幻影片并非孤零零地只有一个主题，在构建宏大的背景之时融入多种主题内容，机器人、时间旅行、专制社会等都能融入一部科幻电影当中。而这些主题都是在现代性进程当中人类对于自身社会历史发展所作出的思考，进而融入科幻电影的创作之中。科幻电影与其他类型电影的不同之处也正在于此，作为以技术占绝对主导的电影类型，科幻电影可以创造出一个经验主义的却又和现实世界不同的幻想世界来探讨人类在现代进程中所面临的现实与精神问题。由于科幻电影的文化基因中所包含的宗教因素与现代性的特点，因而科幻电影是展现这些问题最为适合的类型。遗憾的是，进入 21 世纪之后，具备深刻问题意识的科幻电影越来越少，强调娱乐和视觉特效、缺少内涵深度的科幻大片占据银幕。科幻电影进入了晚期资本主义的文化逻辑，成为大众文化的代表形式，缺乏深度，变成了视觉的狂欢。

图 1-10 　电影《终结者》

第三节　中国科幻电影缺失成因探析

　　科幻电影既是当今世界创造票房能力最强的电影类型，也是对电影工业和技术要求最高的电影类型，但是这一类型在中国的电影类型序列中长期缺席。从中国电影诞生开始直至今日，中国科幻电影寥寥无几。仅仅将此归结于中国现代电影起步晚、特效技术水平低是偏颇的。上一节中笔者分析了西方科幻电影的文化基因及在现代性视野下科幻电影的创意思维特征，以此为参照系，本节试图从中国文化、中国的现代化进程和电影工业的角度进行分析，以期能够发现中国科幻电影之所以缺席的蛛丝马迹。

（一）"实用理性与乐感文化"——中国文化与未完成的现代性

　　科幻电影是创意思维中情境维的代表类型。而情境维在创意思维中的作用是一种文化情境对创意思维的影响。我们分析中国科幻电影缺失的成因，就是要找到中国文化区别于西方文化之处，找到中国缺少科幻类型生长的土壤的原因。

　　李泽厚先生在《实用理性与乐感文化》中将中国文化传统归纳为"实用

理性"与"乐感文化"，并将其作为书名。所谓"实用理性"是中国传统中重视实践操作，重视现实的可能性，而轻视抽象思维，轻视"逻辑的可能性"①，这种实用理性使得中国人长期沉溺在"人事经验、现实成败的具体关系的思考和伦理上，不能创造出理论上的抽象的逻辑演绎系统和归纳方法"②。"乐感文化"的核心是情本体，这个"情"指的乃是情感，同时也是情境。这个"情"从根本上来说是儒家所提倡的伦常情感和伦常关系。宋明理学试图追求超验性的先验理性，压抑"情"，也就是"存天理，灭人欲"，却找不到像"上帝"一样的超验存在，以"孝悌"等来填入"天理"之中，最终仍旧不能超越人世。"实用理性"导致中国传统文化中只存在技艺，却没有科学，无法从实践当中发展出抽象的理论和思维方式，以"情"为本的"乐感文化"仍旧停留在人世之中，以身心幸福地生活在这个人世上为目的，同时没有超脱出中国儒家所追求的"内圣外王"的世俗理念。所有这些中国传统文化的特点都来源于中国的天人不分的"巫史传统"，儒家口中的"天道"并非是像基督教中的"上帝"一样是超脱于人世存在的宗教信仰，而是同"人道"一样，甚至于"天道"是"人道"的提升。儒家的追求也并非像基督教一样去寻求精神的寄托，而是"齐家治国平天下"的世俗政治追求，重视的是现实的统治秩序和道德律令。自孔孟而始的儒家文化经过两千多年的封建专制的社会的强化和演绎，最终形成了中国传统文化特有的"天下观"和对"大一统"的格外渴望，并最终形成了排除异己、闭关锁国的"小国寡民"心态。孙隆基先生的《中国文化的深层结构》中还提到了中国人的"身体化"倾向，即"希冀一己之'身'的无限延续，或者，是透过'二人'的人情与人伦关系去延续一己之'身'"③。这种"身体化"的倾向也就表示中国人对于"身外之物"，也就是精神性事物的轻视。这些都表现出中国文化对于物质现实性的重视，忽视对超越性精神的追求，缺少对抽象概念的兴趣。中国以这种儒家文化为代表的文化传统也就缺乏"向上"探寻、"向外"探索的欲望，而只固守于自身确证的

---

①　李泽厚：《实用理性与乐感文化》，12 页，北京，生活·读书·新知三联书店，2008。

②　同上。

③　孙隆基：《中国文化的深层结构》，40 页，北京，中信出版社，2015。

"天下"之中。综上而言,"实用理性"使中国文化缺少对先验理性的追求,理性在中国文化中并没有重要地位,实用理性最终是为人的生存而服务,导致中国文化追求技艺发达,而缺少纯粹的数理科学和抽象的思辨哲学。而"乐感文化"追求幸福快乐地生存在人世之中,不以另一个超验世界为旨归,因而缺少"向上"、"向外"追寻的动力。缺少科学理论,缺少对超越性精神的追寻,在某种程度上就丧失了科幻这一形式产生的基础。

另外,西方文明在基督教文化的推动下,完成了新航路的开辟、新大陆的发现,同时因为对于理性的推崇,在神学的桎梏中发展出了近代科学,祛除了世界的蒙昧状态,推动西方世界开始现代性的进程。而中国依然故步自封,逐渐落后,没能顺利开始现代性的进程。更进一步,中国长期处于被侵略的战争状态当中,更使得中国的现代性进程受影响,直到现在仍旧未完成。西方的现代性进程开始于西方资本主义的发展,正是资本主义经济的发展,唤起了人的自我意识,推崇理性,崇尚科学,通过宗教改革、文艺复兴、启蒙运动、工业革命,一步一步地推进了西方文明的现代性进程。在现代性进程不断深入、现代性的负面影响凸显时,西方同样也出现了对现代性进行反思的声音。两种现代性就在资本主义文明的不断发展中产生和交织在一起。与此相反,中国长期困守于"天朝上国"的幻梦之中,小农经济、封建王权及封建宗法制,扼杀了中国资本主义经济发展的可能,中国科举的形式决定了中国在西方人推崇理性、发展科学时仍然注重经史子集,而贬斥"奇技淫巧",虽有西学东渐之风,但仍旧无法发展真正的近现代科学。少数的思想启蒙家如李贽等也并未在中国深厚的封建土壤中形成气候。正因如此,当西方在进行工业革命、发展资本主义和近现代科学时,中国正变得越来越落后、愚昧,当鸦片战争打开国门之后,中国人才认识到与世界的差距,试图学习西方的思想和科技以"救亡图存",这便是中国的启蒙和现代性进程与西方不同的地方。西方的现代性进程是在资本主义经济发展、人的意识觉醒之后,自主产生了启蒙思想和现代性理论,而中国的启蒙和现代性的开端乃是在被侵略和面临亡国危机时被动地寻找"救世良药"。因为救亡图存的急切,无论是"五四运动"还是"新文化运动",都存在摒弃中国传统文化而全盘西化的倾向,同时也由于救亡图存的需要,对于西方的科技思想存在只能学其形而不能学其神的问题，科学启蒙并没有真正在中国的土地上发生。由于内忧外患局面的存在，从洋务运动到辛亥革命，中国国内缺少和平稳定的启蒙和改良环境，革命也受到西方势力的干涉，因而最终都归于失败。中国的现代性进程在这样的国内外环境中曲折前进，实质上对国内民众并没有起到良好的启蒙作用，个体意识的觉醒的作用就退让于民族救亡的意识的危机之后，民主、平等、科技发展等都退居于民族存亡的危机之后。而在抗日战争和国共内战结束，1949 年之后的中国走上了与资本主义国家截然不同的社会主义道路，中国的现代性完全与资本主义世界割裂，中华人民共和国在成立后的前十七年进入了以行政计划命令和社会主义意识形态指导进行经济建设的时期，此时个体依旧被压抑，代之以群体性的国家意识和政治狂热。随着"文化大革命"的爆发，中国的现代性进程完全中断，现代文明所追求的各种价值及中国传统道德被毁灭殆尽。"文化大革命"结束后，经过拨乱反正、思想解放，推行"四个现代化"，在社会经济层面上追求国家的富强，知识分子开始重新接受西方的各类思想，形成了 20 世纪 80 年代中后期的新启蒙运动。新启蒙运动的知识分子，对中西方文化进行价值重估，在对待西方的现代性思想时形成了某种"态度同一性"。"虽然新启蒙运动'态度同一性'在整体上肯定了西方的现代性，然而，西方的现代性传统却是一个具有内在紧张和冲突的结构，新启蒙知识分子兼容并包、照单全收的拿来主义引进方式，使得在同一性背后被遮蔽的，是内在的深刻得多的异质性内涵。"[①]而这种异质性内涵预示着新启蒙运动内部的分化。1992年之后中国社会经济的起飞，市场经济来临，"中国的 90 年代在社会现实和集体心态上见证了某种真正的精神分裂。跃入我们眼帘的是传统（既有小农的也有社会主义的传统）社会构造的解体，国家权力的去中心化，道德和理论权威的失势……在这个时期，想象的中国历史主体，即知识分子眼中高于、超越于具体国家形式的东西，那种唯一正当的和统合性的力量，也就是出于高速而不平衡增长中的中国经济，同时成为了一种

---

① 许纪霖：《当代中国的启蒙与反启蒙》，13 页，北京，社会科学文献出版社，2011。

造成社会分化的力量。"①正是这种分化，让新启蒙知识分子看到了现代性所存在的问题，现代性的问题意识让新启蒙知识分子看到了启蒙存在的内在限制。而这种分化和对现代性的不同认识，从产生开始就再也没有形成过共识，无论是新左派、新儒家还是新自由主义，都未能找到现代性的本土化方案。进入 21 世纪，经济社会的不断发展，消费主义、大众文化及互联网的兴起，中国社会进入众声喧哗的时代，社会分化严重，现代性所要达成的目标一直都未能完成。现代性所推崇的理性、科学、自由平等在中国社会中并没能成为共识，而西方社会通过数百年时间处理的现代性及产生的现代性问题，在中国短短三十年时间出现，使得中国民众都显得有些混乱，价值观和思想都处于分裂状态。中国的政治现实也不容许精英知识分子对社会进行激烈的反思与批判。正是中国社会的这种历史与现实的状况，使得中国的现代性无论是在理论上还是在现实中都处于未完成的状态。急速而来的经济浪潮导致精英知识分子在现实面前处于失语状态，直至今日。

综上，这些问题导致了中国科幻电影创意情境思维的缺失，文化情境的历史和现实状况在一定程度上导致了科幻类型的缺失。在中国传统文化中，因为缺少超越性的宗教存在，中国人缺乏向上寻求救赎、向外扩展的欲望，也缺少因为"上帝"存在而对未知空间和未知事物的敬畏，也就缺少科幻产生的土壤。而到近代，社会科技的落后，也无力催生基于自然科学基础之上的科幻小说。晚清之时，鲁迅等知识分子曾经看中科幻小说的天马行空的想象力，认为其能够引导民众、开化明智而予以译介和创作，而这种对于现代科技的幻想在某种程度上带有现代化神话的特点。中国社会由于当时的科技水平和对科学的认知，也无法真正把握科幻小说中的科技内涵，更不用说在电影初生的年代进行科幻电影的拍摄。而中国现代性的未完成所导致的结果并非是在科技水平上难以产生科幻电影，经济的快速发展和全球化使得中国电影特效水平并不落后西方太多，而是科幻电影中所天然具有的对科学的推崇、对全人类的"终极关切"、对人类未来的深刻忧虑在中国电影人心中缺乏存在感。又因为

---

① 张旭东：《全球化与文化政治：90 年代中国与 20 世纪的终结》，朱羽等译，7 页，北京，北京大学出版社，2014。

中国现代性历程的曲折过程，中国知识分子对于现代性所催生的工具理性、官僚体制都认识不足或无法批判，而这些问题往往是科幻电影的创意来源。另外，正因为中国现代性的未完成，整个中国社会并没有形成统一的价值体系，而中国社会的发展历程又将既往的中国传统道德破坏殆尽，反映在电影中便是缺少统一的价值观，并显示出价值观的混乱。这在科幻电影中是一个十分严重的问题，用什么样的价值观和世界观对待同类、对待异类，以及对待未知世界，都是科幻电影需要深入探讨的问题，也是决定影片深度和高度的问题。这些方面往往导致中国仅存的科幻电影陷入困境，也使得科幻电影的创作陷入困境。

(二)中国不成熟的电影产业的影响

上文分析了中国科幻电影缺失的文化原因，而那只是中国科幻电影没能随着全球电影的趋势一同产生的原因，而并非是直到 2017 年还寥寥无几的真正原因。对于当今中国电影的类型序列中单单缺失科幻电影的问题，还需要从电影产业和法规上去寻找原因。换句话说，就是中国不成熟的电影产业和审查制度(从内容到形式上的限制)，在一定程度上导致了中国科幻电影的缺失。

中国电影的产业化开始得较晚。中华人民共和国成立之初，中国的电影事业和其他各行各业一样，都被收归国有，受到国家计划和意识形态的影响，电影的拍摄、制作、放映等都统摄于国家计划，不存在资本的流动。"文化大革命"时期，中国的电影事业更是停滞。那时的国人对于电影的类型化和产业化基本没有概念。直到 1993 年中国电影开始市场化改革，电影公司的股份制、集团化改革，才开启了中国电影的产业化之路。2002 年之后，更是明确了电影作为文化产业的思路，进一步开展了电影的产业化改革。中国电影产业迈着缓慢的步伐前进。当电影开始市场化运作之时，票房就成了制作者们认真考虑的事情，中国的电影创作者自觉或不自觉地开始尝试进行类型电影的创作。中国电影从零开始摸索商业电影的类型创作规律，并以此建立电影的工业体系，只用了短短二十多年的时间。对于大多数常规的电影类型，诸如爱情片、犯罪片、武侠片等，中国电影人需要探索的更多的只是故事的创作规律，如何能够创造出一个好的故事吸引观众，尊重商业规律进行发行、放映来赢得票房。然而对于打造科幻电影而言，中国短短二十多年建立起来的电影产业，远远不能满足需要。正是发展时间不长、仍旧不成熟的电影产业限制了科幻电影的创作。

电影的产业链是以制作—发行—放映为核心的商业链条，而导致科幻电影缺失的原因首先就在制作这一环节。中国科幻电影的制作从创意到美术、道具都是零经验，更不用说科幻电影的重中之重——特效。

首先，从电影最初的出发点——创意——开始，中国科幻电影处于极为窘迫的状态，科幻在中国一直属于小众文化，科幻作家不多。科幻作品虽然不少，但并不足以源源不断地支撑一个电影类型的长期生产。同时，电影从业者当中了解科幻，并且对科幻感兴趣的从业者并不多，科幻电影的制作无从谈起。从源头开始，科幻电影的创作便陷入了困境。

其次，从编剧环节来说，电影需要完成从文学小说到剧本的转变，或者进行原创。而编剧向来是我国影视行业较为薄弱的一环，更不用说科幻电影是中国长期缺失的一种类型。另外，对于科幻电影与其他类型电影不同的创作规律，中国的编剧仍然处于摸索状态，在学习好莱坞科幻电影的创作时，依然无法把握科幻电影的内涵。

再次，就制片人与导演而言，科幻电影长期在我国电影序列中的缺失，使得导演与制片人缺乏经验，不能深入了解科幻电影创作与其他类型电影创作的异同，无法保证科幻电影拍摄层面的可控性。

最后，科幻电影最为重要的视觉呈现方面，对中国电影产业而言更是难以操作。相比于好莱坞科幻电影发展了近百年的历史，并最终形成的现在好莱坞科幻电影独有的视觉系统和制作规律，中国国内的电影从业者难以望其项背。科幻电影的视觉呈现效果并非拥有特效技术便能够达到，科幻电影的视觉呈现牵涉特效、美术、服装、化装、道具环节，而这些共同决定了一部科幻电影的风格。比如，《黑客帝国》中所有人物都穿着黑衣在打斗，具有接近现实生活的赛博空间、机械朋克风格和阴郁气质的机器城和锡安城；《异形》系列电影中，唤起人类内心恐惧的"异形"形象，人类太空船的内外构造场景；《终结者》系列中"终结者"的经典形象等。所有这些电影的视觉呈现，是好莱坞的电影工业在几十年甚至数百年积累的经验基础上创造出来的。而这些视觉呈现不仅牵涉技术层面，还牵涉现代化和科技发展对审美的影响。如何创造出既符合现实又充满科幻感，同时能够造成视觉冲击的视觉形象，也就是获得科幻研究者苏恩文所说的"陌生化认知性"的效果，对电影从业者的科技素养和艺术修养要求极高。对于中国科幻电影而言，虽然技术容易获得，而形成科幻电影风格的诸多方面并不能一蹴而就，中国电影产业发展时日尚短，这也是造成中国科幻电影缺失的原因。

(三)现代性视野下的中国科幻电影创意思维批判

本章虽然探讨的是中国科幻电影的缺失成因和发展可能性，并非是说中国电影百年历史当中一部科幻电影都不存在。然而，在中国电影的百年历史中，中国(包括香港地区)所出产的电影不过寥寥几十部。相对于如今中国电影市场每年动辄数百部的创作数量而言，总共数十部的科幻电影数量，对于一种类型电影而言，说其属于缺失状态也并没有错。在这数十部科幻电影中，因为历史与现实的文化情境，以及未完成的现代性和电影产业的不成熟，导致出现了各种各样的问题，以至于少有能达到及格成绩的科幻电影出现。

对于中国现存的科幻电影而言，值得称道、具有借鉴意义的只有两部拍摄于 20 世纪 80 年代的影片，一部是《珊瑚岛上的死光》，另一部是黄建新导演的《错位》。《珊瑚岛上的死光》改变自科幻作家童恩正的小说，影片讲述了科学家陈天虹由于"高效能原子电池"而卷入了某大国财团的世界经济争霸中，他坚持将发明带回祖国，但他乘坐的飞机遭受"晴空闪电"在太平洋上空坠海。常年旅居大洋荒岛的华裔科学家马太博士救了陈天虹。激光武器源自爱因斯坦的奇思异想，为了防止它成为世界毁灭者，两位科学家决定联手反击国际商业霸权。影片因为来源于科幻作家的原著，对于科幻所应具有的内涵把握得相对清晰。影片中的激光武器，是建立在科学基础之上的对于未来的想象，对技术失控的担心也是科幻电影的题中之义。虽然由于影片拍摄于 80 年代，依然残留诸如外国势力渗透等"冷战"思维，但是其具备了基本的科幻电影的各项元素，对于中国科幻电影的拍摄具有一定的借鉴意义。另一部黄建新导演的《错位》讲述的是一位升任局长的工程师因为厌倦了无聊的工作，制造了一个机器人代替自己工作，最后因为人与机器人之间的矛盾激化而导致机器人失控的问题。这部电影基本没有特效，但却充满形式感，黄建新延续了他在《黑炮事件》中的风格，从造型到色彩，再到略为荒诞的故事，探讨了人对自我身份的认同与焦虑，充满了现代性的问题意识。影片中机器人对人的反抗、人对机器人的恐惧，在象征对人自身主体被消解的忧虑的同时，也隐隐展现了人对失控技术的恐惧与担心。《错位》虽然出现了机器人，但是其着重探讨的是对个人意识、个人主体和个人身份的焦虑，以及对官场现实的讽刺（并非探讨人与机器人的关系这样的科幻母题）。但是影片深深触及了现代性所带来的问题，而这些是中国现有科幻电影所缺失的，对中国将要拍摄的科幻电影极具借鉴意义。上文探讨科幻电影的文化基因时便提到，宗教与现代性是塑造科幻电影的两大因素。中国社会缺乏像西方基督教一样的宗教信仰，对于现代性问题的探讨是影响一部科幻电影格局的重要因素。

由于中国科幻作品发展的历史与现实的原因，科幻长期被等同于科普，并且与"儿童"密不可分，北京师范大学的科幻文学专业方向甚至被置于儿童文学之下，导致的结果就是中国科幻电影长期以儿童科幻片的面目出现，其中就包括人们津津乐道的《霹雳贝贝》、《大气层消失》、《疯狂的兔子》、《魔表》等电影。这些影片面向的观众群体大多是少年儿童，因而故事的主人公也都是少年儿童，故事整体通俗易懂。例如，属于大多数"80后"的童年记忆的影片《霹雳贝贝》讲述的就是一个名叫贝贝的小男孩，因为出生时外星人的到来而全身带电被视作怪物，在成长的过程中努力摆脱孤独、寻找友情和理解的故事。影片虽然有外星人、人体带电等科幻元素，但本质上仍然是一部关于儿童成长的故事，片中设计的各种细节也都是为了吸引儿童观众。这部影片作为儿童电影，是一部相对优秀的作品，然而对于科幻电影这一类型来说，借鉴意义并不大。《魔表》、《大气层消失》等都同《霹雳贝贝》一样，作为面向儿童的科幻电影有可圈可点之处，但是并非优秀的科幻电影。而《魔表》中，能够让人随意变年轻或者变老的设定，《大气层消失》中主人公突然能够听懂动物说话的设定，虽然在儿童科幻片中并不违和，但是却牵扯出了中国科幻电影的另一个问题——科学与玄学之间纠缠不清的关系。

中国科幻电影中科学与玄学的纠缠不清，其本质原因就在于中国作为一个后发的现代国家，国人科学思维的匮乏。中国的现代性过程几经艰难，对于科学思维的启蒙并没有真正发生，中国社会的科学思维一直没有建立，社会的蒙昧状态并没有完全祛除，中国人心中的玄学思维仍旧根深蒂固。影片《魔表》中，来历不明的手表因为兴奋剂药片的作用就能将小孩变成大人，因为水滴的作用就能将大人变成小孩，这种作用难以运用科学思维去解释，近乎神话玄学。同样，《大气层消失》中，主人公突然能够听见动物说话，也是近乎魔法的设定。而尤其突出的是 1976 年香港拍摄的一部原名叫《战神》，现在被称为《关公大战外星人》的电影。影片中的赵老先生热爱雕刻，喜欢雕刻关公，并认为雕刻完成后关公就能显灵。赵老先生的儿子是科学家，对于父亲的观点无法认同。然而在外星人肆虐地球之时，赵老先生雕成的关公神像最终显灵，战胜了外星人。影片中还出现了托梦、画龙点睛等情节。这部电影虽然是香港拍摄，带有 Cult 片（指某种在小圈子内被支持者喜爱及推崇的电影）的性质，然而仍然很能体现中国人在创作科幻电影时难以打破的玄学意识。大陆拍摄的《凶宅美人头》和《合成人》也具有这一特点。相比而言，好莱坞的科幻电影中无论有多么离奇和不可思议的设定，都建立在一定的科学基础之上，乃至于当今大热的超级英雄电影也依然如此。虽然笔者不认同超级英雄电影是纯粹的科幻电影，而认为其应当是科幻和奇幻相融合的一种单独的电影类型，但是对于中国科幻电影的创作依然具有借鉴意义。以《X 战警》系列为例，影片中的变种人的能力千奇百怪，大大脱离了科学的范畴。能控制雷电天气的"暴风女"，能从身体发出火焰的"火人"，能进行拟态变形的"魔形女"，等等，这些已经是接近神话的设定，然而这些设定是以基因的变异为基础的，且并非是一蹴而就的，其科学基础是进化论及基因工程，哪怕片中的反派想要制造变种人，也依然需要遵循科学的规律，进行试验乃至基因的改造。漫威电影中最接近神话的《雷神》系列电影直接取材于北欧神话，但仍旧将其建构在一个神似科学的世界观之上，是神话与科学的结合。寥寥无几的中国科幻电影的科学基础十分薄弱，更多地处于幻想的层面，而缺少科学基础，也欠缺运用科学思维处理故事的能力。从现代性与创意思维的角度来看，就在于中国现代性的未完成，对于科学的启蒙和世界的祛魅做得不够，而中国电影的创作者只能运用经验维中的历史经验思维——玄学思维去填补科学思维的不足，难以根据时代的变化去应对新的科学情境之下的变化。

因而中国科幻电影的第三点问题之一就是难以掌控科幻故事，编剧能力薄弱，科幻沦为影片的点缀和噱头。2009 年，刘镇伟携"中国首部科幻大片"的名头，推出了电影《机器侠》，上映之后恶评如潮。影片特效简陋，剧情缺乏逻辑，片中充满无厘头拼贴式的笑料。科幻在影片中成为噱头，对于影片想要表达的"机器人自我意识"这样的科幻母题毫无表现，本质上仍然是一部无厘头的爱情故事。2010 年王晶拍摄的《未来警察》更是有过之而无不及，特效粗糙，剧情混乱，制造了一部纯粹披着科幻外衣的烂片。2015 年年末上映的《不可思异》和 2016 年年初上映的《蒸发太平洋》依然存在上述科幻片的问题。孙周导演的《不可思异》试图以网络语汇、外星人，甚至家庭亲情来构建一部科幻电影，然而却打造出了一部四不像的混乱影片，逻辑混乱，台词生硬，片中的科幻设定更是毫无逻辑可言，缺乏科学精神，也无法自圆其说。周文武贝导演的《蒸发太平洋》剧情充满漏洞。对于当今的中国科幻电影而言，创作出一部合格的剧本大概是需要迈过的第一个坎。

最后，如果将中国科幻电影的概念扩大，2008 年的《长江 7 号》和 2016 年的《美人鱼》两部影片可以勉强算作科幻影片。然而周星驰的这两部电影依然只是披着科幻外衣，带有科幻元素，却走向了其他方向。《长江 7 号》中的外星生物"长江 7 号"是一个纯粹的外星生命，然而这样科幻的设定在影片中并非情节的主要推动力，而是影片想要表达的父子关系、家庭温情的催化剂。无论长江 7 号是不是外星生物，对于影片所要表达的主题其实并没有实质的影响。科幻元素的存在只是影片的一个工具，并不占据主要地位。而《美人鱼》也是介于科幻和神话之间，美人鱼的设定既像科幻中对异族的想象，又似乎来源于神话，影片的主题也最终走向了环保和纯爱故事。在这样两部影片中，影片的设定有没有科幻并不重要，科幻元素具备极强的可替代性。这也是当今中国科幻电影所面临的问题——如何创作一部纯粹的科幻电影，而不仅仅是将科幻作为影片的点缀。

第四节　现代性进程下中国科幻电影发展可能性探析

科幻电影在中国电影序列中缺席了这么多年，最近几年终于开始重新进入人们的视野，"中国科幻电影元年"的口号已经喊了数年。随着《三体》获得"雨果奖"，更给中国电影的科幻热潮添了一把火。然而被人们寄予厚望的《三体》电影到笔者写作本章之时依然没有上映。科幻电影的热潮仍然停留在想象当中。因而本章在分析西方科幻电影的文化成因和中国科幻电影的缺失原因之后，自然希望能够探寻出中国科幻电影发展的可能性道路。编剧张小北在"知乎"发表的一篇名为《如何构建"中国科幻电影"的视觉体系》的文章中提出，构建中国科幻电影的视觉体系，既不能"全盘西化"，也不能"完全民族化"，而应当建立符合中国观众审美的"现代化"视觉体系。笔者认为，张小北的观点不仅能够应用到科幻电影的视觉体系，更能够推而广之到中国科幻电影的整体发展。以下，笔者将以张小北的观点为基础，提出中国科幻电影发展的可能性，对中国科幻电影的发展提出建议。

（一）走不通的"全盘西化"

科幻电影是一种完全来自西方，并且在全球电影市场上几乎被好莱坞垄断的电影类型，在拍摄中国科幻电影类型之时，最容易想到的便是"拿来主义"——照搬好莱坞的拍摄经验和视觉体系来构建中国科幻电影的制作体系。然而，正是因为科幻电影是完全来自西方的电影类型，中国基本上毫无制作经验，全盘西化、拿来主义是最不可取、也无法走通的一条道路。

一方面，上文已经阐释过，科幻文化产生于西方基督教文化对上帝的追寻，科幻电影同样成长于基督教背景，西方人对宗教的态度和思考都内蕴于科幻电影之中，因而许多科幻电影具有极强的宗教气息和超越性的情节特征。而中国当然无法在电影中复刻基督教文化中的宗教气质。就正如《2001：太空漫游》中的黑色石碑，中国人大概不会在影片中确立这样一种极具宗教意味的意象。同样，《黑客帝国》系列这种充满宗教哲思的科幻电影对于中国文化而言也是不可想象的。

另一方面，中国科幻电影几乎从零开始，缺少西方科幻电影上百年的文化与技术积淀。科幻电影的发展历程几乎与 20 世纪的西方现代性历程同步，因而科幻电影在很多方面展现了西方现代性的问题和文化焦虑。同样，因为科幻电影的长期发展，西方科幻电影工业已经形成了成熟的视觉体系和工业设计。科幻电影作为技术与艺术高度结合的电影类型，毫无经验的中国科幻电影人想要全盘拿来，最后的结果可能不容乐观。这在某种程度上并不是技术的问题，而涉及对于影像风格的把握和文化差异。全盘西化的反例可以参考郭敬明导演的《爵迹》的视觉风格，《爵迹》虽然是一部真人特效电影，然而影片特效、美术、故事都是全盘西化的典型，从中找不到一点儿中国元素。《爵迹》虽然在某种程度上代表了中国特效水平的进步，然而其所呈现出的最终效果和电影口碑，难以让人信服全盘西化能够得到良好的效果。而中国魔幻电影同样能够给中国科幻电影提供相当的借鉴。中国的魔幻电影已经有了十数年从无到有、跌跌撞撞的发展历程。初期的中国魔幻电影，视觉特效、人物造型无不受到诟病，甚至被指有抄袭《指环王》电影造型的嫌疑。然而经过十数年的发展，到《寻龙诀》、《捉妖记》，中国魔幻电影在中西结合中找到了自己的方向，开始形成自己的风格。虽然仍旧存在西方审美的烙印，但仍旧是在学习西方数字技术及类型模式的同时试图与中国传统文化结合的良好范例。对于中国科幻电影具有一定的启发意义。

(二)必然曲折的民族化之路

"民族化"是在中国长盛不衰的一种说法，其体现出中国作为拥有与西方完全不同文化的民族国家对自身主体和文化的焦虑感。只要谈到文化相关问题时，"中国性"、"民族化"总是要被搬到台面上来讨论一番的，中国试图走出一条与西方国家不同的有中国特色的道路。然而"民族化"对于中国科幻电影而言却是一个实实在在的伪命题。国内常说的"民族化"在某种程度上与"传统"联系在一起，走"民族化"的道路的内涵语义便是要同传统相结合，创造出包含自身民族特色的事物。然而科幻电影并非是魔幻电影，魔幻电影的中西结合，在于其自身的题材决定了它能够从中国传统中汲取足够多的素材和营养，以创作出具有民族特色的影片。而本章多次强调，科幻电影是产生于西方文化中的独特电影类型，并且与宗教和现代性联系紧密，传统文化中并没有能够适应科幻电影的叙事规律和视觉特点的"传统"可供汲取。另外，科幻电影因为植根于"科学"、"幻想"，在某种程度上是属于"未来"的电影，它的叙事规律、视觉特色、影像风格所要展示出来的是距离"传统"很远的未来特色，如果强行要坚持中国的民族特色进行民族化，很容易制造出披着民族外衣的畸形产物，忽略科幻电影本身的精神气质。

不强调"民族化"不代表不能表现民族的内容，而是不应该在中国科幻电影中过多强调所谓民族风格或者民族特色，而应当更多地关注民族主体在时代浪潮中所面临的焦虑、困惑等问题。正如前文所言，现代性塑造了科幻电影，社会现代性为科幻电影带来了先进的科技，而审美现代性的问题意识为科幻电影创造了表现的内容。中国科幻电影在创作时也应当关注中国作为后起的民族国家，在现代性历程中所呈现出来的问题，以及民族主体面对全球化浪潮时产生的身份认同问题，应当学会运用现代艺术和技术来阐释民族文化的精髓。这种精髓并不在于肤浅的形式的"民族化"上，其应该体现的是民族本身的精神气质和内在精髓。

(三)中国科幻电影发展的可能性——融合东西方审美的现代化之路

要探讨中国科幻电影发展的可能性就必须清楚地了解，中国的文化与西方截然不同。因而中国科幻电影发展的重点便在于如何在西方科幻电影的巨大影响之下发展出符合现代中国观众审美的中国科幻电影。

自从科幻电影在好莱坞一跃而成 A 级大制作之后，好莱坞科幻电影的叙事策略更加全球化，宗教的内容在影片中也越来越少，而更加倾向商业化的制作和更加普适的价值观，也就是依靠强大的视觉特效和吸引人的故事来吸引观众，获取票房。以好莱坞科幻电影为模板，中国科幻电影发展的可能性就在于学习好莱坞科幻电影先进的特效技术和叙事策略，同时融合中国在现代化过程中所形成的现代审美，创造出融合东西方审美的科幻电影。

　　之所以说中国科幻电影要在学习好莱坞先进特效和叙事策略的基础上融合中国的现代审美，就在于科幻电影一方面是以视觉特效为核心的电影类型，另一方面对于中国观众而言，中国科幻电影是基本没有出现在现代观众视野中的电影类型。所谓中国现代审美是区别于完全"民族化"而言的。中华人民共和国成立之后，中国便进入了工业化建设的时期。七十年过去后，中国在整体建设和审美上已经趋向于"现代化"，这种"现代化"和"西化"并不相同，其本质上带有中国过去工业化所形成的审美习惯和技术积累，能够匹配中国人在现代化的过程中所形成的视觉经验。因而当银幕上出现以此为基础的中国科幻电影时，能够将尴尬感和不适应降到最低，在视觉体系的建构上不会引起观众的反感。而难点在于，如何在保证这种视觉经验的现代化之后，能够同中国的民族性审美相融合，而不至于向西方眼中的东方异域一样缺乏真实感和可信度。

　　视觉特效确立后，中国科幻还需要解决的问题便在于故事及故事中所应体现出来的科学精神。中国电影向来在编剧一环极为薄弱，中国科幻电影要想走上正轨，还需要学习好莱坞科幻电影的编剧策略，遵循科幻电影独有的叙事规律进行人物塑造，打造台词风格，并使其与中国文化相适应。另外，正如上文所提到的，由于现代性的未完成、科学精神的缺失，导致中国科幻电影中科学与玄学共生。因而中国的科幻电影还需要学会尊重一般的科学常识，同时以此来架构故事和设计视觉特效。在这方面，中国的科幻小说能够给中国科幻电影提供更多的借鉴。

　　中国科幻小说的发展水平比科幻电影高得太多，刘慈欣的《三体》将中国科幻小说所能达到的水平大大提升。《三体》系列小说中并没有出现任何宗教性的情节，其所采用的世界观和价值观都来源于现代社会学，并且从全人类的角度出发，运用了人类普遍能够接受的价值体系去构建整个故事。《三体2：黑暗森林》所提出的"黑暗森林"理论，构建了黑暗的宇宙社会学，而《三体3：死神永生》更是将视野扩大到了整个宇宙，探讨远超人类想象的文明与更为广大的宇宙的故事。《三体》系列故事自始至终都透露着对人类命运的深切思考，并将这种关切与思考在宇宙的时间与尺度上展开，创造了一个能够在世界范围内被广泛接受的故事。《三体》以中国的血肉创造出全世界范围都能够接受的科幻小说，而中国

图 1-11　电影《关公大战外星人》

科幻电影如若能够学习中国科幻小说成功的经验，在文化内涵和视觉体系上吸收东西方文化的精髓，中国科幻电影的未来也是值得期待的。

概言之，努力学习好莱坞科幻电影的成功经验、特效技术和叙事规律，尊重科幻电影内在规律和科学精神，融合东西方在现代化过程中形成的审美趣味，是中国科幻电影顺利发展的必要条件。

第二章　中国魔幻电影的架空世界观研究

进入 21 世纪以来，以大制作、高概念为特质的好莱坞魔幻电影风靡全球，经过十多年的井喷式发展，渐渐形成了稳定的审美范式和叙事风格。从《指环王》、《哈利·波特》、《纳尼亚传奇》等成功范例来看，西方魔幻电影大多以欧洲的民族神话、巫术传说及骑士文学作为基础，拥有一套完整、自律的架空世界观。在虚拟时空中，不仅其历史、文化自成一格，族群和物种十分多样化，连魔法及幻术也遵循着明确的规则。对于受众而言，这是一个不讲究现实逻辑，但不缺乏自有逻辑的虚拟世界，在数字技术的呈现之下，它的存在比真实世界更加真实。

歌德曾经说过，"每一种艺术的最高任务，即在于通过幻觉，达到产生一种更高真实的假象"①。魔幻电影生成假象的根基便在于世界观的设定。通过一系列时空设计、叙事逻辑和类型符号，魔幻世界建立起一套丰富、完整的秩序，唯有在此秩序之下，创作者的想象力才可能汪洋恣肆、挥洒畅达，同时又有清晰的逻辑规则可循；接受者的观影体验才能够极致梦幻，同时又不受其颠覆性的想象影响而中断。因此，在魔幻电影的研究范畴内，世界观始终是一个重要且实际的命题。

近些年来，中国魔幻电影在西方影响下日渐成熟。无论早些年间的《无极》、《画皮》，还是近年来上映的《捉妖记》、《西游记之三打白骨精》等，都能在同档期影片中取得相对不错的票房成绩；片中鲜明的奇观想象、浓烈的人物情感，往往给观众留下深刻印象。然而，中国魔幻电影仍存在诸多问题，有的影片世界观混杂、西化，远离了传统文化的土壤；

---

① ［德］爱克曼辑录：《歌德谈话录》，朱光潜译，北京，人民文学出版社，1978。

有的影片世界观薄弱，缺乏完整架构，魔幻沦为影片的包装和噱头；还有的影片世界观褊狭、雷同，纷纷呈现出"魔幻为体，爱情为用"的实用主义创作理念。概言之，中国魔幻电影缺乏完整的、具有中国特色的架空世界观设计，这正是本章探讨的主题。

本章将以中国魔幻电影的世界观架构为主要研究对象，探究中国魔幻电影的世界观源流，梳理21世纪以来中国魔幻电影在世界观架构方面的缺失，并对中国古代神话、传统文学，以及现代流行文化中的魔幻世界观进行一番归纳，总结其对中国魔幻片创作的借鉴意义。本章主要针对如下三点进行分析。第一，"中国魔幻电影"如何界定，"架空世界"如何释义，"架空世界观"对魔幻电影的意义何在。第二，在中国传统与流行文化土壤中，存在哪些可供借鉴的、拥有鲜明文化特征与时代特色的世界观构想，其对中国的魔幻电影创作有何借鉴价值。第三，新时期的中国魔幻电影在架空世界观呈现方面有哪些特点，与西方成熟的魔幻制作相比差距何在；中国魔幻电影在整合中式神怪素材与好莱坞类型特点的过程中出现了哪些问题，从而导致自身的世界观出现混乱。

爱因斯坦曾经说过："想象力比知识更重要，因为知识是有限的，而想象力概括着世界上的一切，推动着进步，并且是知识进化的源泉。"人类知识进化如是，当下中国电影之发展亦如是。长期以来，相较于超越现实的想象，中国文化更强调现实主义与功利主义，中国电影又一直肩负着劝世抚民、文以载道的重任，虽然出现过诸多优秀的现实主义作品，但一直疏于具有浪漫主义情怀的影片创作。魔幻电影作为幻想类电影的重要类型之一，对开启中国电影的想象力起到关键作用，而针对魔幻电影世界观的研究，则将支持想象力的发展，并为创作者的想象增加有力的骨架和真实的底色。

第一节 魔幻电影与架空世界

(一)中国魔幻电影释义

在展开论述之前，首先需对"21世纪中国魔幻电影"及"架空世界观"两个概念进行界定。

"魔幻电影"本质上是一个舶来词，由"Fantasy Film"翻译而来，又被称为奇幻电影、幻想电影，原本是一个较为宽泛的概念，包括科幻片、神话片、童话片、鬼怪片、史诗片等多个亚类型。直到 21 世纪初，随着数字技术的飞速发展和成熟，《指环王》系列(共 6 部)、《哈利·波特》系列(共 9 部)、《纳尼亚传奇》(共 3 部)等大制作、高概念的好莱坞魔幻系列电影相继获得成功，"Fantasy Film"才逐渐成长为独立的类型片种，特指那些发生在架空世界，充满了魔法元素，具有固定的艺术模式和鲜明的想象特质的魔幻影片。

对于"魔幻电影"一词的含义，近年来许多学者已有相关论述。游飞、蔡卫在《美国电影艺术史》一书中提出："科幻片除去科学代以魔法、神话等元素，即成了魔幻片……魔剑、符咒、神器等成为常见的戏用道具……魔幻片一直被认为是通过想象和幻觉来排遣人类内心世界有意识或无意识的恐惧和欲望，在此人类对于死亡和伤害的焦虑得到抚慰，对于权力和侵略的需求得到满足，儿童对于成人世界的幻想和惊奇也得到了愉快的回应。"[1]有的学者认为，"魔幻电影，可以被看作衍生态神话的组成部分。我们常说的魔幻/奇幻电影，是指近年来随着数字技术的发展而产生的、以非现实人物或具有神奇禀赋的人物为主角，以神话故事为原型，将原始意象与现实生活相融合而产生的影片"[2]。有的学者认为，"魔幻片是以魔幻、神话等善恶冲突的故事来构筑虚幻世界，主要通过虚幻、离奇或非人间的故事情节曲折地反映出人类生活诉求或理想境界的电影类型"[3]。有的学者认为，"魔幻电影都是一种在拟态世界发生的奇幻故事。从故事发生的时空、人物和行为来看，我们都无法将其看作一种单纯地对外在现实的复原。虽然巫术和魔法都可以在现实、艺术和宗教中找到映射的影子和文化的源泉，但无论是从作者的铺叙还是读者的

① 蔡卫、游飞：《美国电影艺术史》，260 页，北京，中国传媒大学出版社，2009。

② 李熙：《读解二十一世纪的神话——类型影片之魔幻电影研究》，载《贵州大学学报(艺术版)》，2010(3)。

③ 李燕：《元杂剧义仆形象研究》，硕士学位论文，南京师范大学，2008。

欣赏来说，它无非都是架空世界中的虚构故事"①。美国学者詹姆斯·沃尔特斯则指出，"同基于科技成就和日常生活展开想象的科幻片不同，魔幻电影所呈现的一系列场景、秩序和叙事逻辑，永远超出日常生活之外，其广义概念甚至超过了一般的幻想电影范畴"②。

总而言之，上述观点对于"魔幻电影"一词的界定，主要集中在以下两点：第一，拥有完整、自律的架空世界；第二，具备魔法、神话等幻想元素。这是魔幻电影区别于其他类型片的主要特征。

从这一角度来看，中国的魔幻电影真正形成类型和规模，主要是近些年的事情。长期以来，中国主流文化重教化，轻娱乐，"敬鬼神而远之"，多有禁忌。自 1949 年后，更将神魔鬼怪、修真作法视为封建迷信，隔绝于银幕之外。直到 21 世纪以来，随着技术的成熟，市场的繁荣，以及好莱坞魔幻片的"西风东渐"，才逐渐产生了一些类型化的摸索和实践，且大多取得了不错的票房成绩。

中国魔幻电影大多以中国传统文化中的超自然故事为蓝本，有的脱胎自长篇古典名著如《西游记》、《封神演义》，有的取材于短篇志怪小说如《搜神记》、《聊斋志异》，还有的改编自民间传说和戏曲如《白蛇传》、《牛郎织女》等。这些影片大多以善恶冲突为主题，以视觉特效为卖点，通过造型、服装、道具和场景设计，创造出一种有别于好莱坞大片的独特东方式奇观。虽然存在故事趋同、人物单薄、设定混乱等诸多问题，但不可否认的是，魔幻电影已成为当今中国影坛最具活力和潜力的类型片之一。在某种意义上，它是最先进的数字技术手段与传统的中国文化内核的统一，是最充沛的想象力和最严谨的规则设定的统一，折射出中国电影未来的发展大势。

(二)架空世界观释义

架空世界(the Secondary World)，又被称为第二世界、幻想世界，

---

① 刘思佳：《架空世界与魔法思维：论魔幻电影的本性》，载《电影评介》，2013(9)。

② James Walters，*Fantasy film：a critical introduction*，p.2，UK：MPG Books Group Press，2011.

是奇幻文学领域的一个重要概念，最早由奇幻文学大师、《魔戒》系列作者托尔金在《论童话故事》一文中提出。在这篇论文中，托尔金认为文学作品中存在两种世界："原初世界"（The Primary World）是神创造的世界，即我们日常生活的现实时空，而"第二世界"是作者创造的架空世界，一个完整、自律的想象空间。托尔金称，"架空世界"能否让读者"产生身临其境的真实感"，并且"能够承载或体现人类往昔的文化或文明精神"，将最终决定该作品的格调和水准。

如果以"原初世界"为参照系，那么架空世界应至少具备以下两点特质。

其一，"架空世界"独立于"原初世界"之外，与人类现实生存的世界和人类发展历史并无关系。它所拥有的一切，包括自然环境、社会环境、历史背景、语言文化等，皆为"无中生有"，是作者主观的想象和创造。进一步讲，架空世界必须与原初世界"拉开距离"，当它超越自然规律，迥异于现实时，才能充分展现"虚构"的魅力。

为此，魔幻作品在搭建架空世界时，往往采用夸张、荒诞、变形等陌生化手法，用大量的奇景、异兽、魔法，构建出一套完整而丰富的符号系统，吸引受众的注意力。以托尔金的《魔戒》为例，"中土世界"的地理、历史、种族设定庞大而细致，丰富而雄奇，但各种生命形式、魔法能力，都只存在于中土世界的图景中。在托尔金生前的最后一次访问中，有记者提问："就某种角度来看，中土就像你说的，是我们住的这个世界，但处于不同的年代吗？"托尔金回答："不……处于不同的想象阶段才对。"

其二，"架空世界"与"原初世界"有着千丝万缕的联系，即托尔金所说的，"能够承载或体现人类往昔的文化或文明精神"。创作者在构建"架空世界"时，很难脱离其身处的地域或时代背景。他们或下意识地参照真实世界，或有目的地影射现实秩序，从文学、历史、哲学中挖掘灵感。魔幻作品中的非人类种族大多拥有人形和人性，即便是巫术和魔法等超自然力量，也大多能在神话、宗教中找到源头。因此，当受众在观看/阅读魔幻作品时，往往能感受到一种"陌生的熟悉感"，进而与身处异境、身怀异能的主人公产生共情。托尔金在创作《魔戒》时，曾借鉴了大量的北欧神话典故，同时在一定程度上反映了第二次世界大战后欧洲社会的反战、反现代性情绪。这证明"架空世界"与创作者自身的知识结构、文化背景是密不可分的。

　　毫无疑问，托尔金的架空世界理论与其《魔戒》系列创作互为表里，相得益彰，极大地推动了奇幻小说类型化，成为幻想文学中影响深远的建构性理论。而在文学之外，电影、电视剧、动画、游戏等行业也纷纷成长、成熟起来，兴起一波又一波的幻想创作热潮。随着数字技术的突飞猛进，影像在"架空世界"的构建中发挥着越来越重要的作用。从书本中的插图，到动画中的设定图，再到游戏开头的介绍短片、电影中大量的计算机动画镜头，视觉文化逐渐反客为主，成为搭建虚拟时空的主力。与此相对，在影视、游戏等工业中，构建"架空世界"成为创作流程中极为重要的一环。

图 2-1　《魔戒》系列作者托尔金

　　在电子游戏领域，构建"架空世界"可谓是一门"显学"。因为所有游戏在本质上都是拥有独特规则的虚拟体系，玩家参与其中，体验的就是那份不同于真实世界的新奇、刺激。游戏公司一般设有"概念设计师"、"创意策划"等职位，专门负责架空世界的设计。大到时代、环境、种族，小到服装、武器、食物，都在设计师们的构思范围之内。在流程方面，设计者们首先收集资料、进行调研，然后讨论游戏特色，形成一个较完整的设计构想，进而将大的构想细分到概念设计的每一个部分，推敲细节、罗列条款，形成文字设定稿，最后生成概念设计图。这一完整的设计构架，被业界称为"世界观"。

传统意义上的"世界观"是一个哲学概念，主要是指建立在知识结构上的人们的思维反映，是知识影像反映在人们大脑思维里所产生的对于世界的看法和观点。简而言之，即"人们对世界总的看法和根本的观点"。然而，游戏领域的"世界观"更为具体，主要指游戏内完整的自然和人文设计，在一些文章中，它被划分为世界背景、人物设定、力量体系、主线故事等部分，具有"可设定性"、"可描述性"和"可分类性"三个基本属性。

在电影领域，"架空世界"的创作主要发生在魔幻电影中，与游戏世界观设计有异曲同工之处。早在前期的剧本创意阶段，编剧团队就要讨论架空世界的运行规则。通过一系列时空设计、叙事逻辑，建立起一套丰富、完整的秩序。唯有在此秩序之下，创作者的想象力才可能汪洋恣肆、挥洒畅达，同时又有清晰的逻辑规则可循。与此同时，视效团队也逐步开展设计制作工作。如上所述，在游戏、电影等创作领域，"架空世界"的构建已经成为一个重要且实际的工作。

为了方便论述，笔者试将游戏领域的"世界观"概念与文学领域的"架空世界"相结合，生成"架空世界观"一词，用以指代魔幻电影作品中关于虚拟世界的总体设定。值得一提的是，虽然"架空世界观"的说法并不常见，但许多学者已经在文章中使用了相似的概念或描述，并将其作为魔幻电影的基本特质之一进行论述。比如，奇幻文学翻译家、《魔戒》译者朱学恒就曾提出，魔幻电影区别于其他作品的最大特点就在于其故事发生在"架空世界"中，学者张颐武则在"中国奇幻类电影的探索与前景"学术研讨会上讲到，中国电影应具有创造"架空世界观"的能力。① 刘思佳直接将魔幻电影定义为"依照巫术和魔法思维，来描绘'架空世界'的类型

---

① 参见陈旭光、陆川、张颐武等：《想象力的挑战与中国奇幻类电影的探索》，载《创作与评论》，2016(4)。

电影"①。罗勤将自成体系的"第二世界"视为魔幻电影的主要特征。②

第二节 西方魔幻电影中的世界观

根据考证，"魔幻电影"的"魔幻"（fantasy）一词，最早出现在 14 世纪初期，意为"illusory appearance"，即"虚幻的呈现"。从词义上，"fantasy"最早可以追溯到古希腊的"phantasia"一词，可被翻译为"人为制造出的形象"。这意味着"魔幻"从词义本质上暗含两个特质：虚拟和创造。而当"魔幻"与"电影"联姻时，一个新的状态出现了："电影打破了真实与创造之间的界限，为我们提供了直接性的感同身受的认识"③，"真实的假象"出现在银幕之上。

如上文所述，魔幻电影所拥有的"架空世界"，是一个不讲究现实逻辑，但不缺乏自有逻辑的虚拟时空，其本质上就是由人创造的想象空间。这一特征，令魔幻电影在本质上区别于其他类型片。近些年来，系列魔幻电影如《指环王》（包括《指环王》、《霍比特人》两个系列）、《哈利·波特》（及其外传《神奇动物在哪里》）、《纳尼亚传奇》等自欧美兴起，其故事背景大多以欧洲的民族神话、巫术传说及骑士文学为基础，世界观宏大、精细、完整、自律。在数字技术的呈现之下，它的存在甚至比真实世界更加"真实"。

在下文中，笔者将尝试从"世界观的由来"和"世界观的设定"等两方面对西方魔幻电影中的代表作品进行分析，探究其在构造架空世界观方面的成功之道。

（一）西方魔幻电影的架空世界观的由来

毋庸置疑，魔幻电影与神话有着千丝万缕的联系。第一，魔幻电影

---

① 刘思佳：《架空世界与魔法思维：论魔幻电影的本性》，载《电影评介》，2013(9)。

② 参见罗勤：《中国魔幻电影发展现状及发展策略研究》，载《当代电影》，2013(9)。

③ ［匈］伊芙特·皮洛：《世俗神话——电影的野性思维》，崔君衍译，13 页，北京，中国电影出版社，2003。

承袭了电影自身的神话化功能。正如伊芙特·皮洛在《世俗神话——电影的野性思维》一书中提到的，"它（电影）体现了思想解放的愿望。这种愿望具有相当大的抱负，即力求肯定想象力的合理性，承认想象力的积极作用"。第二，魔幻电影本身就是现代的神话，其热潮是 20 世纪 90 年代后期兴起的"新神话主义"运动的重要组成部分。在叙事方面，魔幻电影往往以神话、史诗、童话、民间传说为原型，并在此基础上进行重构，通过复兴巫术、神怪等原始主义特色的神话世界，安放现代人发源于上古时期、埋藏于内心深处的集体无意识之梦，完成"由俗返圣与精神的回归"①。

神话的文本似乎是有限的，然而又蕴含着极其广博的意象和母题；神话的情节似乎是非理性的，但又充满了原始的智慧和自然的性灵。在西方魔幻电影中，随处可见对神话的运用，包括神话母题如救赎、堕落、历险，神话形象如天赋异禀的英雄、喜怒无常的神明、人格化的万物等。从"架空世界观"的角度来看，西方魔幻电影从神话中吸收了丰富的养分，在其古老的框架下进行了适当的变异和扩展。从《指环王》系列、《霍比特人》两个系列中，我们可以看到《埃达》、《西格德》、《卡勒瓦拉》、《贝奥武甫》、《尼伯龙根的指环》、《亚瑟王之死》等众多北欧神话和中古史诗的踪影；而在《哈利·波特》系列、《纳尼亚传奇》中，则留存着希腊神话、埃及神话、印欧神话、凯尔特神话等多重神话体系的印记。下面，就以《指环王》为例，试对魔幻作品与神话的关系进行分析。

在某种程度上，《指环王》的世界观传承并重构了北欧的神话体系。其一，在自然崇拜方面，北欧地处高纬度严寒地区，其神话中往往着流露着对太阳能量的崇拜，以及对火山、冰川等自然灾害的恐惧。相对应的，在中土世界中，光明被作为区分正邪阵营的重要因素。比起霍比特人故乡夏尔的阳光普照，精灵王国萝林的星光熠熠，反派大本营魔多和艾辛格总是处于黑暗的永不改变的黑夜中，与骇人的雷电和地火为伴。邪恶的兽人和巨怪大多畏光，喜欢趁夜色发动袭击。例如，在圣盔谷一役中，魔多大军在夜雨中强攻洛汗国要塞号角堡，战况异常激烈，直到巫师甘道夫在黎明时分赶到，率大队骑兵迎着晨光冲入战场，才彻底将

---

① 叶舒宪：《新神话主义与文化寻根》，载《人民政协报》，2010-07-12。

敌军击溃。此外，在古日耳曼人的宗教史上，对树木的崇拜占有重要位置，譬如其祭祀活动通常在"圣林"中举行，并将国运的走向寄予"圣林"的兴衰。在《指环王》中，这种崇拜表现在"树人"种族的设定，以及对"金银双圣树""刚铎白树"等神树的描述上。

其二，在地域和种族设置方面，北欧神话的世界由一棵巨树支撑起来（这是古日耳曼人的树木崇拜的又一体现），共分为三层、四大神系、九个国度。其中主要国度包括神国、精灵国、巨人国、侏儒国，以及人类的栖息地中间世界。这不禁让人联想起《指环王》的故事发生地"中土"，以及中土世界上生活的九个主要种族。其中，精灵、矮人等种族基本可以看作对北欧神话中的精灵、侏儒等半神系种族的延续，因为二者的形象是古日耳曼人的独特创造，并不见于其他神话体系。尤其是创世神话中作为"首生儿女"降世的精灵一族，在许多特点上都与北欧神话中的精灵有着相似之处：他们都随光明诞生，高贵优雅、性格温良，形象如同日耳曼传说所描述的一样，拥有稍长的尖耳，手持弓箭，大多是金发碧眼的日耳曼人模样。

其三，在道具的选择方面，《指环王》中的绝对主角"指环"是北欧神话中最典型、最传统的宝物之一。主神奥丁的力量来源就是一枚魔戒，而在冰岛史诗《埃达》、《沃尔松格传奇》，德国史诗《尼伯龙根之歌》中，也都可以发现那枚"由黄金打造，带有符咒，最终毁于诞生之地"的指环的原型。强权伴随的厄运，贪婪导致的毁灭，在这些作品中被反复强调。芬兰史诗《卡勒瓦拉》曾对青年托尔金有过重大影响，其主题是"三宝"（一种带来财富的神磨）的制造、被夺和找回，这与《指环王》故事的主线，对魔戒的争夺不谋而合。此外，《指环王》中的另一宝物"纳西尔圣剑"也可以追溯至神话《尼伯龙根之歌》。在这部中世纪史诗中，宝剑"诺顿剑"曾被众神之主沃坦赐给齐格蒙德，后在斩杀恶人时被击断。齐格蒙德死后，其子齐格弗里德重铸宝剑，终成一代英雄——这几乎就是阿拉贡家族与纳西尔圣剑渊源的原型。

其四，在人物设置方面，《指环王》中有大量人物的名字直接出自北欧神话，如甘道夫（Gandalf）、博罗米尔（Boromir）、法拉米尔（Faramir）、吉穆利（Gimli）等。书中的三位主人公，智者甘道夫、王者阿拉贡，以及平凡的持戒人佛罗多，都可以在神话中找到对应的原型。有分析指出，北欧神话中的主神奥丁"好战而长于智谋"，外表是"五十岁左右长者，身材高大，肩披深灰的斗篷，头戴蓝如晴空的阔边帽子"，与甘道夫的外型十分相似。而佛罗多的名字很有可能来源于《贝奥武甫》，一位爱好和平的斯堪的纳维亚地区的国王。诗歌中如此形容国王治下的安稳生活："一枚金戒指就静静地躺在贾兰格尔的石楠树丛中，没有人去动一下。"这无疑与魔戒持有人佛罗多有着十分有趣的对应关系。

除了名字，佛罗多身上还有许多值得思考的设定：孤儿，外甥，矮小的身形及单纯如孩子一般的心性，都是典型的民间故事中主人公的特征。虽然起点平凡，但他踏上了非凡的历险，克服了无尽的困难，最终成长为一个不朽的英雄。相比之下，《指环王》中的另一位英雄阿拉贡更加正统。如贝奥武甫、亚瑟王等许多神话中的英雄人物一样，阿拉贡是一位典型的"隐匿的、宿命的王者"。他血统高贵，但又背负祖辈的失败，长期隐姓埋名，云游四方，被人们蔑称为"大步"，直到关键时刻，才挺身而出，成为反抗邪恶的领袖人物。在影片中，阿拉贡和佛罗多相互对照，彼此帮助，在经过受难、历险、追寻等一系列神话英雄必须经历的坎坷后，前者赢得了胜利，后者摧毁了邪恶，完成了各自的使命。

其五，在哲学观建构方面，在北欧神话中，世界终将毁灭，神祇必须面对最后的战争，即所谓"诸神的黄昏"。受此影响，《指环王》中弥散着很强的悲观情绪，譬如艾辛格的堕落，刚铎的衰落，护戒小队注定"有去无回"的任务，以及索伦永远无法摆脱的邪恶，等等。其中，精灵一族的命运尤其体现了"众神"对末日的态度：面对膨胀的邪恶阵营与崛起的人类力量，精灵们坦承自己的时代已经过去，决定驾船西渡，前往阿门洲，"衰落，不可挽回的损失，以及昔日荣光的退散"[①]渗透在末日的氛围中。然而，精灵们又以坦然的姿态面对这一结局，因为灾难过后，一个崭新的时代即将到来，中土世界又将恢复秩序，重建文明。正如在北欧的末世神话中，劫火虽然毁灭了宇宙，但也净化了罪恶，一个和平的新天地终将诞生。

除了《指环王》外，还有许多魔幻电影的世界观系统地运用了神话的

---

① ［美］巴沙姆等编：《指环王与哲学》，金旼旼译，188 页，上海，上海三联书店，2005。

框架和元素，譬如《哈利·波特》中正邪双方的对抗借鉴埃及神话中"鹰蛇之战"，人物形象、动物形象、怪物形象参照古希腊罗马神话，异能巫师"阿尼玛格斯"吸收凯尔特神话中人向动物的变形，等等；《纳尼亚传奇》融入基督教"子民"思想和"博爱"教义，在许多段落效仿基督教神话中的耶稣、撒旦、犹大等人物关系和情节，同时对希腊神话的众神谱系进行了一定的吸收和改造，由于篇幅有限，在此不进行详细论述。

图 2-2　电影《指环王》

(二)西方魔幻电影的架空世界观的设定

大卫·波德维尔在《电影诗学》一书中，曾用专门章节论述所谓叙事世界(The Narrative World)。他指出："对于电影来说，叙述的造物力量特别难以获得认可"，"让我们的大脑从零开始一点一点地将这个世界建立起来，这实际上是不可能的，因此最有可能的是将大量我们低估了的前提投射到我们所看到和听到的东西上……大量的这些前提，一定来源于那些我们用来理解我们居住其中的物质世界的自动的机制"[1]。然后，

---

① [美]大卫·波德维尔：《电影诗学》，张锦译，129 页，桂林，广西师范大学出版社，2010。

他引用玛丽-劳拉·瑞恩(Marie-Laure Ryan)的"最小偏离原则"(Principle of Minimal Departure),强调"我们会将我们所知现实中的任何事物投射到这些世界中去,而我们仅仅只在文本说明的情况下才做出调整"①。这即是说,如果电影中的叙事世界异于真实世界,那么创作者必须要在影片中作出明确、严谨的文本说明。

就具体规则来看,波德维尔提出的"文本说明",实际上就是电影中"架空世界"的运行规则。由此可见,一个成功的架空世界不仅依靠天马行空的想象力,更要有明确清晰的基本假设和逻辑自洽的运行规则。与注重科学、理性,偏向经验主义的科幻电影不同,魔幻电影更加超验,更为灵活,无论其规则与现实世界差异多大,多不合理,只要在细节上反复强调,便可产生真实感,反之,如果架空世界的运行法则十分宽松或与真实世界差异不大,则会大大降低电影的可信度。

以此为前提,我们进一步分析,一部魔幻电影在塑造架空世界时,至少应包含以下运行规则。

(1)强大的魔法异能

魔幻世界必须牵涉魔法。托尔金曾在《论童话故事》中列举了幻想作品的几个要素,其中最首要的便是作为奇迹媒介的魔法。

魔法来源于巫术,从正统的眼光看来,它只是一种迷信仪式或较低层级的法术,体现了人类在蒙昧时代的泛灵信仰,以及对一切不可知力量的掌控欲。在现代的魔幻文学和电影中,魔法更多被视作为一种虚拟的、超验的能量,本质上暗合了现代人反对工具理性、崇尚自然神性的潜意识。

作为一种能量,魔法是中性的,但在具体实施时,通常根据施法者的心性和目的,被分为普通魔法(白魔法)和黑魔法两类。前者一般是非攻击性的,具有正面效果的力量,例如预言术、治愈术、防御术和一些日常的生活法术;后者则涉及诅咒、操控、折磨他人,需要施法者付出一定的肉体牺牲或进行灵魂献祭。许多魔幻电影通过描述各种形式的邪恶魔法来塑造反派。例如,在《哈利·波特》中食死徒的"三大不可饶恕

---

① 〔美〕大卫·波德维尔:《电影诗学》,张锦译,129 页,桂林,广西师范大学出版社,2010。

咒"，《纳尼亚传奇》中白女巫贾迪思的冰雪诅咒，《指环王》中萨鲁曼蛊惑人心的声音，《康斯坦丁》中玛门的昆虫和乌鸦攻击，等等。

在魔幻片中，魔法往往借由一系列的象征性符号进行操纵，其表现形式可以简单，可以复杂。咒语和法器是施展魔法的两种主要途径。在电影中，两者往往相辅相成，很少单独存在。在以咒语为主的魔法体系中，主人公基本通过自身的语言或动作，如施咒、结印等运用魔法，辅之以魔杖等工具。如在《哈利·波特》系列中，前后共出现几十种咒语，包括行动咒、变化咒、防御咒、不可饶恕咒等类别，五花八门，相当丰富。而在以法器为主的魔法体系中，主人公主要通过获取、持有、制造、操控法宝来运用魔法。例如，在《纳尼亚传奇》中，法宝包括衣柜、号角、图纸、权杖、魔戒等十余种，《哈利·波特》中的法器也包括冥想盆、魂器、厄里斯墨镜、隐形衣、魔法扫帚、活点地图等近百种。

魔法的生成虽然不需要科学解释，但其运行必须有一套"相生相克"的规则说明。若非如此，反派便能随意地统治世界，正义阵营又能随意地打败反派，生者可以仓促死去，死者也可以骤然复生……电影的戏剧性和情感冲突必将被大大削弱。无论采用何种形式，在成功的架空世界中，对法术的描述应该是系统的、有逻辑的、有节制的。

在《指环王》中，"指环"有着严格的起源过程和等级体系，并且在故事开头就已说明："三枚魔戒属于天空下的精灵王，七枚魔戒属于石制大厅的矮人领主，九枚魔戒属于注定会死的凡人，独一的魔戒属于高居黑暗王座的黑暗魔王"，"至尊戒驭众戒，至尊戒寻众戒，至尊戒引众戒"。若想销毁这枚统领众戒、继而操控各大种族的"至尊戒"，唯一的方法就是将其送回到锻造地末日火山的烈焰中。这一设定构成了整个故事的主线。试想，如果戒指可以被随意、突然地打败，不仅魔王索伦的神通变得自相矛盾，中土人民抵抗索伦的艰苦悲壮也将不复存在。同样，在《哈利·波特》系列中，整个故事以主人公在魔法学校霍格沃茨的学习为主线，呈现了一整套系统的魔法课程，包括魔法史、黑魔法防御术、变形课、飞行课、魔药课、草药课，等等，甚至一系列严密的魔法资格考试，包括普通巫师等级考试、终极巫师等级考试等。在其世界观中，魔法不是生而具备的天赋，也不是招之即来挥之即去的超能力，而是一种精深复杂的知识体系。

总而言之，魔法是构成架空世界的基石。正邪双方通过操纵魔法、争夺法宝进行斗争，是此类电影最大的叙事动力。有了魔法，才会有其他魔幻符号，如接下来要分析的异度空间、多样物种，等等。

图 2-3　魔法学校霍格沃茨

(2)完整的异度时空

空间环境是电影展开叙事的主要场所，也是类型片展现其风格特质的重要载体。对于魔幻电影而言，空间的作用尤为重要。一方面，影片需要通过空间场景的设置创造真实感，模糊架空世界与现实的界限，令观众"身临其境"。另一方面，异度空间本身具有很强的表意功能，它不仅是物理存在，更是一种心理上的体验、情绪的延展，并对呈现架空世界特色、增强影片观赏效果有着十分重要的作用。在某种程度上，魔幻电影中的头号主角不是人物，而是无处不在、无奇不有的架空空间本身。

就存在方式来看，电影中的异度空间一般分为两种，一种隔绝于现实空间，自成一体；另一种与现实空间并行存在，相互连通。第一种的代表作品如《指环王》，一般是较为严肃、成人化的作品，带有传说和史诗气质。虽然其所处的世界并不存在于历史或现实，但影片会暗示它真正存在过，或者在未知的平行宇宙——如《黄金罗盘》开篇所讲述的"有不计其数的宇宙和世界，彼此平行并存"；或者在"很久很久以前"——如《指环王·魔戒再现》开篇所讲述的"因为时间久远，许多事情已经由事实变成了传说，又从传说变成了遥远的神话，最后被人遗忘"，以达到一种亦真亦幻的效果。

另外一种空间往往带有不同程度的"穿越"元素，代表作品如《哈利·波特》、《纳尼亚传奇》、《亚瑟的迷你王国》、《守夜人》等。片中，架空空间与现实空间同时存在并形成对比，主人公多拥有双重身份且通常差异巨大——这些对比和差异极大地提高了情节的戏剧性，并能产生一定程度的"笑果"。此外，主人公往往通过特殊的通道或者方式，巧妙地穿梭于架空空间和现实空间之间，如在《哈利·波特》中，这类通道有十余种，包括四分之三站台、破釜酒吧的后门、改装后的汽车、骑士巴士、门钥匙、飞路粉，等等，可谓五花八门，妙趣横生。

地貌、植被和建筑共同构成了架空空间内部的虚拟性景观。它们大多取材于真实的地理环境，并在此基础上进行了嫁接、夸张和改造，以突出"魔幻"、"奇观"的特点，提高观赏性。在大部分影片中，空间环境的设计呈现出二元对立的特点，并通过光线、构图、色调等造型手段加以强调。譬如《指环王》中鸟语花香的夏尔对比暗无天日的魔多、《纳尼亚传奇》中阿斯兰治下天堂般的纳尼亚大陆对比白女巫诅咒后终年严寒的纳尼亚大陆、《康斯坦丁》中宁静祥和的现世与熊熊燃烧的地狱，等等，以表现正反双方不同的价值取向。

此外，架空空间应该具有与真实世界相似，但又部分相反的文明基础，包括政治结构、宗教信仰、哲学思想、文学艺术等，这在某种程度上决定了魔幻电影的质感和底色。如前文所述，创作者居于现实世界，幻想源于真实感触，架空世界必然与现世有一定的关系，不能完全跳脱出观众的认知范围。在某种程度上，魔幻电影既要天马行空，创造出丰富完整的架空空间，给予观众新鲜感，又要脚踏实地，运用人们耳熟能详的文学典故和艺术形象，坚持民族化、地域化的艺术表达风格，给予观众安全感。

架空世界既需要一定的空间去构建地理环境、展现风土人情和风景建筑，也需要一定的时间跨度去增加文本厚度。在成熟的魔幻片制作流程中，剧组一般会设有地图及年表，虽然不一定直接出现在银幕上，但可以提高剧本设定的严谨程度，起到一定的规范作用。唯有空间结构完整，并经得起时间的考验，才能为魔幻电影的世界观打下坚实的根基。过于模糊的时空反而会限制电影中想象力的发挥。

（3）多样的物种族群

从今人的眼光看来，人类与自然的关系是主体与客体、自我与外物的关系，而人类发展的历史就是人类征服自然、改造自然的历史——毫无疑问，世界是以人类为中心运作的。

但在魔幻电影中，这种"现代"的观念不再流行，取而代之的是相对原始的泛灵论。在许多架空世界中，山川日月、树木花鸟皆有其灵性和精神，大自然借助魔法复魅，具备一定的意志和法力。人类不再是绝对的主体、唯一的智慧生物，而只是自然的组成部分。

正因为如此，魔幻电影中的物种远远比现实丰富、有趣。动物有了语言，植物有了精魂，无生命体有了生命，甚至是思维和性格，还出现了大量现实世界中并不存在的生物。以《哈利·波特》为例，有的是对现有生物的夸张和变形，比如夜骐、三头犬、八眼巨蛛；有的是不同动物，甚至动物与植物的拼接，比如蛇怪、曼德拉草、鹰头马身有翼兽；还有的是似人的怪物和精灵，比如马人、巨人、狼人、人鱼等。值得一提的是，以上大多数形象都能在希腊神话或凯尔特文化中找到原型，对观众来说，它们并不陌生，但同时又十分新奇——数字技术的发展和普及不过是近二十年的事情，当看到古老传说中的独角兽或火龙出现在大银幕上，纤毫毕现、栩栩如生，很难不令人感到震撼。

架空世界的另一特点在于出现了比人类更高等级的物种。在《纳尼亚传奇》中，主要种族包括人类、能言兽、小矮人、神怪、神五种；而在《指环王》中，包括人类、迈雅、精灵、矮人、霍比特人、树人、兽人七种。以寿命、智慧和文明为因素考虑，人类都只能排在中等偏下的位置。通过与更高等级的种族的对比，一方面，电影塑造了一种更理想、更完美、更接近于"偶像"的人类——以《指环王》中的精灵为例，他们美丽高贵、永葆青春、擅长艺术、富有力量，并与自然和谐共处。观众通过欣赏其形象，可以得到某种审美满足和心理寄托。

另一方面，在更强大的物种的衬托下，人的生命变得更加脆弱，但其反抗的意志、牺牲的精神也因此变得更为宝贵，人的主体性反而得到凸显。例如，在《指环王》中，面对索伦的进犯，精灵一族放弃抵抗，集体西迁，以期在方外仙岛延续自己永恒的生命，而人类则避无可避，奋起抗争，最终用必死的信念和巨大的牺牲换回了正义的胜利，开启了第四纪元"人的时代"。影片通过战争告诉我们，比起法宝和法术，人的价值和尊严拥有更大的力量。

　　总而言之，在虚拟的架空世界中，不同种族拥有自己独特的外貌、性格、语言、历史和生活习惯，他们占据着世界不同的领域，并按照各自的生活逻辑繁衍，共同构成了架空世界中丰富多彩的生态图景。有的影片通过种族之间的斗争展现宏大的史诗命题，有的则呈现出"去人类中心"的平等意识和生态理念。

第三节　中国本土文化中的架空世界观

　　虚拟世界是全世界各个民族共同的向往。正如西方的奇幻文学领域有托尔金创造的"架空世界"概念，在中国的文学传统中，也有一个含义相近的名词——"异境"。自晋代起，《桃花源记》广为流传，后世以"桃花源"为对象的诗词、绘画不计其数。唐代诗人韩愈有感于此，写下《桃源图》一诗，其中有"文工画妙各臻极，异境恍惚移于斯"一句，"异境"一词即取源于此。另外，陆游有"梦游境不可识"、"尘中有异境"，苏轼有"升高而望，得异境焉"，表达的也是类似的意思。

　　在这里，"异境"并非指异国、异乡，也不是形容景色的"奇异"，而是指虚幻的、隔绝的，不为世人所知的异度空间。在我国的传统叙事文学，如神话故事、民间传说、志怪小说、神魔小说中，往往用很大篇幅呈现"异境"，描述其中人、物、景、事的非凡和离奇。近些年来，玄幻文学、穿越文学在网上日益流行，魔幻叙事逐渐形成某种群体性创作，其中的平行世界、灵异时空也与"异境"一脉相承。在这些故事中，异境描写是整部作品的核心，对表达主题、塑造人物有着重要意义。

　　中国魔幻电影大多取材自中国传统文学，近年来也有多部玄幻小说改编的电视剧被搬上荧幕。但观其成果，优秀的改编作品寥寥可数，也并未对本土文化进行有效挖掘。本节尝试从上古神话、佛道传统、志怪

图 2-4 《桃源图》(明)仇英

小说、玄幻文学四个方面，梳理中国本土文化中的架空世界观呈现，以期为中国魔幻电影的创作提供一定的参考素材。

(一)上古神话

中国是一个历史悠久的多民族国家，神话资源丰富但纷纭杂沓。因为历史原因，中国神话并未留下系统的文献资料，但其散落在文化的方方面面，可谓俯拾皆是。袁珂先生曾在《中国神话传说词典》一书的前言中这样描述："中国神话，由于其资料散碎的特点以及神话本身具有的多学科性质，举凡天文、地理、历史、动物、植物、矿物、医药、宗教、哲学、风俗、文学、艺术、语言文字学等，一句话，整个文化领域，莫不有它的踪影。"①《中国神话传说词典》共收录神话词目三千多条，图 2-5 为作者袁珂对词目进行的分类。

---

① 袁珂编著：《中国神话传说词典》，10 页，北京，北京联合出版公司，2013。

人	神、神性英雄、历史或传说人物、仙人、精灵鬼怪、国族等
物	具有神话性质的动物、植物、矿物、药物、武器、乐器等
天地	神话传说中的天界星河、风云和地上山川、城池、庙观等
书	研究深化的参考书，旧时分隶于经、史、子、集四部下的有关书籍，以及类书、丛书、辑存的佚亡古书等
事	神话传说中不以人为主而以事为主的神话词目，如"绝地天通"、"八仙过海"、"担山赶太阳"等

图 2-5

对上古神话的记载散落在历朝历代的经、史、子、集等各类典籍之中，许多作品都涉及对世界观的描绘。在今人看来，这些描述大多带有原始的、蓬勃的想象力。创世神话"盘古开天地"最早出现于《三五历纪》一书，讲述了盘古劈开混沌，撑起天地，死后身躯化为世间万物，诞生人类始祖的故事。其中"阳清为天，阴浊为地"、"天去地九万里"等描述，体现了先民对宇宙空间的最初想象。这种想象延续至后世的许多文学作品中，譬如以"天、地"指代广大寰宇，用"阴、阳"概括事物属性，将世界纵向地分为上、中、下，天、人、地三界，等等。除了文字记载，这种构想也在壁画、帛画、青铜器等许多艺术形式中有所表现。

除了对"天、地"的纵向描绘，中国神话也有"以山为经、以海为纬"的横向探索。在《山海经》一书中，"山海"的观念囊括了九州四海，以及四海之外的广袤世界。全书"记载山名五千三百多处、水名二百五十余条、动物一百二十余种、植物五十余种"[1]，如一部上古山水物志，描绘了一个完整翔实、亦真亦幻的奇妙世界。在其文字中，既有壮阔的山川与河流，如"万山之宗"昆仑、"百河之祖"黄河等大量的山系和水文记载；也有古老的部族和国度，如炎黄世系及犬戎国、氐人国、肃慎国、巫咸国等四十余个各具特色的邦国，为后世留下了丰富的神话资源。

此外，书中还记载了众多的神仙与怪兽，如西王母、相柳、九尾狐、穷奇，等等，以及大量的神话母题，如夸父追日、女娲补天、精卫填海……其中，有许多造型奇特，习性怪异，极具代表性的神话形象。他

---

[1]　方韬译著：《山海经》，3 页，北京，中华书局，2009。

们中有的体型巨大——"视为昼，瞑为夜，吹为冬，呼为夏，不饮，不食，不息，息为风，身长千里"，有的半人半兽——"雷泽中有雷神，龙身而人头，鼓其腹"，还有的一出现便带来灾异或好运——"见则其国大穰"、"见则其国大水"、"见则县有大繇"、"见则天下安宁"……以上都是极佳的电影素材。

现今存世的，记录上古神话的典籍，除《山海经》外，还有《庄子》、《列子》、《淮南子》、《楚辞》等书，书中涉及世界观的构成，异境、神怪和巫术等内容，可谓"融天道人事于一炉"。其中所记叙的神话故事，按照性质划分，既有描述黄炎之争、舜象之争等部族战争的战争类神话，也有探索自然、创造文明的发明类神话，例如，燧人取火、伏羲画卦、仓颉造字、神农尝百草、奥区划五行等。其中"八卦"和"五行"的概念不仅对中国哲学、文学产生巨大影响，亦为现今的魔幻创作提供了重要依据，这一部分将在下文中详细阐述。

总而言之，中国神话系统错综复杂，既无一以贯之的谱系，也无泾渭分明的人神对立，然而其神话资源丰富纷纭，不仅蕴藏着"英雄"、"追寻"、"重生"、"复仇"等诸多叙事母题，还为架空世界的创作提供了丰富的物种原型和地理概念。

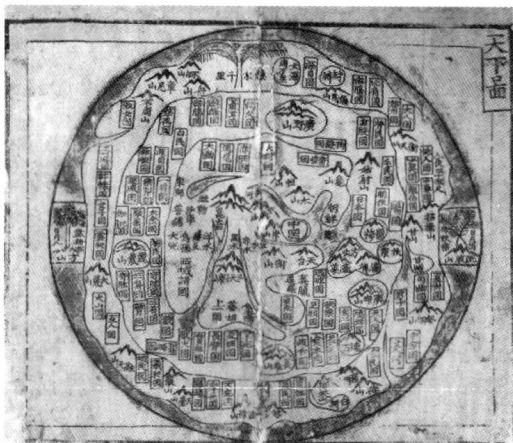

图 2-6 《山海经》地图

（二）佛道传统

佛教和道教是中国历史上的两大主流宗教，前者自印度经中亚传入，后者则发源于本土，都对中国传统文化，尤其是文学、美学、哲学等产生了不可估量的影响。从"世界观"的角度来看，两者在世界的来源、构成和理想形式等问题上有着不同的看法，但因长时间的互相学习，彼此吸收，在某些方面又是相通的。其对时空、宇宙、生死的系统性的认识，不仅为电影提供了可参照的哲学体系，同时也与架空世界观中的绝对能量——法术的修炼有着密切关系，可以解决中国魔幻电影世界观设定中的许多关键问题。

首先，在时间观方面，佛教、道教均以"劫"作为时间单位。"劫"跨度极长，世界每度过一劫，便要经历一次毁灭和混沌，而后天地复位，产生新的世界，如此周而复始。不仅宇宙如此，世间万物也都处于时刻生灭的过程中，"生死交谢，寒暑迭迁"，不断变化流动。以此为基础，两教都提出了"轮回转世"的神学构想。小乘佛教认为，人有过去、现在、未来三世，死后灵魂不灭，在业力的推动下生死相续，正所谓"三世因果，六道轮回"；道教亦有"劫运轮回"一说，称人死后为鬼，但生前的修行仍在，可继续修真，也可转世投胎。这样的生死观对后世影响巨大，亦常见于近年的魔幻电影设定。

其次，在空间观方面，佛教和道教均对现实世界和神圣世界有着较为完整的构想，并提出了相似的"三界"概念。在佛教中，"三界"指欲界、色界和无色界。欲界居住着平凡的众生，包含六欲天、人界四大部洲和无间地狱三部分；色界在欲界之上，居住着无欲的众生；而无色界世界又在色界之上，居住着超越物质的众生。若三界众生得到解脱，则可到达最高境界"涅槃"。在道教中，"三界"指人界、天界和冥界。人界即俗世，这里的人们若修炼得法，便能"羽化登仙"，来到天界居住，否则，便在死后进入冥界"酆都山"的地狱中。

其中，对于世俗空间的构成，佛教和道教又分别进行了进一步的阐述。前者提出了"国土世间"这一地理概念，认为当今世界由九山八海、四大部洲组成，环绕着中心名为"须弥山"的高峰。"须弥山"的概念出自印度神话，意为"宝山"、"妙高山"，是神灵居住的地方。无独有偶，在中国的上古神话体系中，也有一座位于世界中心，与天界相连通的高山"昆仑"。在《山海经》、《淮南子》及《河图括地象》等书中，昆仑山被尊称为"万山之祖"、"万神之乡"，并与琅玕玉树、凤凰鸾鸟等美好意象为伴。道教继承了这一观念，并在此基础上创造出老子西游昆仑，由此处抵达天界的传说。从本质上讲，无论是须弥山还是昆仑山，都代表了一种连通天地、由凡入圣的美好想象。正因如此，昆仑山不仅在上古神话中占据重要地位，同时也在后世的神魔小说、玄幻文学及魔幻电影中大放异彩。有时，它被描写为通往神秘异境的唯一入口，有时它就是异境本身。

除"三界"外，佛道二教还有"三岛十州"、"五阴世间"、"六道"、"七阶"、"九幽地狱"、"二十八重天"、"七十二福地"、"三千世界"等众多空间概念，大部分流传很广，已成为国人常识的一部分，在此不一一释义。

佛道二教对于魔幻创作的另一大贡献在于对鬼神的创造和解释。道教的神仙谱系上至天庭、下至地府，不仅形成了以"三清尊神"、"四御天帝"为主的基本格局，还从佛教中请来了许多禅师、菩萨，对后世文学产生了较大影响。此外，道教还将"阴阳"、"五行"的概念系统化，并用其解释"人、鬼、仙"三种状态。唐代道门领袖杜光庭曾在《太上洞渊神咒经》中写道："夫一阴一阳，化育万物，禀五行为之用。而五行互有相胜，万物各有盛衰，代谢推迁，间不容息，是以生生不停，气气相续，亿劫以来，未始暂辍，得以生者，合于纯阳，升天为仙。得以死者，沦于至阴，在地为鬼。"①

由于仙为"纯阳"，鬼为"至阴"，鬼的存在不利于道士修行，因此道门之中盛行驱鬼法术，包括念咒、画符、舞剑、度亡等。此外，道教文化还吸收了八卦和周易，融合了巫觋和谶纬，形成了呼吸吐纳、存一守真、服食丹药等修炼方法，发展了坛醮、布道、符箓、禁咒、占卜、祈雨、驱疫、祀神等一整套仪式，极大地丰富了中国电影，尤其是神怪片、武侠片、僵尸片、魔幻片等类型影片的想象图景。

最后，佛教和道教对中国魔幻电影的影响，很大程度上是通过文学

① （唐）杜光庭：《太上洞渊神咒经》，第6册，1页，北京，中国社会科学出版社，2013。

作品的改编而间接实现的。唐代著名高僧玄奘奉唐太宗敕命，将西行求取佛经的历程写成十二卷《大唐西域记》，该书直接催生了长篇神魔小说《西游记》，作为我国古典四大名著之一广为流传。《封神演义》相传为道人许仲琳所著，书中主人公大多为道教中人，并以截教、阐教（道教中的两个虚构的派别）之间的斗争作为主线情节之一。两书均篇幅宏大，对神仙、妖魔的体系和争斗进行了详细的描述，拥有完整的神魔架构、时空设定和复杂的法术法器体系，加之其故事时间跨度较长，空间展示也足够丰富，已成为魔幻电影改编的一大富矿。

（三）志怪文学

汉朝末年，随着佛教的传入和道教的兴盛，崇信鬼神之风兴起，记录异闻传说的志怪小说逐渐繁荣起来。如鲁迅在《中国小说史略》一书中所述："中国本信巫，秦汉以来，神仙之说盛行，汉末又大畅巫风，而鬼道愈炽；会小乘佛教亦入中土，渐见流传。凡此，皆张皇鬼神，称道灵异，故自晋迄隋，特多鬼神志怪之书。"①志怪小说内容庞杂。有讲述鬼神故事的短篇故事集，如干宝的《搜神记》、葛洪的《神仙传》、曹丕的《列异传》，也有记录异境奇物、神仙方术的博物类典籍，如东方朔的《十洲记》、张华的《博物志》、郭璞的《玄中记》、郭宪的《洞冥记》等，为后世留下了极其丰富的素材。

志怪小说与架空世界的关系十分密切。首先，在时空观方面，志怪小说大多以"误入异境"为母题，用空间环境的变化来结构故事。譬如主人公追随某人，进入仙境，又或者掉落坟冢、误闯精怪巢穴，等等。在奇妙的异境中，主人公或遇到仙人，或结识仙女，往往得到对方厚待，但一番享乐之后，又忍不住思念故乡和家庭，决定离开。当他们从仙山洞府返回现实世界时，发现人间已是沧海桑田，不复往昔。这种误入桃源、观棋烂柯的故事强调了鬼神世界的"异境"属性：不仅空间环境十分奇异，其时间运行的规则也与人世大不相同。异境或许是永恒的，但人世却须臾变幻，时不我待。

---

① 鲁迅：《中国小说史略》，25页，北京，东方出版社，1996。

其次，在物种体系方面，志怪小说塑造了丰富纷纭的精怪世界，并呈现出典型的"泛灵论"特质。如葛洪在《抱朴子》中所言："山川草木，井灶污池，犹皆有精气，人身之中亦有魂魄；况天地为物之至大者，于理当有精神。"①《搜神记》用"气化"和"时节"阐释妖怪的存在："天有五气，万物化成"，"绝域多怪物，异气所产也"，"春分之日，鹰变为鸠，秋分之日，鸠变为鹰，时之化也"②。在这些故事中，有各专其职的低等神仙，如山神、河伯、雨师、风神等，也有五花八门的精怪，譬如蚕马、桃仙、老狸、海螺女、服留鸟、饭菌怪等。其中，有许多典型形象流传于世，成为唐传奇、元杂剧、明清小说等文学创作的渊薮，如《搜神记》中掠走女子为妻、能化为美髯丈夫的猿精，《玄中记》里善能变幻、使人迷惑失智的狐魅，等等。

最后，在法术体系方面，志怪小说的作者中有许多是术士、道人，因此方术在小说中占据了重要的篇幅。例如，汉代术士郭宪著《洞冥记》，两晋时期的道士葛洪著《抱朴子》，唐末五代的道士杜光庭著《拾遗记》，均在书中侈谈鬼神、称道灵异，对方术体系，包括驱鬼、炼丹、占梦、堪舆、符咒等进行了系统的描述。至于那些本身不是术士的作者，如干宝、范晔等，也对方术相当重视。譬如在干宝所著《搜神记》一书中，前三卷都是谈修道者的各种变化、卜筮之术。

方术的理论基础是阴阳五行，这是一套非常具有中国特色的哲学系统。"阴阳者，天地之大理也"③，是构成世间万物的原料，也是事物身上既矛盾又统一的两种特质，古人用其解释客观世界中的发展、变化和对立。"五行"进一步发展了"阴阳"的作用，通过将"金、木、水、火、土"五种自然元素抽象化、哲理化，赋予其"相生相克"的关系，借以阐述事物的复杂性。例如，凡是与五相关的事物，酸苦甘辛咸五味、心肝脾肺肾五脏、宫商角徵羽五音等，都可以套用在五行的规则之中进行解释。两汉时期，"阴阳"和"五行"的概念开始从哲学范畴进入实用范畴。如《汉

---

① 王明：《抱朴子·内篇校释》，125页，北京，中华书局，1986。

② 上海古籍出版社编：《汉魏六朝笔记小说大观》，9页，上海，上海古籍出版社，1999。

③ 黎翔凤撰：《管子校注》，梁运华整理，838页，北京，中华书局，2004。

书·艺文志》所云："阴阳者，顺时而发，推刑德，随斗击，因五胜，假鬼神而为助者也。"①《隋书·经籍志》所云："'天生五材，废一不可。'是以圣人推其终始，以通神明之变，为卜筮以考其吉凶，占百事以观于来物，观形法以辨其贵贱。"②

以阴阳五行为基础，志怪小说建立起了丰富驳杂的方术体系。按照功能，可将其分为预测术、长生术和攻击术三类。预测术，顾名思义即预知未来、探测吉凶之术，主要包括占卜和星相。前者主要根据龟甲、兽骨、人的梦境等进行卜卦，而后者依据天体运行的位置变化进行推演。长生术，指延年长生、留形续命之术，主要包括炼丹、辟谷等。攻击术主要以鬼怪为对象，除符咒外，还包括一些剑法、巫魇、秘咒。虽然从现代的眼光看，以上所述非理性成分居多，但作为一种文化体系，方术已深深地融入了后世的文学艺术创作。

与《搜神记》等小说集相比，博物类的志怪书籍缺乏情节性，但其中搜罗了大量远国异民、山川动植的资料，从创作的角度来看，几乎就是"架空世界"的完整再现。仅以张华的《博物志》为例，其目录就包括了"地、山、水、外国、异人、异俗、异产、异闻、异兽、异鸟、异虫、异鱼、异草木、药术、戏术、方士"等几十种类别，可谓是一部"异境百科全书"。如果其内容可以被魔幻电影借鉴，必然会大大丰富影片的意象，提升影片的质感。

志怪小说主要兴盛于六朝时期，但由其发起的鬼神题材在后世延续下来，对唐传奇、元杂剧、明清小说等文学体裁都有深远影响，较为杰出的作品包括唐代段成式所著《酉阳杂俎》，清代李汝珍所著《镜花缘》、蒲松龄所著《聊斋志异》等。其中，尤其以《聊斋志异》最受读者欢迎。该书以花妖、狐媚为主人公，情节曲折，风格浪漫，集合了美女、鬼怪、惊悚等元素，成为中国魔幻电影最为热门的改编题材之一，自 20 世纪 30 年代以来，已有 60 余部聊斋电影问世。

---

① （汉）班固：《汉书》，（唐）颜师古注，1760 页，北京，中华书局，1962。
② （唐）魏徵等撰：《隋书》，1039～1040 页，北京，中华书局，1973。

(四）玄幻小说

1988 年，黄易的小说《月魔》问世，香港出版商赵善琪为其作序，称"一个集玄学、科学和文学于一身的崭新品种宣告诞生了，我们称之为'玄幻'小说"①。这是玄幻一词在文坛的初次亮相。到今天，玄幻小说早已超越了"玄学、科学"的范畴，成为具有中国特色的各类幻想文学的统称。

从发展轨迹来看，玄幻小说的兴盛主要受到两方面影响，其一是 21世纪以来，伴随《指环王》、《哈利·波特》等电影上映而兴起的西方魔幻文学热潮，这也是导致中国玄幻小说兴起的直接原因。其二则是长期以来，植根于中国本土的仙侠、志怪文化，尤其是民国以降，以人物的成长冒险和情感经历为主干的、带有奇幻色彩的武侠小说的影响。在这类作品中，最具代表性的当属由还珠楼主创作的《蜀山剑侠传》系列。该书主要讲述了峨眉派众剑仙除魔卫道的奇幻故事，被誉为"武侠小说的百科全书"。书中化用了大量传统文化元素，在继承传统武侠小说的宏大架构与通俗精神的基础上，拥有更加汪洋恣肆的想象力，成为后世玄幻小说的滥觞。

从世界观的角度而言，玄幻小说无疑与架空世界有着极为密切的关系。一方面，玄幻小说大多诞生于网络，在某种意义上，网络就是一个架空世界，一个比现实更加自由、开放的虚拟空间，这一特质从根本上赋予了玄幻小说以无限的可能性。另一方面，玄幻小说总是热衷于创造、描绘架空世界，因为对现代人而言，这是逃离日常生活，释放内心欲求的最佳途径。"它（玄幻小说）的价值就在于创造的虚构世界并非现实世界的影子，而是人类心灵的镜子……在一个物质极大丰富，而精神却徘徊不定的后现代社会里，人们往往有一种女娲补天的冲动，但传统文学，还有现代文学都不能满足这种冲动。"②

在成熟的玄幻小说中，架空世界观系统、完整、充满想象力。首先，

---

① 叶永烈：《奇幻热、玄幻热与科幻文学》，载《中华读书报》，2005-08-03。
② 转引自韩云波：《大陆新武侠和东方奇幻中的"新神话主义"》，载《西南师范大学学报》，2005(9)。

在时空方面，许多作品完全舍弃了经验世界的支撑，以玄虚、怪诞的手法对现实空间进行了颠覆性的重组，其世界广阔、幽深，尤其在对奇幻景观的塑造上登峰造极。有的作品通过空间的变化来结构剧情，整部小说如同一场惊险的闯关游戏，有的则运用多线叙事，令情节在不同地域、不同人物间频繁切换，形成场景间的鲜明对比。以郭敬明的小说《幻城》为例，其题目即开宗明义，表明故事发生在一座"虚幻的城池"中。小说用唯美而空灵的语言，为读者呈现出一片神奇的冰火两重天的大陆，主要场景包括幻雪神山、火焰之城、雪雾森林、冰海鱼宫，等等。几位主人公死去时，还用灵力留下了一个个梦境，向活着的人们讲述自己的内心世界，从而构成了架空世界内部的架空世界。在沧月、沈璎璎、丽端等人创作的《镜》系列小说中，设定了一个有着七千年历史的大陆"云荒"。故事开篇即仿照《山海经卷六·海外南经》笔法，写下了"地之所载，六合之间，四海之内，有仙洲名云荒"的句子，亦虚亦实地点出了这一架空世界的所在。在这片土地上，有四方大陆、两脉水系、无数高山大泽，也有空桑国、沧流帝国、泽之国、砂之国等不同族群栖居的国度，以及伽蓝、叶城、忻州、海市、哀塔等主要城市。而在云荒之外，还有七海、归墟、九天之上的云浮城等异界。这些林林总总的地理概念，共同构成了宏大、立体的"云荒"世界，并形成地、海、天三方对立的叙事张力。由潘海天、今何在等七人创作的《九州》系列，构思更为宏大，其世界由九州三陆三内海组成，每一区域都有极其详尽的设定描述，并曾单独成书出版。与其他小说不同，九州世界并非传统意义上平面的陆地，而是一个球状的星体。在其周围，还运行着太阳、明月、暗月、密罗、印池、岁正、亘白、谷玄等"十二主星"，时刻影响着九州大地上的人与事。这一设定明显对应地球与行星之间的关系，将世界观扩展到了星系和宇宙，足可见作者在创世方面的野心。

其次，在物种方面，玄幻小说继承了古代文学典籍中的丰富意象，并大量融入了西方魔幻、日本动漫中的奇幻造型，加之作者自身的想象，创造出许多令人称奇的超自然生物。其中，凡人通常作为主角出现，但往往被赋予了某种能力或者使命，成为天赋异禀的"超人"。有的人可以转变为其他种族，如修道成仙、堕落入魔，或干脆变成半人半兽的怪物。

除人类外，还有各路仙侠、神魔、奇珍异兽等作为配角出现，充当主人公的帮手或敌人。这类形象最为丰富，也最能够体现作品的"玄幻"风格，在书中往往有着细致的分类和鲜明的特色。例如，在拉拉、碎石所著《周天》系列中，除了人类，还有神、巫族、云中族、龙族四大种族，以及猗犴、瓯越、鱼人、宿鬼、百目、无启民、泥涂之民等十余个次级种族。每个种族内部又有许多分支，例如，"神"族就包括了始神、继位神、五行神等类，三大始神又有各自分工，如"使世界运转发展的时间之神静，令世界生生不息循环轮回的周天之神爱庆，以及执掌整个世界构成之力的混沌之神东皇太一"等，十分详尽有趣。有的作品喜欢用数字为主要人物"排座次"，例如，树下野狐所著《搜神记》、《蛮荒记》系列，就列出了天下九帝、大荒十神、五大圣女、七大妖女、灵山十巫、十大洪荒凶兽等角色，不仅显示出小说的宏大构思，也便于读者加深印象，这与古典小说中的"五虎上将"、"金陵十二钗"、"三十六天罡"有着异曲同工之妙。还有的小说创了大量的奇异生物，如萧鼎所著的小说《诛仙》，不仅从《山海经》、《淮南子》等文学典籍中吸收了烛龙、夔牛、獬豸、九天黄鸟等诸多上古异兽，还自己杜撰了一本奇书名曰《神魔志异》，记载了黑水玄蛇、死泽巨蚁、六尾天狐、三眼灵猴、噬人花、树妖等大量的灵异生物，极大地增加了故事的玄幻色彩。

最后，在法术方面，如前文所述，由于玄幻小说源流复杂，对于魔法的呈现也相对多元化。在这类作品中，既有非常传统、本土的法术体系，如佛法、道法、方术、武功，也有相对西化的魔法元素，如炼金、占星、咒术等，还有脱胎于日本动漫的奇幻元素，如结界、傀儡术、幻术、忍术，等等。在一部小说中，很难看到纯粹的、不包含一点杂质的某一法术体系，而这并不影响读者对作品的观感。因为上述法术元素，无论西洋也好，东洋也罢，俱已成为通俗文化的一部分而被读者所熟悉。以具体作品为例，有的小说用"魔法元素"构建世界，如张闻笙的《风雪载英雄》将世界的根基设定为水、火两大元素的二元对立，沧月《神之右手》设计了神之右手之创造和魔之左手之毁灭的往复循环；有的小说将超现实因素融入现实的物理定律中，如"云荒"系列中，万物遵守"能量守恒"定律，六合之内的力量不会凭空产生和消失，只能通过"传承"、"封印"、

"湮灭"三种形式流转；有的小说以阴阳五行作为根本原理，如《搜神记》中各具特质的太古五族、相生相克的五行修炼、法术秘笈"五行谱"等，同时又融合了一些武侠中的武功心法，如类似于化功大法的"摄神御鬼大法"、类似于乾坤大挪移的"移山填海诀"等，此外，还出现了道教法宝翻天印、法术太乙火真斩等，林林总总，不一而足。在江南所著小说《龙族》中，中式的五行被西方的精神（贤者之石）、地、水、风、火"五元素"取代，辅之以龙文、言灵、灵视、炼金、爆血等半原创半借鉴的西式、日式法术。总而言之，这些作品中的法术力量虽然古今交融、中西混杂，且不受自然规律、物理定律、社会规则的制约，但它们大多是有十分明确的规则和系统的体系，在架空文本中发挥着独特的魅力。

值得一提的是，当代玄幻小说的作者大多不是职业作家出身，譬如建筑设计师沧月、潘海天，职业与IT业相关的斩鞍、拉拉，游戏策划今何在、医学专业沈璎璎、会计师丽端等，他们复杂的教育背景和职业经历往往对于构建架空世界观起到意想不到的重要作用，而这也是网络时代创意的优势所在。此外，根据许多作者的自述，正是由于从事与文学毫无关系的平凡职业，才会对创造神奇的第二世界有着格外的热情和执著。无论如何，新一批根据玄幻小说改编的影视作品已经开拍，期待在大银幕上看到这些恢弘细致的架空世界。

第四节　中国魔幻电影的架空世界观

（一）中国魔幻电影的架空世界观溯源

虽然本节的研究对象为2000年后登上内地影坛的十余部魔幻影片，但广义上的中国魔幻电影，或者说带有魔幻元素的中国电影的历史绝不仅限于此。为了给21世纪的中国魔幻电影的架空世界观提供参照，下文将对这些影片及影片的架空世界观设定进行简单的梳理。

中国魔幻电影在形成类型前，大致可分为四个阶段。

第一个阶段是中国早期神怪片阶段。追根溯源，早在20世纪20年代初，中国最早的影片类型神怪片，已经带有许多魔幻电影的元素。作为魔幻电影的雏形，这类影片以1925年《三奇符》为发端，以《火烧红莲寺》系列为代表，大多取材于民间文学与传说，与武侠片存在异构同质的关系。魔幻作为一种视觉元素，仅仅停留在对法术法器、神仙魔怪的展现上，其世界观简陋直接。

图 2-7　电影《火烧红莲寺》

第二个阶段是香港早期魔幻电影阶段。20 世纪 40 年代，香港诞生了第一部真正以神怪为题材的影片《梦游仙境》。此后，从 50 年代的《仙女下凡》到 70 年代的《古镜幽魂》、《七个吸血鬼》，实现了从传统魔怪到现代魔幻的转型。题材上不再拘泥于神话传说，世界观架构也初步成型，呈现出本土文化特色与西方类型元素相融合的独特风格。

第三个阶段是大陆魔幻动画片阶段。当港台魔幻电影方兴未艾之际，大陆的魔幻电影也以动画片的形式发展起来。这类影片以《铁扇公主》为发端，以《大闹天宫》、《哪吒闹海》、《金猴降妖》为代表作，多为忠于原作的古典名著改编。在世界观方面，基本以古代真实社会嫁接魔幻元素的"半架空"世界为背景，并不具备完整的魔幻世界观，但其在人性与神性的冲突、仙境与魔域的对比，以及法术的运行逻辑等方面都进行了细致的刻画。

第四个阶段是香港转型期魔幻电影阶段。20 世纪八九十年代，香港电影工业一批成功的系列魔幻电影相继上映，如《倩女幽魂》、《大话西游》、《蜀山》等，大多是魔幻元素与其他类型电影相结合的产物。这些影片在叙事上对传统文本进行了富有想象力的大胆改编，融入娱乐元素的同时也对人物进行了符合时代精神的改写。其世界构成、文化构成及系统逻辑均完整并异于现实世界，虽然格局较小，但基本具备了初步的架空世界观架构。

　　中国魔幻电影发展到这一阶段，仍然没有形成独立的类型片。虽然影片中的魔幻元素越来越多，但其存在的主要目的是还是制造奇观、增加动作场面的火爆程度，而非展示架空世界本身。

图 2-8　电影《倩女幽魂》

(二)21世纪中国魔幻电影的架空世界观批判

　　进入21世纪以来，以数字技术发展为依托，加之西风东渐，香港导演北上，内地与港、澳、台地区资源整合，中国魔幻电影进入了多元发展的新时期。在这一阶段，魔幻电影作品"以魔'力'组织故事、以魔'形'展现奇观，以魔'界'建构时空，以魔'心'塑造角色"，使魔幻真正成为一种电影类型。在世界观架构方面，现代魔幻电影主要以古代中国为背景，以古装武侠为包装，主要呈现出以下三个方面的特质。

(1)种族：跨族恋爱与人神对立

　　如前文所述，魔幻电影的一大特色在于拥有丰富的、超自然的物种族群。故事不再以人类为绝对中心，而是呈现出某种"泛灵论"特征，加入了神灵、精怪、妖魔及奇异的动植物等多元化的物种。纵观中国魔幻电影，非人类角色确乎在其中占据了重要地位。在某种程度上，国产魔幻电影的主要叙事动力往往就架设在某个人类角色与某个非人角色的关系之上，两者之间的情感及冲突构成了影片的主要故事情节。具体而言，可从人与妖的关系、人与神的关系两个向度进行考量。

人与妖的关系通常以某种跨种族恋爱的模式呈现。首先，影片着力塑造美丽的女妖形象，使其成为主人公迷恋的对象。根据莫莉·哈斯克尔（Molly Haskell）及马乔里·罗森（Marjorie Rosen）等人的女性形象批判理论，这类形象又可分"贞女"和"荡女"两种类别。"贞女"型一般作为主要人物出现，看上去年少貌美，气质清纯，与其说是妖异，倒更像是自然界的小动物、小精怪。她们中有的成长于山林，较少接触人情世故，故具有野性未泯、天真烂漫之性格，感情率真而热烈，也有的修炼千年，阅尽世事，被男性背叛、伤害过，因此用高冷的外表隐藏内心的执着。随着剧情发展，这些女性角色十有八九会痴心一片，从不谙情爱的少女，到领悟"爱情是疼痛、是牺牲"①，用自己的修为和性命拯救凡人男性。比较典型如《新倩女幽魂》中的小倩，《白蛇传说》中的白蛇，《白狐》中的小崔，《画皮》中的小唯、雀儿等。

"荡女"大多是女配角，通常以群像的方式出现。她们衣着性感，行为诱惑，多变幻，擅法术，基本不承担叙事功能，只是在剧情需要时组团出现，对男主角实施攻击或诱惑。其存在的最大意义，在于通过妖术与女体的双重奇观的叠加，增强影片的魔幻视觉效果。譬如，《三打白骨精》中的白骨精座下三护法、《新倩女幽魂》中的兰若寺众妖、《钟馗降妖》中的楼兰歌舞团、《白狐》中的狐仙谷九魅等。《画壁》中的百花林群仙虽然不是女妖，但从其"清凉"造型、性感舞蹈及电影"人间天上，春梦一场"的宣传语来看，其角色定位与前者并没有什么不同。

其次，影片中的跨种族恋爱基本是三角恋爱、多角恋爱，或者包含多组恋爱关系。主人公们大多分属于人、妖、仙（执法者）不同种族，有时甚至来自直接对立的阵营。不同的身份和背景，加上复杂的前世纠葛，成为主人公们感情发展的最大阻碍。譬如《画皮》的四人二妖六角恋，《画皮2》的三人二妖两组人物关系，《画壁》中的一男多女，明恋、暗恋、失

---

① 电影《画皮2》、《画壁》、《白狐》中均出现过此类台词。

恋相互交织，等等。此外，根据剧情设定，作为凡人的男性主人公往往被不止一位女性所爱，影片的终极抉择落脚在男性对多个女性的取舍上。虽然身披"魔幻"的外衣，终归是爱情命题。

从整体来看，虽然许多魔幻电影在处理人、妖关系上趋向同质化，人物性格扁平符号化，但也有部分影片独辟蹊径。比如，在影片《捉妖记》中，就塑造了一群头上长草，多足有翼，圆滚滚胖乎乎的CG（Computer Animation，计算机动画）妖怪，并让男女主人公"性别互换"，女主角打打杀杀独当一面，男主角意外受孕诞下妖怪，共同组成奇异又欢乐的三口之家。再如《西游·降魔篇》将恋爱与降妖拧成一条线，同时又融合了宗教救赎主题，当女主角慨然牺牲后，男主角由"小爱"顿悟"大爱"，终于理解了佛法之奥义，最后踏上西行之路，成为真正的修行者。

除了人妖之间的跨种族恋爱，魔幻电影中另一组常见的关系是人与神的矛盾对立。在宗教神话中，神的形象往往是至大至刚、无所不能的，而在中国传统文化中，神也大多与仁慈、至善联系在一起。但在魔幻电影的世界观中，神往往经过现代演绎，被赋予许多人性的弱点，如骄傲，易怒，多控制欲、占有欲等，有时甚至是投机分子和阴谋家，其行为比妖更为邪恶。具体而言，新时期中国魔幻电影中的"神"的形象又可分为三种。

第一种神是冷酷的当权者。在故事发生的世界中，他们是秩序的制定者，也是秩序的执行者，掌握生杀予夺大权。当主人公试图打破规则时，神将毫不留情地予以打击。譬如，在电影《画壁》中，架空世界"画界"类似于极权国家，而群仙之首"姑姑"则是位高权重、独断专行的统治者。她严禁手下的仙女沾染情爱，试图建立一个绝对纯洁、清白的女儿国。当发现书生闯入，并与仙女产生情愫后，她立刻试图用各种手段将他们拆散、对其进行惩戒，成为影片中最大的反面角色。

第二种神是虚伪的投机者。在权力的谱系中，他们处于较低阶层，有的只是散仙或修道者，为了迎合主神求取高位，或干脆取而代之，不惜用阴谋破坏现有秩序，类似于警匪片中的"坏警察"角色。这类人物通常外表仙风道骨，内心却极其邪恶，比妖魔有过之而无不及。例如，电影《钟馗伏魔·雪妖魔灵》中道貌岸然的张道仙，表面上打着剪除妖魔的旗号，实际却企图利用"魔界之灵"一统三界，其用心之险恶，在片中无"妖"能及。

第三种神是某种绝对精神的传达者。区别于通常意义中积极、向善的神仙，这类角色往往具有模糊的价值观，只是充当信使的职能，服务于其背后所隐藏着的更为强大的秩序——一种接近于"天地不仁，以万物为刍狗"、喜怒无常的自然力。比如，《无极》中的命运女神"满神"，虽下界告知女孩关于命运的选择和结局，但这不过是替她所代表的"无极"立言。后者才是真正全知全能、包含一切命运假定性的终极概念。

图 2-9　电影《无极》

总而言之，奇幻影片中的神，既不同于原始神话中的神，也不同于宗教思维中的神，而是以神为外壳的人，通过神性走向了神性的反面。如果说美貌痴情的女妖体现了一种情欲/物欲的投射，那么神的形象则象征着支配、占有的权力欲，前者是人们想占有的，后者是人们想成为的，实际上都是对人性的曲折呈现。在中国魔幻电影的叙事中，两者成为最具有代表性的标志性角色。

从批判的角度来看，国产魔幻片对物种族群的呈现明显存在一些问题和缺憾。影片对于跨种族恋爱的描绘趋于同质化。一方面，原本应该丰富的物种变成了单一的性别图景，影片在呈现妖类时，有物化女性之嫌，无论是清纯的还是魅惑的女性角色，都成为男性视角下的观看对象，被赋予了奇异的力量和欲望的联想。部分影片更是以裸露、情爱为卖点，造成了整体定位的肤浅、媚俗。另一方面，电影偏重于对爱情的描写，但并不能深刻地挖掘其中的深意，只是利用种族的差异、身份的对立，讲述俗套的"罗密欧与朱丽叶"式的爱情小品。加之纠葛过多、线索分散、铺陈草率，导致情感的浓度降低，张力不足。尽管场面渲染唯美壮丽，但归根结底只是一场私人纠葛而已。

进一步讲，在爱情之外，影片很难进行更深的主题探索，也没有空间去展现那些奇异的、有趣的、异于现实的物种族群。除了美貌的女妖和作为反派的神明，剩下的角色大多是戏份有限的配角，且造型不中不西，风格杂糅，难以给观众留下深刻印象。如《白蛇传说》中迪士尼风格的森林小动物，取材于日本、欧洲传说的雪女和蝙蝠精；《钟馗伏魔·雪妖魔灵》中酷似网游《暗黑 2》角色的巨怪和食人魔；《画皮 2》中模仿伏地魔的天狼国法师，等等。

（2）空间：华夷有别与中西杂糅

魔幻电影之所以称为魔幻电影，关键在于架空世界的搭建。而打造架空世界成功与否，很大程度上取决于影片对空间环境的呈现效果的好坏。如前文所述，空间是电影展开叙事的主要场所，也是类型片展现其风格特质的重要载体。对于魔幻电影而言，一方面，影片通过空间场景的设置创造真实感，模糊架空与现实的界限，令观众"身临其境"；另一方面，影片也需要与现实拉开距离，创造观影的新鲜感——只有当其架空空间超越自然规律，迥异于现实时，才能充分展现其"虚构"的魅力。

理论上讲，纯粹的架空空间应该是"无中生有"的，其自然环境和社会环境皆出自作者的主观创造，并不曾真实存在过。但在实际操作中，这种做法往往需要耗费大量时间、精力，既考验创作者的想象力，同时也对观众的接受造成了一定的挑战。如果没有扎实的文学作品作为改编的基础，很难在短时期内完成完整的原创世界观架构。因此，有相当一部分魔幻电影选择以现实为基础，同时嫁接部分超现实因素，通过变形、夸张，构造出一个亦虚亦实的所谓"半架空"世界。综观新时期的中国魔幻电影，除了《无极》等少数的原创案例，其余均以"半架空"空间作为故事发展的主场景。

无论是"架空"还是"半架空"，中国魔幻电影的空间设计通常呈现出两个较为突出的特征：年代久远，地处偏远。首先，电影通常设定在一个模糊而遥远的时空中，通过具有古代风情的服装、饰物、武器、建筑，营造出一个富有传统意味的美学空间。在影片中，无论是"玉带罗衫、云鬓斜簪"的古典造型，"玉楼歌吹、佩环声碎"的唯美场景，"狼烟高映、铁马金戈"的激烈场面，都有利于提升电影的视觉感染力，增强观众的时空猎奇感。此外，为了强调"魔幻"属性，降低现实感，大部分影片年代模糊，历史消隐，并不交代具体背景。在具体设定时，有的影片以中国古代的盛世王朝，如汉、唐、宋、明等为原型，来打造较为统一的、符合影片特色的美学风格。譬如，《画皮》借鉴汉代的服饰、官职，《画皮2》使用唐代的地图、武器，《捉妖记》参照明朝的服装、行政区划等；也有的影片集合历朝历代元素，古今中外一锅炖，或者故意追求"魔幻"和"超前"，没有依据可言，譬如《无极》中夸张的日漫式服装和古罗马政体，中西混杂的头衔和称谓，等等。

其次，魔幻影片大多充满强烈的地缘奇观对比，呈现出一种"华夷有别"的文化想象：一方是象征文明秩序的中原城镇，而另一方是蛮族和妖异出没的荒漠边陲；前者有着现实的、清晰的规则和界限，而后者则仿佛丛林般原始，充满了不确定性。譬如，在《画皮》中，塞外黄沙漫漫，兵荒马乱，生活着狐狸精、蜥蜴精等妖怪，而城内小桥流水，满园桃花，人们过着安定、祥和的生活。在影片中，"边陲"场景作为影片内部的"异境"、超现实空间中的超现实空间，比其他场景更加神秘，更具架空感，是影片展现魔幻和奇观效果的主要场景。又如，《画皮2》中巫术盛行的天狼国，《三打白骨精》里妖异盘踞的云海西国，《白蛇传说》、《无极》中蛮人出没的马蹄谷，《钟馗伏魔·雪妖魔灵》里魔怪犯境的扈都等。以《画皮2》为例，影片在西藏、青海、新疆等地取景，将三地的标志性意象融为一体，形成了带有奇幻风格的西域景象；敌对势力"天狼国"为游牧民族，其外形融合了契丹、匈奴、藏羌等多个少数民族特征，并且崇拜原始的巫术文化，拥有自己的语言体系。虽然该部族在电影中戏份不多，但每次出场都十分抢眼，大大增加了影片的魔幻色彩。

值得一提的是，无论是时间上的模糊还是空间的异域感，所指向的都是人们所居住的"人世间"。而在一些影片中，还涉及人世之外的，包括其他种族所生活的空间。在佛教、道教复杂的世界观体系中，有一个最为简明的"三界",指三种基本的生命形态,人、鬼、神分别存在的三个世界,常常被后世的文学作品引用。譬如,在《西游记》中,就用了相当大的篇幅表现孙悟空在"天庭"和"地府"的遭遇。《钟馗伏魔·雪妖魔灵》是中国魔幻电影中第一部完整地呈现了"三界"景象的影片。与同类影片相比,该片首次搭建了较为清晰的空间体系,通过对魔界、人间、天庭三界鼎立、神鬼殊途的描述,构成相对完整的假定性舞台。影片片头以画外音的方式,直截了当地阐述了其世界观构成,"神在天庭,魔在魔界,人在人间,三界均带业修行,共尊轮回因果之根本",并道出了影片的核心事件"仙魔跨界转生"和关键道具"魔界之灵"的由来,逻辑非常清晰。然而,影片也存在缺乏真实细节、内在统一性不够严密、剧情简单生硬等明显缺憾,徒有魔幻框架,并未进一步展开描述。

从批判的角度来看,中国魔幻电影在架空空间的呈现上仍有较多的问题和不足。其一,大多数影片格局较小,空间环境单一,想象力十分贫乏,并未有效地呈现出架空空间与现实空间的差异,只是通过古代景观和古装元素的铺陈堆砌,迎合现代人的复古心理。在部分影片中,场景虚假、单薄、缺乏实感,看不到任何支持其存在的文化基础和社会背景,环境沦为"布景"。其二,部分影片的空间缺乏内在统一性。有的将古今各个时代的特征混搭在一起,有的则在本土文化语境中掺入了许多外来因素,导致在古代中国的大背景下,突兀地出现了大量的现代和西方元素,破坏了影片的完整度和真实性。事实上,空间的"架空"并不意味着美术设计、服装设计可以天马行空,为所欲为,胡乱拼凑,而是要求创作者在充分发挥想象力的同时,尽最大可能追求逼真、和谐,使美术设计、服装设计与情节人物融为一体。其三,大多数中国魔幻电影充满鲜明的地缘对比,呈现出一种"文化取向的向心性国土观"。主人公往往作为华夏正统的代表,与蛮夷之地的"异族"部落进行斗争,在某种程度上体现了"华夏为尊,夷狄为卑"的民族主义思想和文化自负心理。

(3)魔法:法术体系与施法过程

如上所述,架空世界必然牵涉魔法。作为一种虚拟、超验的能量,魔法的存在是架空世界区别于现实的根本。有了魔法,其他的魔幻意象,如奇珍异兽、闲神野鬼、洞天福地、神兵利器等才至于显得突兀、怪

图 2-10　蛮族和妖异出没的荒漠边陲

异，才能更好地发挥其叙事功能。狭义的魔法由法术和法宝组成，是一种借由一系列的虚构的象征性符号进行操纵的力量，而广义的魔法则是整个架空世界运行的规则和逻辑，一种超自然、超现实的力量体系。能否充分、恰当地运用魔法，乃是魔幻电影成功与否的关键。

与西方魔幻电影中起源于巫术、炼金术的魔法不同，中国魔幻电影中的魔法有着自己的地域民族特征，如仙侠和志怪文化。某些独特的概念，如阴阳五行、人器合一等，更是直接体现了中国传统的天人哲学观。早在 20 世纪三四十年代，魔幻电影的雏形神怪片中已经了出现了大量的魔法场面。正邪双方往往通过操纵法术、为争夺法宝进行斗争，奇谲绚丽的"斗法"环节成为影片的高潮段落。就表现方式来看，早期神怪片大多以神剑、仙法为内容，"从施法术、放飞剑、呼风唤雨、制造阵法机关、邪术神功，到以琵琶音和笑声的'音波功'震塌屋宇，摄人魂魄。斗法场面惊险诡谲"①。如今，经过近一个世纪的发展，中国魔幻电影的制作水准已然产生飞跃，在数字特效的营造下，魔法场面的质感得到显著提升，只是在想象层面，似乎仍未脱离武侠神怪片的套路，甚至有退化、单一化的倾向。以下从法术体系和法术施展的过程两方面，对影片中的魔法呈现进行具体分析。

----

①　许南明、富澜、崔君衍主编：《电影艺术词典》，北京，中国电影出版社，2005。

在 21 世纪的中国魔幻电影中，魔法主要运用于人与妖的冲突上。妖怪自有其妖法，而人类则通过后天修炼，借助法宝、咒术等与其对抗。这类以"降妖除魔"为己任的职业法师，被冠以"猎妖师"（《新倩女幽魂》）、"捉妖师"（《画皮》）、"斩妖士"（《钟馗伏魔·雪妖魔灵》）、"天师"（《捉妖记》）、"降魔者"（《画皮 2》）、"驱魔人"（《西游·降魔篇》）等五花八门的名号，成为魔幻电影中最常见、最关键的类型人物。在这类人物身上，往往集合了本土文化中的佛教法师、萨满巫师、茅山道士，西方文化中的驱魔人、吸血鬼猎人，以及日本文化中的阴阳师、忍者等众多形象的特质。多元文化的融合，一方面令人物形象变得丰富、有趣，另一方面也造成了法术体系的混乱和失衡。

一个著名反例是由陈嘉上执导的、于 2011 年公映的影片《画壁》。该片改编自《聊斋志异》同名短篇小说，讲述了书生朱孝廉误入壁中仙境、与仙女相爱的奇幻故事。虽然片方一再标榜其制作的考究，譬如"美术指导从陶渊明《桃花源记》里获得灵感"，"摄影融合了中国山水写意"，"武术指导借鉴佛教壁画和石刻中飞舞的神——飞天"等，但影片最终呈现的却是一个包含诸多冲突性符号的矛盾体。在印度神庙一般的场景中，仙女之首"姑姑"手挥木杖，身佩魔法环，在一群身着泰柬传统服饰的女卫兵的簇拥下翩然而至，刚刚问完"我今天美吗"、"美在哪里"等无厘头问题，又上演了一场巨石妖大战猫头鹰武士的诡异戏码。至于片方大力宣传的"五行法术"体系，则丝毫不见踪影。更为糟糕的是，影片的魔法设计极其草率，毫无规则可言。片中仙女弹指可射出烟花，张口能吐出火焰，挥挥衣袖便惹得飞沙走石，动动手指又能令死人复生，至于瞬间移动、隔空取物等更是不在话下。姑姑的法杖不仅能喷火、发力，还能瞬间转移空间。时间限定一会儿是"七七四十九天"，一会儿又变成"七天"。这种混乱、随性、反复的法术体系设定，令影片沦为一场华丽空洞的儿戏。

架空不等于天马行空，魔法不代表毫无章法。在一部成熟的魔幻电影中，既要充分地发挥想象力，创造出丰富完整的魔法体系，又要脚踏实地，运用人们耳熟能详的文化资源，坚持民族化、地域化的艺术表达风格。在这方面，也有许多国产魔幻影片做出了积极的努力，例如，在影片《新倩女幽魂》中，主人公燕赤霞所依照的是一套道教的法术体系，咒语如"临兵斗者皆阵列在前"、"天地无极乾坤借法"分别出自道家典籍《抱朴子》、《太一拔罪斩妖护身咒》，法术法宝如"开天眼"、"缚妖索"、"乾坤袋"等则源于道教小说《封神演义》；在影片《白蛇传说》中，主人公法海、能忍都是和尚，其使用的符咒、布阵、护法等招式皆与佛教修炼有关，道具如金钵、法螺、袈裟、念珠、金刚杵、金刚铃等则属于佛教传统法器；在影片《捉妖记》中，捉妖机构"天师堂"虽然是虚构的，但同样拥有完整的法术体系。天师们有规章制度，有等级划分，还有固定装备。其法宝包括缚妖索、定妖符、照妖镜、斩妖驱魔宝剑，法术有剪纸傀儡、撒豆成兵等，都十分的系统化、本土化，且与影片轻松、幽默的气质相统一。

除了五花八门的法术体系，法术施展的过程也是魔幻电影中重点展示的部分，而这其中必然要涉及人物的变化和魔法的规律。在传统的志怪、神魔小说中，这部分内容通常是缺乏的。《聊斋志异》擅写可爱的花妖狐媚，偶有厉鬼，也很少展现其被收服的具体过程。在大多数情况下，它所表达的是一种东方式的无常和陌异，"与欧美魔幻文化中的黑暗感类似，但这东方的黑暗是不可知和不可解的，并无规则可循"①。在原著小说中，一种最常见的处理危机的方式是高人飘然而至，点醒迷途中的主人公，传授一招制敌之策。但在电影里，法师不再是高人逸士，而是如私家侦探一般，提供识妖、追妖、降妖等一条龙服务，各个环节缺一不可。在电影《画皮》系列中，法师角色不仅变得职业化，而且呈现出"反英雄"特征。《画皮》塑造了一个法术不灵、武功欠佳的降魔者，其唯一的法宝是一根施展不出法力的降魔棒；而《画皮2》则突出了人物的窝囊和啰唆，其法宝寻妖瓶和妖典往往只起误导作用。他们的共同特点在于，继承了"屠龙之技"但没有用武之地，手持神兵利器却不知如何施展。虽然在决战中，两位法师终于通关开窍，为战胜邪恶贡献了决定性的力量，但其过程不可谓不曲折。

存在相似设定的人物还有《西游·降魔篇》中的主人公玄奘。同样是

---

① 殷罗毕：《魔幻世界的规则与当下中国幻想力》，载《电影艺术》，2012(6)。

常被改编的古典名著，《西游记》中对法术的描写篇幅远超于《聊斋志异》，书中凡是神仙佛道、妖魔精怪，无不有各自的法宝和招数，然而谁高谁下，归根结底是一种权力的反映。在《西游·降魔篇》中，创作者反其道而行之，选取一个平凡无能的普通人玄奘作为主角，并赋予他唯一的、近乎可笑的咒语技能：诵读《儿歌三百首》，唤醒妖怪内心的真善美。与其他驱魔人所掌握的神兵利器不同，玄奘的《儿歌三百首》没有任何法力，他也因此经历了无数次失败、欺骗、侮辱，直到《儿歌三百首》被撕碎、重组，现出《大日如来真经》的本相，才释放出巨大的力量。

如上所述，无论《画皮》还是《西游·降魔篇》，都使用了欲扬先抑、不破不立的剧作手法，强调了法术施展的曲折。在这一过程中，法宝历经了"由凡入圣"的转化，人物也随之蜕变。值得注意的是，这种转化并不是凭空发生的，而是需要付出相应的代价来换取。这在某种程度上暗合了一种颇为原始的祭祀观念，即能量的获取与牺牲密切相关。在影片中，这种牺牲或许是具象的，譬如用自己的血液成就法宝（《捉妖记》、《画皮》、《画皮 2》、《钟馗伏魔·雪妖魔灵》），斩断手臂作为封印妖魔的神兵（《新倩女幽魂》）；也或许是抽象的，如牺牲自由（《无极》）、爱情、记忆（《新倩女幽魂》）、法力、生命（《画皮》、《西游·降魔篇》）。在许多影片中，法术往往代表了力量和秩序，要获得秩序，则必须以牺牲情感为前提，这是主人公所面临的，比降妖除魔更深层的终极困境。

另一部值得一提的魔幻片是由陈凯歌执导、2005 年上映的《无极》。与以上提到的魔幻电影相比，这是一个比较另类的例子。在这部影片中，既没有系统的法术体系，也没有施法过程，唯一的超现实力量，是主人公自始至终唯一专注的事情：跑。所谓"天下武功，唯快不破"，主人公昆仑虽然只擅长跑，但跑起来便仿佛拥有神力，接连战胜了野人大军、大将军光明、北公爵无欢和天下第一的刺客鬼狼。在达到一定速度后，他还能违背重力、穿越时间，突破生理极限，总之上天入地，毫无限制可言。或许，在这部"画面瑰丽雄美，情感丰沛浩荡，主题奇崛宏阔"的神话大片中，魔法规则并不是创作者所看重的，又或许，在某种程度上，创作者追求的正是这种极致的浪漫和超能，但从架空世界的角度来看，这无疑是对魔幻电影规则逻辑的极大忽视。

不只是上文中提到的《画壁》、《无极》，在对魔法的呈现上，许多国产魔幻电影都有或多或少的"犯规"行为：其一，某些影片一味追求视觉震撼，法术法宝过多过杂，如在《新倩女幽魂》中，主人公燕赤霞一人就使用了十余种法术，每一场动作戏都会有新的技能出现，特效场面更是花样百出，但无一给观众留下深刻印象，也削弱了人物在降妖过程中的艰苦努力；其二，某些影片缺乏法术规则，随意编排剧情，如在《画皮》结尾，先是主人公们尽数丧命，而后狐妖突然献出一个之前从未交代过的所谓"妖灵"，一下子竟将所有人全部复活，这显然是为了翻转剧情而作的强行安排；其三，某些影片根本没有系统的魔法体系，虽然打着魔幻片的旗号，但魔法只停留在造型、布景、动作等表层，创造力极其匮乏，如在影片《白狐》中，看不到一丝有新意、有诚意的魔法想象，有的只是一个魔幻包装下的、带有狗血情节和恶俗审美的古装言情故事。以上三点，加上《无极》所代表的对魔力的过分夸张，缺乏约束；《画壁》所代表的法术体系混乱，毫无逻辑，共同构成了当下中国魔幻电影魔法表现的主要问题。

在一个成熟的架空世界中，应该具有明确清晰的基本假设和逻辑自洽的运行规则。具体到魔法体系上，则一定是完整、严谨、节制的。魔法作为一种虚拟、超验的力量，虽然不需要解释其成因，但在运行时，必须有一整套令人信服的规则（这一规则或许不用在影片中直接呈现，但应存在于创作者的意识里），就像阿西莫夫的机器人三定律存在于每一个科幻小说家的头脑中，时刻约束着他们的想象力一般。更何况，所谓无规矩不成方圆，过于开放或模糊的魔法体系反而会限制电影中想象力的发挥，只有受到规则约束，魔法才能获得更大的发展空间，才能更好地服务于剧情、人物。

第三章　主旋律电影的英雄叙事研究

电影诞生已过百年，是人类文明历史上的一项伟大发明，电影产业的发展、电影市场的繁荣，成为全球多元文化交流的一把重要钥匙。电影作为一种具有传播功能和审美价值的文化产品，我们很难将其从商业维度、政治维度和文化艺术维度中割裂，讨论它的本体属性。它既是一种符合商业规律的工业产品，也是一种具有政治立场的大众传媒；既是一种拥有观赏价值的艺术作品，也是一种展现社会文化的世界语言。

长期以来，公众常以商业电影、艺术电影、主旋律电影划分华语电影。这种划分方式基于电影的功能与诉求，不同于商业电影的工业化生产模式和经济目的，也不同于艺术电影作者的创作理念和艺术表达，主旋律电影更强调的是一种附加在经济效益和艺术价值之上的政治目的。

自 1987 年主旋律电影创作口号提出以来，主旋律电影创作呈现出创作投入扩大、创作内容拓展的整体趋势，三十年的发展与创新，学界与业界的关注与支持推动了主旋律电影的理论探索与实践步伐。

从影片内容看，主旋律电影多记述中华民族较为重大的历史事件，并从中展现具有先进性和代表性的英雄人物。作为表现主体的英雄人物是一个国家和民族人文精神的核心代表。通过英雄形象的转变，我们可以窥见一个国家或民族的社会文化流变。作为主旋律电影的重要组成部分，英雄题材在电影内容上既有人物传记元素，又有英雄史诗的特点，体现着鲜明的时代特征。

回顾历史进程可见，主旋律电影的英雄形象呈现着"革命英雄—时代模范—平民英雄—民族偶像"的发展模式，英雄模范题材电影的精神内核经历着从爱国主义的民族精神到敬业奉献开拓创新的时代精神的演变。英雄的形象是特定历史与文化背景的投影，而历史文化的变迁又推动了英雄叙事创作观念的变革与创作手法的创新。

从主流电影的英雄叙事发展进程来看，以表现战斗英雄为主的神话模式与以展现人民公仆为主的苦情模式在特定的历史阶段都显示出其作为政治宣传手段的有效性，它们与 20 世纪 80 年代后逐渐兴起的具备后现代风格的平民模式共同构成了主旋律电影英雄叙事的主要形式。而在 2017 年主旋律电影口号提出 30 年之际，一种基于电影工业美学诞生的新时代英雄形象主旋律影片掀起前所未有的市场热潮，一种新的英雄叙事策略逐渐成形。

关于主旋律电影英雄叙事演变的分析，不但对研究中国各历史阶段的社会文化有重要意义，而且对主旋律电影的现实创作具有指导意义。

本章以英雄叙事为切入点，以主旋律电影为研究对象，主要运用电影叙事学、电影心理学、电影类型学等理论视角对主旋律电影英雄叙事的演变与创新进行分析，从神话模式、苦情模式、平民模式与商业模式四个层面分析这种叙事方式的文化成因及创作策略，并通过影片个案做深入讨论。

第一节　主旋律电影与英雄叙事概述

(一)主旋律电影的概念界定与历史脉络

(1)主旋律电影的概念界定

电影既是一种依靠资本与技术发展的工业产品，也是一种依赖体制与政策变化的艺术形式。电影艺术的发展，离不开社会现实的关照。主旋律电影的演变，更是中华民族社会文化发展的时代缩影。

"主旋律"原指音乐作品中的旋律主题或主要曲调，逐渐引申为文艺作品的主要精神基调。提及"主旋律"电影，公众对此具有一定的普遍共识：它是一种电影行业内的独特类型，有着特殊的生产机制；它是一种意识形态的宣传手段，有着明确的价值导向。

1987 年 3 月，"主旋律电影"的概念在电影局召开的全国故事片创作会议上首次被提出，会议强调将"突出主旋律，坚持多样化"的创作理念作为贯彻"双百方针"①和"二为方向"②的具体体现。

　　传统意义上的主旋律电影特指政府领导下摄制的宣扬国家意识形态的电影:从题材内容上看,主旋律电影多以英雄模范、革命历史、百姓伦理为主要表现对象;从制作发行上看,主旋律电影通常由政府部门出资,发行中也会得到"特别关照";从思想内涵上看,影片在传达爱国主义与民族精神的同时,承载着宣传教育的政治目的。

　　对于主旋律电影的具体界定在学界与业界始终存在争议,部分学者认为,主旋律电影依据其政治属性,判断标准在于是否有官方资本的介入与官方话语的支持,然而由于不同影片的制片背景与创作环境不同,官方话语诉求对影片创作的作用程度难以一一勘验,同时伴随着电影艺术的多元化发展、电影工业及电影市场的格局变化,主旋律电影的商业化,以及主流商业电影的意识形态表达,也在表现内容上模糊了主旋律电影的界限。

　　电影的发展是一个动态的演变过程,主旋律电影的提出处于中国社会现代性定型与后现代性转型的时代背景下,经历了中国电影产业化转型与市场开放的历史阶段,因此主旋律电影的内涵与外延也在历史进程中有所演化。

　　回顾历史,主旋律电影的诞生是官方话语与大众文化的博弈,而从本质上讲,主旋律电影的文化与意识形态属性并不存在绝对对抗,文化的内涵是审美,涵盖着特定的价值观念,天然具有意识形态属性,是市场的发展为它赋予了追求实用的商品属性。随着主旋律电影长期以来被意识形态诉求掩盖的文化商品属性得到重视,主旋律电影在创作上开始有意识地向商业娱乐化的方向靠拢,同时商业电影在内涵探索与艺术提升的过程中,也越来越频繁地将主旋律因素引入创作之中。

　　在此基础上,由民营电影公司主导拍摄的献礼片及民营公司与政府职能部门合作拍摄的商业电影也逐渐被纳入主旋律电影的体系之内。多

---

　　①　毛泽东于 1956 年正式提出的"百花齐放、百家争鸣"的繁荣文化事业的基本方针。

　　②　《人民日报》1980 年 7 月 26 日的社论首次传达了"文艺为人民服务、为社会主义服务"的文艺工作总口号。

元的生产方式所导致的差异化，衍生出政府直接指导下以宣传为主要目的的核心主旋律电影及表达主旋律精神内涵但兼具商业属性的主旋律商业电影。

"泛主旋律"的市场验证下，主旋律电影的内涵有所修正，外延得到拓展，从资金来源、创作主体和创作题材上界定主旋律的判断思路不再适用。主旋律成为一种在正确政治导向前提下，具有时代使命感和社会责任感的积极向上的创作精神。① 以下所要分析讨论的对象，正是基于这种创作精神与功能诉求的主旋律电影。

(2)主旋律电影的历史基础

主旋律电影的概念和创作思路正式提出前，具有主流意识形态的国产电影长期处于自发、自觉的发展状态中，在历史进程中表现为四个阶段：20世纪30年代，左翼电影人主导拍摄爱国题材电影；中华人民共和国成立后至"文化大革命"前的"十七年时期"，在探索中迎来短暂繁荣的主旋律电影；"文化大革命"期间，畸形发展了样板戏电影；在改革开放背景下，商业娱乐片挤压、边缘化主旋律电影。历史进程中的主流意识形态电影，在不同的时代背景下体现出了鲜明的时代特征和价值诉求。

在20世纪30年代，随着"九·一八事变"，日本入侵，国内的政治局势和社会环境发生重大变化，民族危机当前，民众的爱国意识被大大激发。左翼电影作为左翼文化运动的延伸，一方面表达了电影工作者的爱国意识，另一方面迎合了大众的民族情怀。此阶段的电影创作中体现出高度的革命意识，而这种革命意识相对于宏观层面的宣传教化，更体现在知识分子的文化自觉。

中华人民共和国成立后，国内政局稳定，在修复战争创伤的年代，尽管物质资源匮乏、政治运动频发，但是仍有不少体现主旋律的佳片涌现。

表现革命历史、宣传英雄模范的军事战争题材影片迎来了蓬勃发展。除此之外，表现体育竞技精神、少数民族风采等一系列展现广大人民生活面貌的平民题材电影也开始谋得生机，在"十七年时期"，电影的艺术水准与人文内涵有所提升，在反思历史投映现实的指导思想下，初步建

---

① 参见黄会林、刘藩：《传统民族精神与主旋律电影》，载《电影艺术》，2007(6)。

立了主流意识形态影片的创作形态。

"文化大革命"期间，电影被限制在"阶级斗争"的范畴内，电影行业的发展整体受到重创，样板电影主宰影坛。"样板"一词，顾名思义，是一种极度模式化的创作方式。从 1968 年开始，"展现革命成果"成为北影、上影、长影、八一四个电影制片厂接到的"命题"，在极"左"思想的指导下，电影创作必须放大当下社会语境中的政治诉求，弱化艺术表现手法，这一时期的创作规范除了"三突出"原则①，甚至具体到视听语言方面，出现"英雄人物近大亮"、"反面人物远小黑"的镜头要求。这一时期，样板电影的意识形态功能被发挥到极致的同时，电影的艺术性也受到了巨大的冲击。

进入新时期以来，经过不断反思与观念转化，电影人的创作主体意识逐渐觉醒，"第五代"导演走向国际，商业片、娱乐片赢得市场。改革开放带来的不只是经济的发展还有思想的解放，现实主义的回归改变了旧有的电影观念，电影的创作格局和产品结构发生变化。大众的崛起与精英的衰落撬动了长期以来的社会文化格局，海外流行文化涌入，多元的文化产品带来了多元的价值观，主流与官方的话语权遭到了来自新兴大众文化的挑战，中国电影整体的艺术形式和大众的审美诉求产生了变化。在这样的整体环境下，创作主旋律电影的要求被官方提出。

（3）主旋律电影的发展进程

1987 年 3 月，主旋律电影口号提出，同年 7 月，国家广播电影电视部成立"重大革命历史题材创作领导小组"，由广电部和财政部提供资金支持，组织革命历史题材影片的创作。次年，电影局向部分电影制片厂下达了表现主旋律作品的指令性任务，虽然这份指令性任务在第二年被取消，但是在影片的题材内容与风格样式上仍然提出了创作要求。电影局的号召代表着国家文化战略的要求，强化了"主旋律"电影的生产目的，逐步建立了"党政领导—选题策划—资金支持—创作生产—组织协调—宣传表彰"的主旋律电影生产机制。自此之后，主旋律电影凭借其特殊的功能属性，正式成为华语电影生态的一部分。

---

① 即"在所有人物中突出正面人物，在正面人物中突出英雄人物，在英雄人物中突出主要英雄人物"。

可以说，主旋律电影的诞生是顺应时代潮流的产物，是面向商业娱乐浪潮的对策。由于主旋律电影在功能与诉求上的特殊性，国家大政方针的变化及电影部门相关政策的调整对其创作生产的影响巨大。

1991 年，恰逢中国共产党诞辰七十周年，"献礼片"、"主旋律影片"、"重大历史革命题材影片"合而为一，使得电影发行放映对其产生巨大倾斜，形成以献礼影片为主导的 1991 年电影市场。① 可紧接着，主旋律电影的发展与电影市场的开放及电影体制的改革产生了命运的勾连。1993 年 1 月 5 日，广电部发布《关于当前深化电影行业机制改革的若干意见》，改变了"统购统销"的传统，将曾经集中在中影公司的发行权下放到各制片单位，国家垄断式的发行格局被打破。1994 年 8 月 1 日，广电部下发《关于进一步深化电影行业机制改革的通知》，电影全行业所有企业的经营自主权得到认可，为市场多主体的形成提供了支持。同年，广电部电影局通过了中影公司以票房分账形式引进海外影片的提议。1995 年，广电部出台《关于改革故事影片设置管理工作的规定》，改变了电影行业长期以来的计划管理模式，各大省级电影制片厂拥有了影片出品权。市场的逐步开放，迫使华语电影开始在全球化竞争中谋求产业化道路，体制内大制片厂的资源优势不再，主旋律电影失去了政府"保驾护航"的属性优势，生存空间遭到挤压。1995 年中国内地票房排行榜前十名中，仅有一部《七七事变》是主旋律电影。

1996 年 3 月召开的"长沙会议"是中华人民共和国成立以来规模最大的全国电影工作会议，会议上提出了"9550"工程②，在政府相关部门的指导下，国家资金开始更多地投入电影行业，"精品意识"成为主旋律电影的创作理念，选题、剧作、摄制、宣发等电影创作的各个流程都逐步走向"精品化"。

与"精品意识"相伴而来的，是主旋律电影的内涵泛化，"真善美"的永恒主题与时代诉求相结合，并非由政府主导拍摄但在主题呈现上符合主流意识形态的"泛主旋律电影"开始赢得市场空间，如北京紫禁城影业

---

① 参见徐迪：《来自电影市场的报告——谈献礼影片的发行》，载《当代电影》，1992(2)。

② 即"九五"期间，以每年 10 部的标准，五年创作出 50 部精品影片。

公司主导拍摄的《离开雷锋的日子》、《背起爸爸上学》等影片。

1999 年是中华人民共和国成立五十周年，这一年迎来了主旋律献礼片的又一次上映热潮。众多影片中不乏佳作，由八一电影制片厂拍摄的"大进军"系列影片收官之作《大战宁沪杭》就是重要代表。

2001 年中国加入世界贸易组织，这是影响电影产业格局的又一重大事件。好莱坞电影凭借着成熟的制作水准抢占了更多的市场份额，主旋律电影的创作也从中获得启发，作为主旋律电影创作主体的体制内电影制片厂开始调整创作思路，2002 年由八一电影制片厂及央视电影频道联合出品的影片《冲出亚马逊》可以看作一次对好莱坞进行学习与借鉴后的类型化尝试，题材的开创性、场景的奇观性、视听的冲击性成为该片的显著特点，并最终斩获华表、金鸡、百花的优秀故事片奖，成为将军事动作类型打造为主旋律电影的一次成功探索。

十六大以来，"文化产业战略"推动了中国电影的产业化转型，贴近实际、贴近生活、贴近群众的"三贴近"原则成为新时期宣传思想文化的重要要求，也成为主旋律电影创作的指导思想。

2002 年 2 月 1 日，新版《电影管理条例》实行，进一步规范了电影市场，2003 年推出的关于剧本立项与影片审查、合拍片管理、电影制片发行放映准入规定、外商投资影院四项指导政策，降低了电影行业的准入门槛，吸引了社会乃至海外资本。2004 年《关于加快电影产业发展的若干意见》的发布，更标志着电影产业转型中相对完善的电影政策的建立。

规范化的市场为商业电影的发展提供了空间，民营电影公司悄然崛起，凭借着雄厚的资本力量成为华语电影产业发展的主力，并一度形成了新画面影业有限公司、华谊兄弟太合影视投资有限公司、保利华亿传媒控股有限公司及世纪英雄电影投资有限公司"四分天下"的局面，市场竞争开始取代方针指导，成为华语电影发展的第一推动力。主旋律电影的艺术形态日益丰富，以中影公司为代表的拥有资本和资源优势的国营电影公司成为主旋律电影创作的主要力量，试图促成主旋律电影与商业电影、艺术电影的"合谋"，在保障功能性的同时兼顾娱乐性和观赏性，为主旋律电影打开新的创作格局，《云水谣》、《狼图腾》、《大唐玄奘》等一系列影片的创作经验也证明了主旋律的价值诉求与商业元素和艺术表达间并不是绝对互斥的，主旋律表达、艺术探索与商业运作的组合成为电影市场发展的整体趋势。

主旋律电影自作为创作口号提出以来走过了 30 年，曾经历低谷，但一直探索创新。近年来，随着《战狼》、《湄公河行动》、《红海行动》等极富主旋律价值表达的商业电影相继获得不俗的社会效益，凭借着敏锐的市场嗅觉，又一批民营公司开始投入歌颂民族情怀、歌唱时代发展的主旋律商业片创作中，主旋律电影的类型化趋势更加明显，基于工业美学的主旋律电影样态逐渐建立。

(二)论主旋律电影英雄叙事的必要性

(1)主旋律电影的意识形态基调

在哲学范畴内，意识形态(ideology)是指一种对事物观念的集合，具有现实性、阶级性、社会依赖性和相对独立性。法国著名哲学家路易·阿尔都塞在葛兰西对于国家和意识形态的探讨基础上，首次提出"意识形态国家机器"的概念，他认为国家权力的维护主要通过两种国家机器：一种是强制性的国家机器，如政府和各种行政机构；另一种是意识形态国家机器，如大众传媒、文化宗教活动等。[①] 后者通过非暴力非强制的方式，对大众进行意识形态上的渗透，以达到维护国家权力的目的。意识形态国家机器是基于一个国族占社会统治地位的意识形态建立而产生的，需要辅助以文化产品和传媒媒介进行传导。

电影自诞生以来便具有了媒介属性，美国政治学家哈罗德·拉斯韦尔立足于第一次世界大战，首次梳理了一种意识形态操控下的大众传媒传播技巧，强调宣传与民主的关系，认为这种舆论控制方式是一种资本主义传统民主制度的补救手段。[②] 包裹着文化和娱乐"糖衣"的电影渐渐成为各国在不同时代背景下进行意识形态传输的工具。电影人的自发创作也能够体现电影作为一种文化载体的话语诉求，瓦西里耶夫兄弟拍摄

---

① 参见[法]路易·阿尔都塞：《意识形态和意识形态国家机器(续)》，载《当代电影》，1987(3)。

② 参见高海波：《拉斯韦尔战时传播理论研究》，华中科技大学博士学位论文，2010。

的影片《夏伯阳》通过具有时代特点的创作方式塑造了国内战争中传奇式的英雄人物形象，开创了一种具有意识形态性的"苏维埃神话模式"；即便在当代韩国，基于南北分裂的现实背景，仍然有大量主流影片在进行意识形态的宣传和引导。

1942 年 5 月，毛泽东在延安举行的文艺座谈会上发表讲话，指出文艺要站在无产阶级的立场上为人民服务，首次对艺术创作提出了政治要求。在这一思想指导下，中国电影逐渐形成了一种将社会主义现实主义与浪漫主义相结合的"主流叙事模式"，包含了对电影的艺术样式和政治任务的兼顾。

20 世纪 80 年代末期，主旋律电影的正式提出被当作一种文化战略，然而事实上"弘扬主旋律"与"坚持多样化"的指导思想强调的是一种宣传的诉求和多种传播的途径。主旋律的口号却经历了从"弘扬主旋律，提倡多样化"到"唱响主旋律，打好主动仗"，再到"弘扬主旋律，传播正能量"的变迁，在终极目的不变的前提下，路径更多元、诉求更明确。

从主旋律口号的演变过程，可见政治宣传诉求在历史进程中的调整，20 世纪 90 年代，弘扬主旋律的要求正视了公众对多样文化的需求；21 世纪伊始，主旋律的时代要求进一步深化，可见文化软实力在综合国力竞争体系内的地位提升；立足当下，"正能量"这一物理学名词又与"主旋律"音乐学概念发生碰撞，在社会文化语境中被引申为一种正面情绪和积极态度对时代精神的引领。由此可见，作为文化产品创作中主流意识形态责任实现的重要主体，党政部门不仅高度重视主流意识形态对文化产品创作的指导作用，而且更注重主流意识形态直接参与下的对国家文化安全和整体文化利益的考量，这种直接参与的方式就表现为主旋律电影的创作。[①] 为了实现意识形态诉求，电影的创作需要一个具象化的载体，而英雄人物成为主旋律电影的首选。

（2）主旋律电影的英雄叙事变奏

英雄，是一个国家或民族的历史创造者与社会贡献者，英雄的形象是文化的代表。对英雄的认定是同一民族群体的普遍共识，是一种民族

---

① 参见胡晶晶：《价值自觉与文化领导：文化产业发展中主流意识形态的责任及其实现研究》，149～153 页，合肥，合肥工业大学出版社，2014。

精神的集中展现。英雄的特质是一种超越，不仅体现在对客观历史阶段的超越，而且体现在对主观人性局限的超越。

中国近代思想家梁启超曾多次针对英雄与时势关系进行讨论，提出"英雄与时势，二者如形影之相随，未尝少离"。他以文明发展程度为标尺，把历史划分为"英雄专制"时代、英雄与人民共同创造历史的时代和人民统治时代，提出了文明日进，英雄渐归消灭的观点。① 梁启超所指出的个体英雄消亡与人民群众崛起的观点基于资本主义的现代化进程，具有世俗化及个人主义的特点。从现实层面来看，中国的现代性话语在面临侵略的民族危机中启动，是民族身份的焦虑催生了对革命英雄的向往。自此之后，中国现代英雄的演进过程经历了四个历史阶段：在民族危机中救亡图存的革命英雄——在工业生产与社会主义建设中的时代模范——在后现代主义个性解放语境下的平民英雄——在大国崛起文化自信背景下的民族偶像。

在中国迎来民族解放并开始进行工业建设后，战争环境下的革命英雄逐渐淡出公众视野，新时期的英雄人物以一种时代模范的姿态走上历史舞台，具有现实观照性的个人行为进而演化成新时期的英雄形象，与符合历史潮流的时代精神一起在大众心目中构建新的想象，英雄的名字成为某种品德与行为的代名词，如雷锋的助人为乐与王进喜的铁人精神。

历史的革命进步需要英雄，时代的发展建设需要英雄，社会的精神文明建设也需要英雄，普罗大众的英雄情结是由人类的社会属性和精神特质决定的，是对自我理性认知的一种感性弥补。电影是一种表情达意的艺术，作品中的英雄形象是对当代英雄情结的一种具象化，是群体焦虑的个体缓解，也是现实理想在艺术创作中的抒发。

以英雄造梦，本质是为了投映现实，主旋律电影中英雄人物为了呈现主流话语下的榜样力量，往往是某种特定价值观念的具体表现，通过塑造一个具象的英雄形象来聚合原子化的个体的共同理想，是一种社会主流意识形态的集中展现。

英模题材是主旋律电影的重要组成部分，以真实人物的真实事迹为

---

① 参见李宝红：《梁启超英雄观辨》，载《湖北大学学报（哲学社会科学版）》，1997(2)。

蓝本进行艺术创作，传统的英模电影中，英雄形象可以细分为民族英雄、人民公仆、行业领袖与道德模范。民族英雄类的影片主要讲述特殊时代背景下保卫国家安全、维护人民利益和民族尊严的仁人志士，如影片《林则徐》、《嘎达梅林》等；人民公仆类影片多展现为人民服务的党员干部，如影片《焦裕禄》、《任长霞》、《杨善洲》等；行业领袖类影片讲述的主要是对人类文明与社会进步做出重大贡献的先进个人，如影片《邓稼先》、《钱学森》等；道德模范类影片则侧重宣传对社会风气有引导意义的具有良好道德修养的个体，如影片《雷锋》、《郭明义》等。

从影片展现的剧作功能与创作技巧上看，经典的英雄叙事模式包含着"英雄诞生—个人成长—使命召唤—人生困境—主体觉醒—完成使命"的主要过程，在特定意识形态诉求之下，宣传工具性与艺术审美性是主旋律电影英雄叙事形成的内在逻辑。社会主流价值观念的演变，同样推动着主旋律影片英雄形象的多样化发展，现代性与后现代性交叠的文化语境中，英雄形象的绝对理性与完美主义遭到质疑和解构，平民视野下的平民英雄形象也渐渐登上银幕。

多元文化的交融，挑战着传统的英雄观念，也挑战着英雄形象背后主流话语的权威性，在电影产业飞速发展的当下，尽管国家官方话语多次强调和平年代对英雄情怀的需求和对英雄精神的渴望，但是在主流电影的创作中仍然缺少一个具有代表性的时代英雄的形象。直到《战狼》系列以商业大片的姿态呈现了具有好莱坞超级英雄特色的特种兵冷锋并引发市场的火爆反响，一种新的英雄叙事策略开始成型。

总体来讲，主旋律电影中英雄形象的演变与发展经历了从民族英雄到世俗模范，再到新时代民族偶像的回归，和平年代的英雄情怀既可看作民族自信的表现，也显示出爱国情感的需要。

第二节　神话英雄：对苏维埃神话模式的借鉴

(一)神话模式的成因

20世纪30年代，苏联导演瓦西利耶夫兄弟拍摄的影片《夏伯阳》通过具有时代特点的创作方式塑造了国内战争中传奇式的英雄人物，影片在真实历史人物的基础上，对作家富尔曼诺夫的纪实性小说进行了改编，在文献史料的基础上进行了艺术化的加工，展现了夏伯阳从抗战农民到军事将领的传奇经历，开创了一种具有意识形态性的"苏维埃神话模式"。

这种神话模式具有理想主义和浪漫主义的特点，影片对真实的历史事实进行了一定程度的改写。以夏伯阳之死为例，相关历史文献记载他于被俘后遇害，[①] 然而在影片中，夏伯阳却在汹涌的乌拉尔河中奋战至死，并通过镜头语言的渲染，为英雄的牺牲增添了悲壮感。

瓦西里耶夫兄弟的创作初衷原本就超越了历史现实，而追求一种历史精神与英雄形象的极致化书写，几乎仅保留了历史人物的名字与核心事件，在情节与细节上极大程度地进行了艺术再创作，以此强化夏伯阳的传奇英雄形象，影片并非对真实的历史进行坦诚的再现，而是对历史的"感性回应"与"理想化改写"。影片《夏伯阳》无疑是成功的，这种成功不仅体现在经济效益，更体现在社会效益和文化传播上，影片甚至在大众心目中重塑了人物的历史形象，提起夏伯阳，人们首先想到的战斗英雄不是夏伯阳本人，而是演员鲍里斯·巴保赤金的银幕形象。

《夏伯阳》的成功，提供了"苏维埃神话模式"的英雄叙事蓝本，在革命现实主义的政治哲学基础上，对"社会主义现实主义"的文艺创作原则进行了实证，将艺术的虚构与历史的真实有机结合。

从历史渊源看，中国的社会主义道路探索受到"苏联老大哥"诸多启发与帮助，中华人民共和国成立初期苏联代表团来华访问时，带来了电影的艺术创作思想及《夏伯阳》这部影片。苏联的社会主义建设经验已经证实了，民族革命结束后，在政局稳定的前提下，大国崛起必然需要通过意志的统一凝聚民族的共识。

梳理中国电影的历史脉络，可见《夏伯阳》及其相应的创作观念对中国的社会文化、电影创作产生了深远的影响。"社会主义现实主义"落地中国，与中国当时的基本国情有机结合，中国影人仿照着"苏维埃神话模式"，通过一系列书写战争时代和战斗英雄的影片，建立了一种新时期的英雄形象，如《董存瑞》的革命形象、《八女投江记》的巾帼英雄形象、《鸡

---

① 参见贺红英：《文学语境中的苏联电影》，124～128 页，北京，中国电影出版社，2008。

毛信》的少年英雄形象。影片通过塑造英雄形象、讲述英雄业绩，展示英雄克服困难、正义战胜邪恶的过程，从而讲述中华人民共和国的诞生过程，展示中华人民共和国所建立的新秩序与新规则，① 并在"十七年时期"，逐渐形成一种主流叙事模式，学者虞吉称其为"英雄电影和英雄电影谱系的历时性建构"②。

"苏维埃神话模式"为"十七年时期"的电影提供了一种英雄人物的写作范式，符合政局稳定、文化复兴的时代背景及当时观众的心理预期，"神话"模式因此成为中华人民共和国成立后主流电影中最常见的英雄叙事模式。

需要特别说明的是，从严格的时间界定上讲，神话模式的叙事策略盛行在主旋律电影的概念与创作要求提出之前，但回顾"十七年时期"电影的发展，由于电影生产资料的国有化，电影生产的政治要求是天然存在的，当时的主流电影本质上与主旋律电影的创作要求和生产模式并无差异，并且由于神话模式对主流意识形态电影英雄叙事的建立具有奠基意义，神话模式中的理想主义与浪漫主义特色对后期主流电影的英雄叙事影响深远，因此将其一并纳入研究范畴。

(二)神话模式的创作策略

(1)神话的理想主义

"神话"是一种表现能力崇拜的民间文学形式，从内容上看主要讲述后人对创世的想象，其特点在于对客观事实的放大夸张，对物质现实的精神超越，具有理想主义色彩。而"英雄"的身份界定来自基于某种文化共识的群体性的主观判断，英雄具有超越一般凡人的能力与品格，在神话故事中，英雄往往是"创世"的主体。而随着神话走进现实，英雄的"主体崇拜"又有了"现实意义"，英雄的"创世"表现为一种"革新"。

在主旋律电影中，政治正确是第一要求，英雄作为一种意识形态符号，其外在形象特征，都成为政治理想的辅助。神话具有严肃性，影片中的英雄是历史的建造者，是历史阶段的超越者，而观众是历史的见证

---

① 参见崔卫平：《我们时代的叙事》，176～180 页，广州，花城出版社，2008。

② 虞吉：《中国电影史》，125～134 页，重庆，重庆大学出版社，2011。

者，是现实生活的受惠者，因此对英雄形象的崇高化塑造能够带给观众敬畏感。神话具有传奇性，故事内容迎合观众的猎奇心理，在画面上满足观众的视觉要求。

苏维埃神话模式应用的文本语境是战时环境，乱世为英雄的生成提供了外在驱动力。本土化的神话模式在中华人民共和国成立初期通过一系列抗战题材影片大展拳脚，具有爱国主义和牺牲精神的民族英雄形象得以展现，如《铁道游击队》里游击制敌的飞虎队、《狼牙山五壮士》里掩护主力转移与敌斡旋的六班战士、《红色娘子军》里反恶霸闹革命解放椰林寨的吴琼花。英雄叙事的"神话"书写，具备以下特点：首先，在政治性展现上，阶级斗争意识鲜明，正反派立场明确；其次，在人物的艺术塑造上，以英雄角色打造典型形象，提升思想性与政治追求，弱化情感性与物质追求；最后，整体的叙事原则遵循着主要情节服务主题、次要情节塑造英雄的原则。

《夏伯阳》提供的英雄叙事的蓝本，包含充满崇高感的英雄诞生与充满悲剧感的英雄陨落的内容。夏伯阳从一个"草莽英雄"向"革命英雄"的蜕变是因为经历了共产主义思想的启蒙，在个人能力的基础上，精神层次有了提升，而这种英雄精神又通过肉体的死亡实现了生命终极意义的升华。

"启蒙"与"死亡"作为神话模式中的两个重要母题，在"十七年时期"的主流电影中有着同样展现。以影片《回民支队》为例，回民抗日义勇队建立的初衷是为了复仇，马本斋空有一身的力气与戾气，也面临着队伍纪律性不强和战术失当的现实问题，在一场恶战中得到八路军解围后，为了保留队伍实力，马本斋率队投靠了八路军，被改组为回民支队，在郭政委的帮助下逐渐建立起共产主义信仰，最终成为一名共产党员。影片中马本斋的成长经历了两次"死亡"，第一次是马母面对日寇宁死不屈绝食殉国，第二次是郭政委战死沙场，临终前批准了马本斋的入党申请。从"启蒙"可见党的领导及共产主义信仰对主人公英雄形象建立的重要性。两次"死亡"对马本斋有着不同的意义，母亲的形象指代爱意深沉的传统文化，义勇队初创时她曾表现出忧虑，但面对日寇，她以死明志表达了对儿子最坚定的支持；而郭政委作为马本斋共产主义信仰的启蒙人，他的牺牲实质上指代了共产主义精神的传承。

"十七年时期"，神话模式的英雄叙事在主流电影中的表现既借鉴了苏联经验，又发挥出了中国特色，然而在这一过程中，出现了一种理想主义极端化的趋势，一种党政意识形态之下的英雄史观。"文化大革命"中被强调的"高大全"的电影创作原则，实质上也是基于神话模式的极端化表现。由于主旋律电影承担着教化和文化输出的任务，因此承载的是一种正面而单一的价值观，英雄的革命理想是崇高唯一的，英雄的个人形象是片面单薄的，英雄没有道德污点，没有行为缺陷，甚至没有私人情感。此般英雄的塑造，是一种剥离复杂人性，仅突出政治理想的表现方式，创作中对历史现实选择性回避，对政治诉求选择性放大，模糊个人情感与性别意识，英雄以外角色只具有叙事的辅助功能，这样的创作手法虽然在一定时期内显示出意识形态宣传层面的有效性，但是对于电影的美学形态造成了极大的伤害。

（2）神化的浪漫主义

如果说"神话"是一种文本形态，那么"神化"则是一种艺术修辞。中国文学艺术自古以来便具有浪漫主义的叙事色彩，有着"神化"的英雄意识，英雄形象的塑造往往来源于普通民众对自身局限性的一种想象的补足。在古代神话故事中，盘古开天辟地、女娲炼石补天、后羿弯弓射日，这些传说中的英雄多为半人半神的形象，有着超越一般人的能力和智慧。在文学经典《西游记》和《封神演义》中，英雄的归宿也是封神。"神化"创作意识体现了中国文人传统观念中对英雄的仰望，突出了英雄与平民的疏离感和陌生感，强调了对英雄的敬畏。也正是因为这样对英雄"神化"意识的心理基础，"社会主义现实主义"才实现了与中国主流电影英雄叙事的有机融合。

落地中国的"苏维埃神话"，与中国本土的"神化"英雄意识相衔接，延续着革命浪漫主义的美学特色，用夸张的手法强化革命理想，强烈的抒情提升情感高度。银幕中的英雄形象经过了艺术创作的加工与美化，更趋向崇高与完美。英雄性是党性（包括人民性与阶级性）的外在表现，而党性则是英雄性内在精神的终极存在，这在具体的银幕"展示"中构成了英雄表象的认识论深度和现实的宣教意义，[①] 符合中国传统观念中对

---

① 参见虞吉：《"国营电影厂新片展览月"：新中国电影文化模式与叙事范式的创生》，载《文艺研究》，2014（3）。

英雄形象的审美经验，也在一定程度上迎合了中华人民共和国成立后反思历史展望未来的大众心理。

在"十七年期间"的电影创作，神话模式成为主流电影中英雄形象塑造的指导思路，英雄人物身上有些鲜明的"红色浪漫"气质，《赵一曼》中主人公红旗下的振臂高呼，《钢铁战士》丰收麦田里混夹在农民中的那顶军帽，神话模式的浪漫色彩为红色情怀的现实书写提供了情感策略。这种"神话"的英雄叙事模式与主旋律电影的意识形态诉求高度吻合，对主旋律电影英模题材的创作影响深远，甚至在新时期的主流电影创作中，在多元文化交融的时代背景下，仍然可见神话模式的痕迹，如《英雄》影片中以非理性的诗意去描述无名为"天下"的慷慨赴死。

正如神话的诞生是远古时期劳动人民对于"创世"的想象和解释，体现出超自然、超能力、超科学等对现实的超越，世俗的生活又推选出新的基于当时社会语境的英雄形象，女娲、后羿、夸父的谢幕，将精忠报国的岳飞、广拓疆域的成吉思汗、销烟救国的林则徐等英雄形象推上不同阶段的历史舞台。

然而伴随着政治、经济体制改革的阵痛，中国的社会文化语境发生了巨大的转变，推动着大众心理审美与创作思想的调整，中国社会由政治神话占据主导地位逐渐开始了向以商品化为本位的消费型社会的过渡，大众文化逐渐从边缘走向中心。[1] 现实的英雄身份与社会关系在发生变化，大众对生活的现实理想取代了对社会主义建设抽象的浪漫情怀，神话模式扁平的人物处理方式，塑造高高在上的英雄形象的同时，也拉开镜头中的英雄与画面外的观众的心理距离，对于建立在现实语境却被神化书写的英雄模范，与大众文化的审美趋向产生了背离。英雄身上的浪漫色彩与红色神话逐渐解除绑定，英雄形象的塑造方式也因此有所调整。观众对于银幕中"新英雄"形象的期待，是基于大众对于社会"新英雄"群体的渴望。在社会稳定、生活富足的当下，即便革命英雄的历史远去，但是民族英雄的精神气节仍然被主流媒体大力歌颂，关于民族英雄的文艺创作得到官方话语的要求与关注，英雄虽然远去，但英雄精神永存。

---

① 参见宋彦：《新时期中国电影的现代性、后现代性研究》，30 页，济南，山东人民出版社，2010。

（三）电影《吉鸿昌》个案分析

电影《吉鸿昌》讲述了作为国民党高级将领的吉鸿昌转向共产主义阵营，寻求真理，奋勇抗日直至英勇牺牲的传奇故事。从人物原型与电影改编来看，《吉鸿昌》与《夏伯阳》具有一定的相似性：在主人公的个人成长方面，都经历了共产主义意识觉醒的过程，以及为革命理想英勇献身的归宿；从人物身份看，主人公都是军队将领，也都充满豪放气概；从创作过程看，电影的最终呈现都基于对文学文本的改编，对历史事实有一定程度的改写与美化。

回顾真实的历史，吉鸿昌女儿吉瑞芝在采访中谈到，父亲原本是一名国民党军官，因为拒绝执行出击红军的命令而被解职，加入中国共产党后率兵反蒋，并带队抗日，屡建战功，最终遇刺被捕，在监狱中英勇牺牲。① 电影在人物真实经历的基础上，对政治主题进行了提升，对人物形象进行了美化，对具体情节进行了加工。

吉鸿昌的人物原型获得主旋律电影青睐的原因，主要体现在他的两个选择中：其一，放弃国民党军官身份，加入共产党；其二，正面对抗蒋介石的抗日禁令。这两个选择明确了吉鸿昌的政治信念，奠定了他追求真理、不畏强权的英雄形象。

影片秉承着"主要情节服务主题，次要情节塑造英雄"的神话模式的创作特点，通过虚构的情节补足了吉鸿昌政治立场转变的合理性。在影片中，吉鸿昌受到逃兵质问产生自我怀疑，为了探求士兵消极懈怠与投诚红军的原因，伪装进入苏区，目睹红军与百姓的军民一家的相处方式及群众参军的积极性，明白了共产党的群众基础及人心向背。这两处虚构的情节，叙事功能举足轻重。

影片在典型环境中采取神话模式进行英雄叙事，基于抗日战争的时代背景和国共对抗的主要矛盾，吉鸿昌通过对政治信仰的追索实现了个人成长与思想跨越，继而投入共产主义阵营。从神话模式的两个重要母题来看，吉鸿昌的"启蒙"是一种"迷途知返"的觉醒，具有主动性，政委

---

① 参见苏洪义：《迟到的艺术之春——影片〈吉鸿昌〉从剧本到银幕的 17 载风雨内幕》，载《军营文化天地》，2008(5)。

的角色作为"党的象征"，对他的党员身份及共产主义立场给予了肯定。在"死亡"母题的表现上，影片采取了大量篇幅来做铺垫，吉鸿昌面对敌人的劝降毫不妥协，面对党与战友的关怀却于心不忍，主动提出请组织放弃营救，写诗明志面对牺牲，并出于尊严和无畏向敌人提出了"坐着赴死"与"迎面开枪"的要求。当真正的牺牲时刻到来，导演却选择镜头一转，青松随枪声微颤，天空被鲜血染红，以写意的方式回避死亡的惨烈，同时增强了悲剧的凄美感。

从影片中英雄的外在形象看，吉鸿昌角色的化妆造型与真实人物相去甚远，反倒是同周政委的人物造型极度相似。从创作的美学意识来看，神话模式的美学要求不是"还原真实"，而是"超越真实"，影片在塑造英雄的过程中着重美化人物形象，包括视觉形象——代表深情的浓眉、炯炯有神的眼睛、有气魄的络腮胡、不怒自威的神态，让角色的呈现更符合电影创作中对"正面角色"的视觉要求，符合观众对"英雄形象"的心理预期。

图 3-1　吉鸿昌历史人物肖像

图 3-2　《吉鸿昌》影片人物肖像

图 3-3　《吉鸿昌》影片政委肖像

　　而对于人物的内在形象而言，在爱国主义与民族气节这些具有普遍性的英雄品质之外，影片对于吉鸿昌"人"的个性塑造过于片面，主人公有情怀、有理想，但缺少个人性格与个体欲望。吉鸿昌的家国理想高于一切，为了抗日，他变卖贡献全部家产，拒绝组织的营救，这与历史事实和人性本能是完全背离的，事实上的吉鸿昌，行刑前给妻子留下"家中余产不可分给别人"①的遗言，并将子女父母向亲友一一托付。求生是人性的本能，鲁迅在《再论雷峰塔的倒掉》一文中提到："悲剧是将人生有价值的东西毁灭给人看。"影片中吉鸿昌面对牺牲的表现过于超脱，削弱了"死亡"的悲剧力量。

　　总体而言，电影《吉鸿昌》是对神话模式叙事策略的一次重要实践，影片中存在的人物脸谱刻板、情节逻辑欠缺、抒情突兀生硬的问题，也是神话模式强调主题性、思想性，牺牲艺术性使然。理想创造神话，现实消解神话，神话模式的创作思路不再被普遍使用，新的英雄叙事策略亟待建立。

第三节　人民公仆：儒家文化与苦情模式的书写

（一）苦情模式的成因

　　"苦情"是我国传统文学艺术中非常重要的叙事模式，"怨谱"与"哀曲"奠定了苦情戏基调，"苦情戏"与中国电影的结合，既传承中国古典戏曲文化传统，又迎合了电影诞生之初在中国半殖民地半封建社会环境中观众的审美需求。②从叙事模式来说，"苦情"是一种悲惨遭遇，是预设一种敌对力量而使"好人蒙冤"，苦情戏的特点在于主人公悲苦的遭遇、强烈的情感与传奇的命运。

　　古代中国受到儒家思想的影响，形成相应的伦理规则和道德体系，"仁义礼智信"的个体规范与"天下兴亡匹夫有责"的国家观念，体现出传

---

① 冯晓蔚：《抗战英雄的家书》，载《文史天地》，2017(11)。
② 参见田卉群：《行走在空中的影像——试析英模传记片"苦情"式》，载《中国图书评论》，2009(9)。

统文化中促成伦理规范的责任意识和牺牲精神。苦情模式在传统戏曲和早期电影中的运用，是以儒家思想作为审美基础，以悲天悯人的人文情怀作为情感支撑的。

"苦情"作为一种叙事策略，在当代的文艺创作中最常见于琼瑶小说改编的"苦情戏"，故事讲述女主人公爱恨纠葛中的悲苦命运。女性是苦情模式的叙事传统在文学艺术创作中最主要的表现主体，无论是元曲经典《窦娥冤》还是近代电影《新女性》，抽离人物所处的时代背景，文本讲述的内容都是无辜女性遭到现实迫害的故事。女性柔弱的外在形象作为一种视觉补充，为苦情叙事获得观众接纳提供了一种情感投映，满足观众对女性美的欣赏和对弱势群体的同情。

当战争时代远去，战斗英雄被镌刻入历史，社会的主要任务从民族解放转向发展生产，大众浪漫的英雄情怀与共产主义理想在物质文化需求落后于社会生产的现实矛盾面前退让，现代性的深入促使民众的理性意识与主体意识建立，投身于社会主义建设的时代模范成为现实中新兴的英雄主体。作为社会主义建设引领者的党员干部的社会身份及其与人民大众的社会关系发生了变化，在这样的现实背景下，神话模式的叙事策略不再普遍适用，英雄的特质不再是对客观历史阶段的超越，而体现为对主观个人意志的超越。为了迎合观众的审美与情感诉求，一批忍辱负重、公正清廉、死而后已、以儒家道统为精神底色的人民公仆形象出现了。①

新时期以来，电影创作摒弃了"文化大革命"期间僵化的模式，但国内的政治形势与文化环境变化仍然深刻影响着电影的发展。"第五代"导演的成长，让艺术创作重回一线，电影的题材多样化发展，娱乐消费的膨胀成为一种不可逆转的趋势。在大众传播的环境中，当代艺术模式转换已是显著的事实。②

苦情模式引入英雄叙事，主要作用于政治英模片的创作。"苦情"的

---

① 参见田卉群：《分裂的主体与停转的宇宙——试析英模传记片人物塑造模式存在的问题》，载《电影艺术》，2009(6)。

② 参见王德胜：《大众传播与当代艺术状况——当代艺术模式转换的一种现实》，载《现代传播》，2004(2)。

创作将英模人物弱势化，呈现出一种与女性苦情戏相似的"我见犹怜"的表现效果。苦情模式对神话模式的超越在于对伦理性的挖掘，使英雄叙事开始脱离阶级斗争的意识，走向泛情化。在苦情模式的叙事策略下，银幕上的党员干部与道德模范成为拥有痛苦遭遇且不被理解的苦情主体，成为被观众同情的对象。

(二)苦情模式的创作策略

(1)苦情模式的艺术手法

苦情的创作模式具备探讨现实的社会性与教化功能、文化表达的艺术性和审美功能，并且经过了长期的实践验证，符合中国观众的审美习惯。从艺术表现的手法上来讲，神话模式与苦情模式分别提供的是表现主体居高位与居低位的两种不同视角，对英雄的神化突出的是英雄对凡人的超越，而苦情模式则将英雄拉下"神坛"，进行平民化处理，将党员干部塑造为"人民公仆"，从而削弱官与民之间的陌生感与疏离感。

"人民公仆"式的党员干部类主旋律影片中，故事通常围绕一个原型人物的重点事件展开，叙事中的多种元素都为明确的人物形象和特定的重点事件服务。从剧情结构上来看，影片通常在开篇设置一个任务或展现一个危机，使人物进入特别环境或特殊处境中，在过程中克服重重阻力，最终实现个人成长与思想升华。

苦情模式的叙事呈现出人物传奇、善恶对立、情绪强烈、表现夸张的特点。对神话模式的英雄叙事有所继承的是，苦情模式在人物的形象塑造中也呈现出绝对理性的特点和完美主义的倾向，人民公仆形象以先验的政治图解为主体，辅以共同的道德伦理面目，前者作为理想化人格的写照，后者为人物涂上世俗生活的印记。[①] 苦情模式的英雄叙事同样具有夸张的创作色彩，尽管真人真事改编的影片故事内容大多来自现实事件，但艺术加工有时为了追求人物的极致表现而导致逻辑关系不够严谨、情节塑造过于堆砌、细节展现脱离现实。英雄的外在形象呈现出平面化与同质性，英雄的内在形象强调政治立场和思想觉悟，却缺少了情

---

① 参见李宗彦：《论产业化进程中的主旋律电影（2002—2007）》，山东师范大学硕士学位论文，2008。

感逻辑。

在思想观念方面，苦情模式在影片中呈现出一种对立意识：主人公的政治理想与物质追求是对立的，工作要求与个人幸福是对立的。"牺牲"成为苦情模式中主人公主动选择或被迫遭遇的一种必然，"牺牲"包括对物质财富的牺牲、对家庭责任与个人情感的牺牲、对个人健康甚至生命安全的牺牲，以此来呈现党员干部无私奉献与高风亮节。"牺牲"的层级是递进式的，以人物的"死亡"作为终极"牺牲"，《焦裕禄》、《任长霞》、《第一书记》等影片从人物原型的选择上，已经可见一种"苦情"的审美导向。人物"牺牲"的本质是"党性"的提升与"人性"的抽离，倘若艺术创作中对情节与细节把握失当，极易呈现出一种强烈的个体失衡，让"牺牲"的行为既不符合现实，也不符合人性。

影片《任长霞》中，主人公因为忙于工作三年没有回家过年，年迈患病的父母携一家老小远上登封，才能实现拍摄全家福的心愿；影片《第一书记》中，沈浩因为忙于工作引发家庭矛盾，其母为缓解儿媳压力主动提出搬走；影片《郭明义》中，主人公多次将家用电视赠送穷人引发家庭矛盾，并将女儿的高考优异归因于没有电视的干扰。牺牲个人追求、牺牲家庭责任、牺牲物质财富，这种"牺牲"的行为在主题表达上并无问题，可由于苦情模式采取的是一种情感叙事策略，主人公塑造的目的在于引起观众的理解与共情，艺术表现上过于夸张而导致细节的失真，直接影响了人物形象的可信度。因此，苦情模式在影片中呈现出理想主义的创作手法与现实主义的电影风格相结合但不相融合的问题。

（2）苦情模式的精神内涵

审美性与思想性是艺术作品的普遍价值诉求，而意识形态性是主旋律电影作为特殊电影类型的特定价值诉求。在多元文化的社会背景中，主旋律电影所追求的是一种普遍性的审美与价值共识，当下主旋律电影的创作者，正尝试着在把握社会主流审美和心理预期的前提下，在了解社会大众理性需求和情感宣泄的诉求下，以柔和的方式将主流意识形态编织进影片叙事，在探索创新中逐渐扭转生硬说教的处理手法，追求更高层次的审美表达，以此获得更好的传播效果。

对伦理题材的审美是中国观众普遍接受的世俗文化消费，在历史传统中得到反复验证的苦情模式，被作为英雄叙事的一种策略引入主旋律电影的创作中，表现出主旋律电影在创作主观意识上开始向大众的审美习惯靠拢，以追求更好的传播效果。以谢晋导演为例，他的作品中有些鲜明的伦理与政治结合的特点，用伦理冲突构建戏剧张力，以煽情表达推动叙事高潮，这种基于传统的中国文化审美要求的叙事策略，极大显示出其有效性。

然而从叙事策略背后的文化内涵来看，古代戏本小说以"苦情"模式讲述女性的命运遭遇，是基于男尊女卑的社会文化背景，女性作为弱势群体，被观望，被审视，被同情，被消费，女性受苦的根源来自男权社会，施暴者多表现为个体化的男性形象，这种阶级感和力量对抗下的戏剧张力是天然存在的，然而在主旋律英模片中，将拥有社会权力的"党员干部"置换为苦情模式中弱势群体的做法，本身就存在一定的矛盾性。

从价值诉求上来看，主旋律电影的精神内涵包括两个方面：传统的民族精神与当代的主流价值。在中华文明的历史进程中，传统文化与主流观念曾长期处于和谐统一的状态，儒家思想之所以受到主流推崇，是因为它以"仁"为核心的三纲五常的伦理规范与以"大一统"为主张的政治理念从本质上都是为统治阶级巩固话语权服务的。儒家思想强调政治与伦理的统一，在儒学观念中，政治是伦理的扩大，伦理是政治的基础。主旋律电影中苦情模式的英雄叙事策略，就是一种儒家政治观念伦理化回归的展现，影片从伦理的角度去阐述政治，试图将政治抽象化，但寄托于伦理表现下的政治观念并没有发生根本性改变，人民公仆的"苦情"遭遇，为了人民任劳任怨的过程，强化了党政干部对人民群众的精神超越与现实付出，表现的恰恰是一种官民之间不对等的现实关系。

"官本位"思想在封建时代根深蒂固，然而随着时代的发展，现代化带来了权力结构的变更，官本位思想与民主化的社会要求不相匹配，苦情模式之下，党员干部应具备的思想上的民主先进性与影片官本位的伦理内涵发生冲突。与此同时，从社会文化的角度看，官方的主导话语与大众的主流话语出现了裂变与分歧。主流价值的要求是约束性的，而大众心理的诉求是释放性的，这种释放不但是一种伴随着电影工业发展的对娱乐的追求和情感的宣泄，更是一种高层次的精神与价值要求。"忠孝不能两全"的传统价值观念受到多元价值观念的质疑，大众的公民意识与主体意识提升，审美取向发生了变化，完美主义和绝对理性的英雄使大众产生疏离感，以苦情塑造的道德模范使人审美疲劳，传统的政治说教哲学与新时期日渐开放自由的社会心理趋势背道而驰，陈旧的伦理规范开始引起公众的反感，高度政治化的权力话语在新的社会环境下不断陷入丧失大众的危机中。

官方与民间话语系统的分歧与博弈，使苦情模式自身的矛盾性日益暴露，即"官本位"的儒家传统思想与"民本位"的现代化诉求的对立，同时，由于影片创作在一定程度上的滞后性，银幕中英雄模范原型所处的历史阶段与现实中物质资源日益丰富的时代背景产生了断裂，影片内的戏剧空间与影片外的社会空间产生隔阂，影片塑造的模范形象与社会现实脱节，苦情模式"悲剧"的仪式美与遗憾美被削弱，人物落入一种"自苦"的刻奇情绪中。

刻奇（Kitsch）一词出自米兰·昆德拉的《生命不能承受之轻》，相对应"媚俗"的讨好大众，刻奇是一种"自媚"的行为，用来形容作品的情感夸张、审美的自我感动。主旋律英模片中"自苦"的刻奇性在于影片以强大的伦理观念提前判定了某种情感和行为的正义性，排斥了其他情感与行为的合理性。当情感的合法性由外界界定，情感的表达就成为一场预设结局的表演、一件功能明确的工具。这并非排斥情感的意义，但却消解了情感的全面性和真实性。被伦理规范绑架的苦情模式面对后现代文化的解构，失去了原有的话语权，主人公"自苦"式的情感表演，无法继续获得观众的认可，主旋律电影新的英雄叙事模式亟待生成。

(三)电影《焦裕禄》个案分析

1990年上映的影片《焦裕禄》根据真实人物和历史事件改编，讲述饥荒年代奋战在基层的党员干部焦裕禄的故事，影片主要的叙事策略采取了"苦情"模式的内在对抗关系——以焦裕禄的先民后党与吴荣先的先党后民做立场对抗，以焦裕禄的无私奉献与家人的误解做情感对抗，以焦裕禄的鞠躬尽瘁与英年早逝做命运对抗。影片尝试突破"官本位"的传统价值观，把"父母命官"改写成"人民公仆"，将意识形态道德化、政治伦理化，并以煽情填补苦情模式的英雄叙事与现实层面的缝隙。

　　在艺术风格上，影片遵循现实主义的美学风格，采用传统的线性叙事，摒弃过多的戏剧悬念和蒙太奇手法，强调纪实风格的艺术感染力。影片讲述基层干部焦裕禄在河南兰考县治灾救民的经历，是对三十年前真实历史人物的回顾，银幕上的艺术形象诚然是对人物原型的加工与美化，但人物的塑造过程也恰当地把握了焦裕禄基层干部的闪光之处。影片在着墨焦裕禄抗灾、救民、患病的人生遭遇时，以情感脉络编织细节，将"党性"与"人情"结合，表现了焦裕禄与群众的党民之情、与战友的手足之情、与家人的夫妻父子之情，在核心事件中通过情感的渲染，对焦裕禄的形象进行侧写与完善。

　　焦裕禄的"苦情"表现在"自苦"与"深情"，时代与环境的"苦"是外在压力，而焦裕禄的"自苦"是在社会责任面前把自己全无保留地奉献出去，他带领群众治理风沙、水涝、盐碱三害，临终的心愿也是安葬于黄河岸边，以求看到后代的幸福，而与此相对应的，是他的"深情"，在党员使命与个人情感间的拉扯和无奈。

图 3-4　电影《焦裕禄》

在影片中有两处展现父子关系的细节，第一处是焦裕禄一家人围桌吃饭，小儿子扔掉窝头吵闹着要吃红烧肉，焦裕禄先是发火打了小儿子的屁股，接着又心疼地向孩子们解释饥荒年代的生活不易。这场戏明写家庭冲突，同时表现了一名党员干部救灾工作中的忧心。与此相呼应的另一场戏在影片结尾，焦裕禄重病卧床，小儿子在床前向父亲流泪道歉说再也不吃红烧肉了。这两处细节前后呼应，充满生活的真实质感，以孩子的视角表达诉求与情感，童言无忌中衬托父亲的伟岸形象和党员干部的奉献精神，不需要主人公的说教，观众却能从中产生共情。由此可见，苦情模式的英雄叙事中对"真实感"的要求有所提升，无论是人性真实、情节真实还是情感真实，都丰富了影片的艺术审美性。

影片将苦情叙事中的"牺牲"意象表达彻底——对物质财富的牺牲，对家庭情感的牺牲，对生命健康的牺牲。影片的成功很大一部分得益于演员李雪健的精湛表演——对人物形象刻画精准，以生活化的艺术手法表现典型化的人物特质，注重表演中的节奏感，将苦情与煽情结合得恰到好处。

除了焦裕禄的个人形象，影片成功的另一重要原因在于处理核心人物与环境人物的关系得当，在影片中前后出现五次的群众场面展现真实，由于影片在焦裕禄曾任职的兰考实拍，当地群众的配合度极高，烘托出浩大的送葬场面的庄严肃穆感，除此之外，影片重视对当时国内政治形势、社会环境、生态环境的展现，在道具细节呈现真实上颇费心思。

从影片的社会效益来看，《焦裕禄》上映正值 1991 献礼片之年，它在众多同类型影片中脱颖而出，创造当时国产影片拷贝数量的记录，它对英雄叙事创作的启示在于增强影片现实化的美学与真实化的质感，弱化说教，以伦理情感承载主题，从而得到观众的理解与认可。而《焦裕禄》的成功经验，也被导演王冀邢带入《邓稼先》的创作中，尽管影片呈现更朴实，对人物的还原度更高，但市场反响却不佳，可见十几年过去，苦情模式的思路早已不再适用于当时的电影市场环境，主旋律电影的英雄叙事需要寻求新的突破。

第四节　个体英雄：平民模式的投映

(一)平民模式的成因

(1)宏大叙事的消解

宏大叙事又被称为元叙事，20世纪70年代，法国哲学家让-弗朗索瓦·利奥塔尔在其著作《后现代状态：关于知识的报告》一书中率先提出这一概念，并将其看作"现代性的标志"，他认为宏大叙事构成了社会现代性的主要部分，而后现代主义则充满对宏大叙事的怀疑。[①] 从表象上来看，宏大叙事既是一种艺术形式，也是一种叙事方式。从历史传统上来看，中国文人的文学与艺术创作有着宏大叙事的传统，广大人民群众也对史诗充满热情。从艺术表达的实用性角度讲，宏大叙事构建了一种宏观的表现视角和理性的叙事立场，与主旋律电影的表达诉求不谋而合，呈现了一种民族神话与国家寓言。

在现代化的历史进程中，改革开放的深入带来越来越多的现实问题和新的矛盾，需要具有历史使命感和社会责任感的电影人站在现代性的精神制高点上，饱含忧患意识，通过宏大叙事来表现现实问题，在进行艺术追求的同时，担负起社会责任和历史使命。[②] 从表象上来看，宏大叙事具有宏观性与普遍性的特征，具有强烈的政治文化色彩，隐含着某种世界观普世化、权威化、合法化的本质要求。[③]

1987年7月，在电影局提出"突出主旋律，坚持多样化"创作指导方针的背景下，"中央重大革命历史题材影视创作领导小组"经过中共中央批准正式成立，强调宏大叙事的重大题材获得官方的重点关注，在20世纪90年代，对战争与革命经历的历史再现成为这一阶段主旋律电影的表现主体，战争片成为中国最早走向成熟形态的影片类型。

---

①　参见[法]让-弗朗索瓦·利奥塔尔：《后现代状态：关于知识的报告》，北京，生活·读书·新知三联书店，1997。

②　参见池笑琳：《宏大叙事在当下文学艺术中的价值和意义》，载《文艺理论与批评》，2009(6)。

③　参见周忠元、赵光怀：《"中国梦"的话语体系构建和全民传播——兼论宏大叙事与平民叙事的契合与背反》，载《江西社会科学》，2014(3)。

然而在世俗精神悄然兴起的文化语境下，宏大叙事遭到了后现代性的反叛和消解。以娱乐消费为要求的大众文化推动着商业电影的聚焦从宏观到微观，叙事内容从史诗到生活，精神内核从传递价值到表达情感，大众文化、消费文化和感性文化的联合消解了宏大叙事的理性文化，使电影市场呈现出多元叙事的局面。

大众文化崛起的实质，是大众主体意识的觉醒。所谓主体意识，是指个体对于自身主体地位、主体价值及主体能力的自知自觉，放置于社会环境中，是强调个体的公民身份而非臣民身份。观众的主体意识觉醒，不再被动接受主旋律电影的引导宣传，对电影的艺术性与娱乐性提出了更高的要求；主旋律电影创作者的主体意识觉醒，开始寻求一种思想性之外的个性化表达。在这样的文化语境下，主旋律电影跳脱出宏大叙事的桎梏，紧跟时代潮流，便显得更具紧迫性。

(2)平民叙事的建立

从革命英雄到社会模范，时代文化环境的变化催生着现实视野中英雄形象的转变与艺术视野下英雄叙事策略的调整。主旋律电影具有叙事的方向性和封闭性、价值取向的单维性及人物形象的符号性，这与后现代语境下多元文化的价值相左，[①] 当后现代性的质疑目光关注到神话与苦情塑造的完美理性的英雄形象，对绝对理性的破除和绝对权威的解构，就成为社会英雄形象演变的趋势，把握当代社会群体的情感诉求，建立新的银幕英雄形象，就成为主旋律电影创作的新要求，体现了崇尚感性的后现代性精神内涵。观众拒绝了精英化的理性权威，更倾向于大众化的感性表达，电影中的英雄形象，变成一种情感共鸣和情绪宣泄。

在平民化电影出现以前，在"文艺为人民服务，为社会主义服务"的口号下，电影创作为社会主义服务的目的是明确的，但服务的客体却是抽象的，电影创作始终未能做到从人民立场出发，主流电影的表现主体多为精英群体或先进个人，文艺的本质仍然是为政治服务。然而随着平民化叙事视角的调整，平民阶层在艺术作品中真正实现了观看与审美的"在场"，对现实美化的滤镜被移除，大众真实的生活面貌得以展现。而

---

① 参见胡谱忠：《主旋律电影与商业片的互动渐变规则》，载《贵州大学学报（艺术版）》，2002(1)。

开放性的叙事流程则弱化了对情节张力的高度要求，艺术创作的戏剧性与生活现实的真实感相结合，注重了生活本身的丰富性与偶然性，在戏剧情景与写实风格中寻求一种和谐统一，满足大众的娱乐诉求，同时获得大众的心理认同。

从宏大叙事到平民叙事的话语权传递，是由大众文化的崛起推动的。1988年，电影界、文学界、评论界共同的焦点在于以作家王朔的四部小说改编的电影先后上映，尤其是电影《顽主》充满反讽、调侃等风格鲜明的后现代主义语法，深刻影响了中国城市电影的发展。影片中游手好闲的顽主形象代表了社会转型期城市青年的基本精神面貌，体现了在文化转型和价值失衡的现实空间中一类人的生存状态，表达了对既有价值观的挑战，一种反精英、反传统、反权威的文化姿态出现在社会转型的语境下，感性化的大众将"文化"和"艺术"从理性化的精英群体中"解放"出来，大众文化凭借着实用性、功利性、消费性的主要特点，极力去消解精英文化和官方话语的严肃性与崇高感，将艺术形式通俗化，让艺术表达平民化。

"平民叙事"是一种对大众生活进行世俗化展现的叙事策略，具有主体个性化、视角多元化、叙事感性化的特点。如果将神话模式与苦情模式统称为传统英雄叙事模式，着眼微观的平民叙事与放眼宏大的传统英雄叙事模式存在一定程度的对立性，平民叙事的主体追求个人价值，而英雄叙事的主体追求政治理想；平民叙事的视角相对多元，而英雄叙事的视角相对单一；平民叙事的情节追求戏剧性与独特性，而英雄叙事的情节追求思想性并呈现同质性；平民叙事具有娱乐性，而英雄叙事坚持严肃性。

平民叙事的盛行是后现代文化语境下的现实趋势，主旋律电影的创作为了获得大众接纳，开始从平民模式中寻求创新，一些平民视角的主旋律影片逐渐走上银幕。2001年中国电影集团出品的影片《血性山谷》以一个农民的独特视角传递民族精神，影片回避了全景式的宏大叙事，而聚焦表达真实的人物情感与心理变化。2006年上映的影片《云水谣》，则将个体的爱情故事与宏观的历史环境相联系，淡化绝对理性，回避政治话题，改变了宏大叙事的严肃感和全局观，着眼小人物，以一对失散的爱侣指代分隔的两岸，将民族情感融入爱情悲歌，谱写了一种"另类"主旋律。平民叙事在主旋律电影中的应用实践，为平民英雄形象的塑造提供了叙事参考。

（二）平民模式的创作策略

"平民"是一个相对的概念，平民的外在形象是多元的，最鲜明的特质是质朴的价值观与顽强的生命力。平民叙事注重对现实的关怀和对真实的尊重，抛弃了神话模式与苦情模式的崇高化与完美化，真正以现实主义的手段创作现实题材，平民叙事的文化诉求没有沉重的思想负担，具有个性化与感性化的倾向。主旋律电影英雄形象的塑造向平民化转型，从创作策略上看，包含着平民化叙事视角与开放性叙事结构的调整。

呈现真实感作为平民模式重要的美学要求，不仅体现在人物形象的来源真实，更重要的是角色塑造过程中的人性真实。在早期的主旋律电影中，常常将英雄形象抽象化、平面化，提炼真善美的同时回避局限性。可在现实层面，真实的人性是复杂的，人无完人，存在缺点是符合人性的，一味追求完美剔除缺点，会导致人性的失真，即使真人真事在影片呈现中也显得假模假样。因此平民模式把英雄拉下"神坛"，要在突出主人公先进思想和表率行为的同时，把英雄还原成普通人。例如，影片《张思德》采取生活化的平民视角，通过生活中的琐碎小事展现了普通士兵的平凡人生，没有高大全的夸张处理，在细微处彰显大义。在镜头语言的使用上，影片多处采用手持摄影器材拍摄，增加了画面动感，以黑白灰的色调贴近时代质感，以求获得观众的心理认同。而在电影《第一书记》中，主人公沈浩奔赴小岗村挂职的初衷并非"党的需要"或者"党员理想"等宏大抱负，而是一个不得志的普通公务员简简单单的现实选择，让沈浩留任的原因也并非所谓思想觉悟，而是因为被激发的个人追求与乡亲们的盛情挽留。尽管从英雄模范的人物原型选取上仍然存在苦情模式的烙印，但是电影创作已经开始有意识地摒弃虚构完美的英雄形象，而展现符合血肉之躯的人的主体。

剧情片《生死抉择》在国企改革的背景下和反腐倡廉的主题下，讲述了一个市长在利益和道义、情义面前的两难抉择。影片的情节与情感设置相较之前的主旋律电影有了重大突破，影片中的"抉择"不再是简单的正邪判断与善恶选择，而是钱与权的压力、贪与廉的纠结、爱与恨的挣扎。李市长结束党校的学习任务回到家，也是一个会为妻子按摩的丈夫，市长夫人心疼丈夫熬夜工作，也会送上一碗夜宵再念叨几句，这些琐碎的细节都是对生活质感的还原，因此当市长得知妻子牵涉贪腐，那种纠结的情感表现才更加真实。影片在揭露贪腐的同时直面人情与人性，避免了以往平面化的人民公仆形象，塑造了更加真实可信的人物。平民叙事对剧作的启示在于，塑造有真实感的人物，尊重人性的复杂，面对人性的缺点。

图 3-5　电影《生死抉择》

平民模式的主旋律电影英雄叙事策略有诸多从主流电影的创作实践中借鉴学习的痕迹，作为后现代主义风格鲜明的导演，冯小刚对于平民叙事的创作极具发言权，对于主旋律电影与平民模式的结合，也进行了实践探索。2004 年上映的《天下无贼》虽然不能被称为主旋律电影，但冯小刚在创作中尝试以平民视角讲述非典型的英雄故事，解构了传统英雄形象的完美与崇高感，通过塑造反英雄气质鲜明的一对盗贼夫妇，展现他们在人性挣扎中"改邪归正"与"舍生取义"的价值选择，这对雌雄大盗与代表社会群众的善良的傻根及代表国家形象的正义的警察共同展现了中国文化的核心价值与中华民族的精神面貌，影片以一种娱乐化的形式展现了主流意识形态。

而 2007 年上映的影片《集结号》是冯小刚导演首次尝试革命历史题材，在传统的主旋律战争片中，表现战争过程和记录英雄成长是两种经典的叙事模式，战争要表现党和中央领导下的拼搏与胜利，英雄要表现无产阶级的思想觉悟与成就，宏大叙事的民族史诗聚焦成功与英雄，冯小刚则选择着墨失败与小人物，电影讲述了连长谷子地寻找真相并为牺牲战友申冤争取烈士身份的故事，影片的主题超越战场胜败，超越命运生死，追求情感的慰藉与精神的归属。冯小刚改变了传统战争片中以情节堆砌推进叙事的模式，转而采用了一种情感叙事的策略，战事的激烈是一种外部压力，战友的信任则是一种内部压力，在战时与现实的时空交错下，以个人的现代视角回溯集体的历史记忆，影片中对"是失踪还是烈士"的沉重的革命身份问题，借两百斤还是七百斤小米的现实问题引起了争执，用现实的话语对历史的公正问题进行了象征性表达，表现了历史使命与集体精神的延续性。冯小刚借用了历史战争的宏大背景，讲述了一个人情与人性的故事，也用这样一个有情感温度的故事，探求历史问题的深度。

"冯小刚式"主旋律影片的平民叙事策略，可以看作一种群体性的历史记忆与个体化的情感共鸣的融合，无论《集结号》的友情与责任感，还是《唐山大地震》的亲情与歉疚感，甚至《芳华》的爱情与缺憾感，都是具有普遍性的情感，冯小刚的平民叙事削减了绝对理性，保留了情感真实，卸除了主人公沉重的历史使命，让人物与时代背景存在一定的界限感，影片所追求的"主旋律"与当代观众在情感与价值观上产生"共振"。

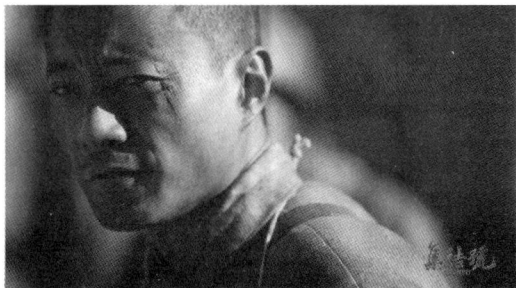

图 3-6　电影《集结号》

总体来说，平民模式对于主旋律英雄叙事的创作启发体现在两个方面，其一是关注市场大众需求的商业化手法，其二是关注深刻人文内涵的艺术性表达。

以冯小宁的电影创作为例，《红河谷》、《黄河绝恋》、《紫日》的"战争三部曲"，尝试将民族传奇、爱情故事与战争场面结合，将商业叙事注入主旋律电影，既有壮丽长城、雪域高原、黄土黄河、山岭风光等具有中国地理特色的文化元素，也有海空交战、坦克陆战、战争动作等视觉冲击力极强的商业元素，并以对战争与和平的反思，取代以往战争片中的民族仇恨和阶级斗争意识，影片的主题从不同民族不可调和的文化立场对抗，转换为不同民族共同向往的人性情感融通。例如，《紫日》通过三名不同国籍青年在战时的生死考验，对抗战历史进行了隐秘改写，将爱作为一种终极语言，将和平作为一种终极理想，追求影片中遥远的历史环境与现实中确切的情感共鸣，以此实现主旋律电影商业价值与人文价值的统一。

(三)电影《天狗》个案分析

影片《天狗》在主旋律电影体系中的"另类"形态十分突出，反英雄的姿态与平民叙事的策略在当下的主旋律电影创作中显得十分冒险，也正是如此，它将主旋律电影的创新性探索与艺术性表达提升了一个层次。从故事内容上来看，影片讲述了退伍军人护林员李天狗，面对恶霸刁难坚守职业道德，与恶势力周旋毙并最终击恶霸的故事。影片采取双线叙事，首先在影片开头预知杀人的结果，接着在倒叙过程中去解答杀人的原因，并将如何定义天狗犯人或英雄身份的问题抛向观众。

影片自作家张平小说原作《凶犯》改编，故事的主人公是一个毫无英雄质感的固执不懂变通的护林员——可当剧情推进，观众渐渐了解，天狗的不近人情是对责任的坚守和对使命的信仰。从退伍军人到杀人凶手，天狗的身份转变具有悲剧性，故事发生在大山中，发生在平民个体身上，李天狗并不具有高大全的英雄人物特质，但充满小人物平凡生活中的真实原色，他在影片中的人物成长是一种在封闭环境中对强权的反抗，具有孤胆英雄的气质，但却没有英雄美好的归宿。影片的最终呈现改变了小说原有的悲惨结局，给予了一个相对乐观的开放式结果，虽然削弱了悲剧的力度，但却迎合了主流观众的心理。

影片中对人物形象的塑造真实生动，李天狗的怯懦与坚持，妻子的焦虑与不解，村霸的嚣张与狡猾，村长的纵容与村民的冷漠，勾勒出村子里的芸芸众生相，呈现了真实人性的复杂性。影片要表达的不是善恶分明的二元对立，而是人物基于个人立场与责任使命的取舍。李天狗的身上表现着真实的人性挣扎，既顺从又反叛，他因顺从于使命而遭受折磨，却仍然反叛于环境和命运，向权势与自我发起挑战，隐含着社会语境中后现代性的感性反叛向现代性的理性与渴望发起挑战的内在矛盾。

在外在的人物形象塑造上，《天狗》也对传统的英雄形象进行了颠覆，天狗的文化程度不高，形象粗鄙，大大咧咧，还有点"怕老婆"。外在强势的妻子与内心执拗的天狗形成对比，妻子泼辣而圆滑，天狗隐忍但坚定，两者都是鲜活生动的平民形象，演员的流畅表演在打造戏剧张力的同时，也呈现了生活质感。

值得一提的是，村长的人物形象介于善恶交织的灰色地带，表现了人性的真实，他八面玲珑，却也内心清醒，结案时刻他带着村民在村霸家门口撒尿的表现，具有视觉上的喜剧效果，却又隐含着一种深层的悲哀。

图 3-7 电影《天狗》

影片的结尾相较小说原著内容进行了较大程度的改写，原著小说中，李天狗杀人的复杂心理有主观描写作为阐述，被压迫下的复仇情绪是一种真实的人性反抗，当李天狗躺在病床上被称作杀人犯时，妻子情绪失控地向来访的公安厅、林业厅领导大喊："他是你们公家的人，他是为了你们才遭了这么多罪，你们把他糟蹋成啥样了!"显然，妻子的逼问符合真实的人性逻辑，但不符合主旋律电影的表达诉求，在小说的最后，李天狗在通报中以"凶犯"的身份死去，但电影对此进行了彻底的改写，正如片名由《凶犯》改为《天狗》，神兽吞月的气魄，暗指天狗对强权恶霸的反抗，作为一名文化程度不高的护林员，天狗并不了解所谓绿色生态的大道理，他所遵守的规则是军人对上级命令的执行，是一种朴素的价值信仰，影片最后的结局也被改写，天狗没有在沉默中死去，虽然成为植物人，但他的"精神"还活着，而儿子参军入伍，象征对父亲精神的传承，改变了小说悲剧绝望的结局，给观众希望与慰藉，也为天狗的英雄身份正了名。

从《天狗》中可见，主旋律电影将平民模式引入英雄叙事，破除了人们对"英雄"形象的刻板印象，进行了关于表现"诚实"与"真实"的思考。相比宏大叙事，平民叙事更聚焦于一个"小"字，小人物，小情怀，小细节，小生活，小格局，把抽象的意识形态主题具体化、故事内容明确化，把握现实质感，从而获得影片审美与思想的和谐统一。

第五节　偶像英雄：商业模式的策略

(一)商业模式的成因

(1)从超级英雄到全民偶像

超级英雄片是当下好莱坞电影产业的重要类型，超人、蝙蝠侠、蜘蛛侠、钢铁侠等超级英雄凭借着独特的魅力在全球范围内掀起观影热潮。自1978年首部《超人》真人电影诞生以来，超级英雄片在短短四十年内建立了成熟的好莱坞工业模式与美学样态，并且在全球范围内获得了观众的喜爱。

超级英雄影片的诞生，是一种精神诉求的隐形表达，切中了人们的内心需求，成为经济危机、文化焦虑、信仰危机等一系列时代社会语境下美国人的心灵支撑，传达了特定的美国文化价值观，构建起美国日益完善的大众神话系统。①

英雄是对平民的超越，而超级英雄是对人类极限的再度超越，是一种超现实的梦幻表现。好莱坞的超级英雄叙事，隐含的是美国梦的本质。作为经典"小人物逆袭"的超级英雄影片，2011年上映的《美国队长》中对主人公进行塑造时有一处细节——当史蒂夫·罗杰斯被破格选入军队遭到众人质疑时，选拔军官佯装将一枚手榴弹丢入训练中的新兵队伍，强壮敏捷的战士们纷纷跳开躲避，唯有瘦小迟钝的罗杰斯用自己的身躯扑了上去。从剧作功能上来讲，这个简短的细节突出了罗杰斯外形缺陷与内心强大的鲜明对比，有力塑造了一个具有牺牲精神的军人形象，让罗杰斯这个角色拥有了超越美国个人主义价值观的特点和"平凡人也能做大事"的美国梦特质。美国队长之所以成为美国精神的象征，是因为迎合了美国主流观众的心理——当代美国的综合国力无须赘言，人民不需要英雄证明他拥有什么，而更看重他愿意为人民放弃什么。这意味着，英雄形象不需要完美和全面，但需要对群众的诉求把握精准。

图 3-8 电影《美国队长》

好莱坞的英雄蓝本，是一种特质化的人物，优缺点鲜明，个人魅力突出。好莱坞超级英雄片的创作，呈现出一种基于工业美学的叙事模式

---

① 参见李刚：《谱系化与升级重构：好莱坞超级英雄电影的概念设计与奇观复现》，载《当代电影》，2015(9)。

和商业策略，它以娱乐性为追求，迎合观众的猎奇心理，呈现视觉的感官刺激，包括对色情与暴力隐晦的心理预期。这种商业叙事模式具有后现代特征，强调游戏过程中与受众互动，表现出多元素拼贴与类型杂糅的特点。

英雄的形象反映了同一民族社会文化心理下的自我认知，也代表着一种民族文化的群体共识，每个被奉为英雄的个体形象都代表着一种价值观念，承载着一种社会责任与使命。在物质资源丰富、生活娱乐多元的当下，社会群体的分化导致很难建立一种共识性的英雄形象，英雄崇拜的社会心理被世俗生活与娱乐消费消解了崇高性。依据马斯洛需求层次理论，当人的社会生活足以满足生理、安全、社交的基本需求，大众的精神诉求便开始寻找尊重与自我实现的途径。以英雄形象的精神意义来看，当下大众的心理预期中并不需要一个革命战士式的英雄，也不需要一个人民公仆式的模范，当代电影观众主体的情感诉求从"寻找安全感"发展为"表达自信感"，"英雄"在当下的现实意义更接近于寄托情感的"偶像"。

（2）从政治要求到市场意识

主旋律电影诞生初期，功能属性极度明确——为政治宣传，对政府负责，然而随着电影市场化发展、主旋律电影观众的流失，面对强劲的商业娱乐片对手，主旋律电影由于面临着要服务于政府诉求与市场需求的"一仆二主"的尴尬局面，开始建立起商业思维和市场意识。

市场意识，本是一个经济学词汇，意为依据市场需求的变化来调整生产策略，体现出对消费这一终极目的的追求。电影是工业商品的一种，需要通过消费产生观众。因此寻求一条与主流政治合拍、与大众文化合流、与市场经济接轨的新的创作道路，真正使主旋律走向市场、征服观众、赢得票房，取得社会效益与经济效益的双丰收，[①] 这是主旋律电影得以生存的前提。

好莱坞大片带来的新奇观影体验，为创作者提供了思考借鉴的方向——商业片的类型意识。电影的类型化是一种细分的市场策略，是一

---

① 参见李军红：《关于主旋律电影遇冷原因及突围策略的思考》，载《齐鲁艺苑》，2006(5)。

种分众的传播策略。从电影工业角度来讲，好莱坞的制作经验是：不同的电影类型，具备不同的商业元素配置，观众选择某一种类型，实质上是选择某一种心理预期，而这些预期的实现具有一定技术前提。因此在20世纪90年代的电影创作中，主旋律电影的类型意识启蒙开始表现在技术层面的视听元素上，如影片《烈火金刚》、《飞虎队》通过在抗战题材主旋律电影中加入香港动作片的武打、枪战元素，增加影片的视觉丰富性，调动战争场面的紧张情绪，在英雄形象的创新上也极具突破性，具有孤胆英雄气质的史更新、机智的"飞毛腿"肖飞、勇猛的"大刀"丁尚武，呈现出了个性鲜明的英雄形象。

随着电影市场的发展、中国电影工业美学样态的逐步完善，电影在消费文化的语境下进一步向商业化推进。叙事艺术通过故事的假定性提供文化消费，迎合大众的娱乐心理。戏仿与拼贴的后现代文化痕迹在主旋律电影的呈现上更加明显，类型杂糅从叙事层面与主旋律电影更有效地结合，如《云水谣》的爱情与传奇、《大唐玄奘》的公路与传记、《建军大业》的军事与战争，等等。其中，华谊兄弟出品，陈国富、高群书执导的影片《风声》，其密室悬疑谍战题材在整个华语电影历史上极具突破性，影片的节奏紧张，人物丰满，爱国主义与民族精神如同顾晓梦缝入旗袍的"民族已到存亡之际我辈只能奋不顾身"的摩斯密码一般被缝入剧情，为商业片的主旋律表达再次提供了成功案例。

商品化的元素包装将主旋律电影在市场规律下呈现得更"规整"，历史的崇高感被消解，政治的严肃性被掩盖，取而代之的是一种符合当代通俗审美的价值观。精准的类型结合与成熟的市场运作之下，一种新的主旋律电影的美学形态正在逐渐建立。

商业资本、工业力量与主旋律诉求的合力与共谋，进一步推动了电影创新，建立了商业化的英雄叙事模式。商业叙事呈现出定位类型化、元素多样化、叙事重情化、视觉奇观化、形象平民化的特点，从创作策略上看，表现在商业技术手段的创新与商业艺术创作的加持。

(二)商业模式的创作策略

(1)明星意识与品牌意识

明星既是一种流行文化的代表，也是一种文化消费的对象，能够作为一种"符号"去承接"电影表演"与"社会表演"。① 明星效应从心理学上被称作光环效应或者晕轮效应，通过某种强烈的先验判断而影响人际知觉，是一种被夸大的社会印象。理论上讲，明星对大众的视线有吸引力，对大众消费有号召力，因此明星的加盟有利于增加主旋律电影的社会关注和市场表现。从实践上看，当红明星的身影在 21 世纪初期已经开始出现在各种主旋律影片中，有制片方的市场考量，也有明星团队的形象诉求，前者如《钱学森》选用陈坤，后者如梁家辉零片酬出演《太行山上》。明星加盟主旋律电影的热情在《建国大业》中达到前所未有的程度——170 多位职业演员，包括 80 多位一线明星，其中众多演员都是主动请缨且零片酬出演，群星汇聚的主旋律电影让《建国大业》的上映成为一次特殊的文化事件，并开启了一种群星云集的主旋律电影形态。

从商业考量上，启用明星的目的是看中明星身上的票房号召力，然而明星加盟主旋律电影也会带来新的现实问题。建构观众对明星主演主旋律影片的心理认同的深层次问题是如何有效弥合明星形象和重大题材影片叙事模式之间的裂隙。② 因此，要将明星的娱乐性合理编织进历史严肃性的剧情中，将电影的商业性、艺术性与思想性三者统一。

与明星效应相呼应的，是影片的品牌效应。从市场经济学角度看，品牌效应包含着产品定位、经营模式、消费族群及回报方式，是一种由品牌建立效应的商业模式。与工业成熟的好莱坞相比，中国电影行业的品牌意识建立较晚，且仍然在探索之中。

从市场表现来看，当下主旋律电影创新探索出一条"大制作、大场面、大明星和大情怀"的创作道路，然而在同样的指导思想下，并非所有的主旋律电影都得到了市场的认可，如近年来的《百团大战》、《我的战争》、《大唐玄奘》、《中国推销员》、《龙之战》等影片无论是市场回报还是社会效益都未能达到预期，相较而言，黄建新的《建国大业》、吴京的《战狼》与林超贤的《湄公河行动》所开启的系列模式，则是导演的个人风格与

---

① 参见陈晓云：《电影明星、视觉政治与消费文化——当代都市文化语境中的中国电影明星》，载《文艺研究》，2007(1)。

② 参见李宗彦：《全球化语境中主旋律电影的创作策略探析》，载《电影文学》，2007(15)。

影片的美学特色在主旋律的诉求之上通过观众的积累建立了品牌形象。借鉴好莱坞的成功经验，品牌形象的塑造包括明星品牌、导演品牌和影片品牌。① 三者之间是彼此交融又各有侧重的，明星是一种集中性高热度的品牌效应，导演则通过作者风格和作品质量从群众中获得一种品质信任，而影片则通过市场独特性和内容延展性建立受众的忠实度，从而推动品牌的进一步发展。

对于主旋律电影而言，打造品牌有利于占领市场，而建立品牌意识则要求创作者重视观众的消费诉求和市场的开发空间，改变"全年龄兼顾"的创作观念，建立清晰的自我定位与核心竞争力，持续提升影片质量，以推进主旋律电影的品牌建设。

(2)作者意识与类型意识

主旋律电影在诞生初期作为一种政治意味强烈的影片类型，影片呈现出明显的同质性，作者意识在艺术表达中曾经长期缺席，直到张建亚、冯小宁等一些导演开始通过个人实践试图打破主旋律电影叙事固化、美学僵化的局面，主旋律电影的"作者风格"开始有所展露。进入 21 世纪，"作者风格"的艺术特质开始与求新立异的市场要求接轨。

从创作实践来看，黄建新导演是当下市场化商业化进程中的主旋律电影创作的"第一人"，从以平民个体着笔民族特质的《黑炮事件》，到诙谐幽默展现世俗理想的《背靠背，脸对脸》，黄建新擅长精准把握人性，影片有着鲜明的先锋特色，从先锋向主流转型，其主旋律电影风格定型以《建国大业》为标志，他在集体记忆的基础上，还原个体人物的内心逻辑，以革命理想将历史中的革命分子串联，将个体表现与宏大叙事相勾连，使影片具有了一种"解密"的悬念感，同时他对于商业创作理念的把握精准，开创了"群星演绎"的主旋律电影现象级的商业模式。相较于艺术手段的个人特色，黄建新的作者意识更突显在他的工业美学意识及对大众心理与市场运作的宏观判断，除了个人导演的影片之外，黄建新以监制的身份，在大陆和香港地区主旋律合拍片的创作中也作出了重大贡献。

---

① 参见汪献平：《从好莱坞经验看中国电影品牌的创建》，载《当代电影》，2011(6)。

由于特殊的历史背景与成长环境，香港导演的家国观念与大陆导演是截然不同的。香港导演没有主旋律的红线意识和思想负担，也因此对影片的艺术追求更纯粹，从"香港梦"到"中国梦"，香港导演凭借着成熟的电影工业语言去应对文化语境的转换。

徐克的创作以古装武侠见长，《智取威虎山》将 1970 年的经典作品老曲新唱，美术功底深厚的徐克在创作中没有满足于 3D 技术和视觉效果的创新，而是彻底改写了前作的美学要求，并且在当代流行与时代传统中寻找交融，利用文本传奇性的优势，重构红色经典，在风格上向其擅长的武侠片靠拢，淡化阶级立场，着重塑造有勇有谋有江湖侠气的杨子荣形象，展现主人公身处土匪阵营的危机感，缩减解放军战士与老乡们的互动，删除了夹皮沟土地改革等意识形态浓重且与核心叙事无关的戏份，将影片的主线聚焦讲述孤胆英雄卧底潜伏将敌人一网打尽的故事。在徐克的创作中，采取了当代青年回忆叙事的方式展开革命先辈的奋战史诗，将历史与现代进行缝合，预设了一种情感连接，同时以回忆的方式为故事本身的革命浪漫色彩提供合理性，人物的性格鲜明、立场清晰、动作精彩，情节流畅，在徐克擅长展现的武戏之外，智斗的文戏也充满戏剧张力。主旋律的文化内涵配合以徐克的武侠电影美学，避谈国共对抗的复杂时代背景，着重讲述杨子荣的卧底危机及与土匪阵营的斗智斗勇，将影片还原成警匪对抗的模式，剥离意识形态，提升英雄主义，兼顾娱乐性而又不刻意媚俗，使得《智取威虎山》得到了官方和市场的双重认可。

图 3-9　样板戏《智取威虎山》
杨子荣人物形象

图 3-10　徐克导演《智取威虎山》
杨子荣人物形象

刘伟强导演的成名在于塑造了经典的古惑仔形象，古惑仔的特质是叛逆与热血，这种叛逆、热血的气质也被他带入了主旋律电影的创作当中。刘伟强接拍《建军大业》，是对黄建新导演的前作《建国大业》和《建党伟业》的继承与发展，延续了大制作和明星化的模式，又区别于建国、建党题材的史诗气质和使命感，《建军大业》着重塑造了一种青春和热血感，延续了众星云集的创作思路，但选角中对演员和原型人物的年龄匹配度层面把握更加精准，这一处看似细微的调整，事实上是对主旋律电影创作一种既定思维的扭转。过去的主旋律电影中，无论展现历史进程中的哪个阶段，创作者总是站在现实立场以全知视角回顾历史，为事件的主人公提前预设了"伟人"的形象，影片中的"伟人"以年轻演员的面孔指点江山，就像把一个洞察一切阅历丰富的苍老灵魂塞进少年皮囊，使得人物过于呆板严肃。而在南昌起义的真实时代背景下，毛泽东 34 岁、周恩来 29 岁、叶挺 31 岁、粟裕 20 岁……影片中曾被部分评论家诟病的演员年轻化，恰恰是为了贴近真实历史事件中的人物形象、破除宏大叙事的完美化倾向而有意为之。观众的不理解，也更加说明了旧有的创作模式中特殊的政治美化造成的历史现实的失真。《建军大业》破除了以立场分对错的价值观念，尊重了历史的复杂性，在群像式的叙事中，注重个体英雄的形象塑造，包括正视国民党一方的历史形象，展现了国民党军官陈锋面对大势已去的无奈和尽忠的壮烈，贺龙的一记军礼表达了军人间的惺惺相惜，而三河坝战役后钱大钧下令厚葬黄埔军校学员，也表现出了师生对立、同学交战的复杂人性与情感。《建军大业》对人物的刻画丰满真实，着笔英雄的热血与深情，破除阶级仇恨的立场表述，是对历史和历史亲历者真正的尊重。

林超贤擅长的题材是警匪动作影片，他将呈现流畅动作戏和把握紧张节奏感的优势带入了电影《湄公河行动》的创作中，这部取材于 2011 年"湄公河惨案"真实事件的主旋律电影得到了公安部的直接支持，对中国警方的办案实力和武器装备的展现抢眼，军人的形象丰满真实。影片的商业元素丰富，叙事逻辑完整，主人公的塑造采取经典双雄模式，一个沉稳老成，一个潇洒聪明，两名公安干警从互相看不顺眼到建立信任、互相欣赏、共同办案。除了重点着墨正面角色，对反派的形象也有所丰富。娃娃兵进行俄罗斯转盘游戏和实行人肉炸弹攻击的细节，再现了金三角地区毒品泛滥的危害，有力营造了惊悚紧张的气氛。尽管影片呈现中仍然存在对真实事件的美化及对政治敏感内容的回避，但从审美价值和市场效益来看，《湄公河行动》使主旋律电影的艺术和商业价值达到了前所未有的高度。而就在一年半之后，《湄公河行动》的优秀战绩被林超贤导演携原班幕后团队创作的《红海行动》所打破。在《红海行动》的呈现中，空战、海战、陆战、沙漠战及巷战的多种战斗场面，让军事动作的元素更丰富，实拍航母、多种武器装备的展现，满足了军事类型电影爱好者的诉求，也门撤侨的真实背景与海外的动荡环境为海军"蛟龙"提供了展示拳脚的现实空间。影片在叙事层面却回避了说教，回避了个人英雄性的展现，战士们从撤离侨胞到营救人质再到抢救黄饼的任务升级，实质上展现的是中国海军从保护中国公民到解救他国人质再到维护世界和平的能力与责任。影片在淡化意识形态的尝试下，没有重点塑造某一个英雄人物，而是呈现了中国海军整体的英雄能力与英雄气概，放眼宏观，着重细节，摒弃了神化和梦幻，以现实主义手法去呈现战场与人物，观众看到了"蛟龙"作为中国海军一支的神勇，也看到了军人肉体凡胎的脆弱，他们不是超级英雄，会疼会怕会伤也会死。影片中没有被"神化"的个人，但塑造了超越个人的集体，"勇者无畏强者无敌"不是空喊口号而被付诸行动，从情节与细节呈现出英雄精神，从叙事技巧上为主旋律的表达构建合理性。影片在防弹衣这个道具上有两次特别展现，第一次是女兵佟莉将防弹衣让给被营救的中国人质，但是镜头一转，防弹衣却穿在外籍少女的身上，导演通过这个细节将中国海军执行国家任务上升为中华民族的人道主义营救，却回避了"谦让防弹衣"这个在传统主旋律影片中势必会大力展现、重点煽情的画面，给予对观众观影经验的信任，用留白的处理给了观众"脑补"的空间，保持了电影的节奏张力，保护了电影的深沉美感，也因此，当第二次中国人质将防弹衣让给女兵佟莉时，防弹衣内贴着的合影营造出更强烈的情感冲击。"蛟龙"的命运，是个人价值在国家责任面前的升华，是个人力量在集体精神面前的凝聚。而这种表现方式，是一种作者与观众的默契，真正将银幕内的政治宣讲变成一种情感对话。

图 3-11　电影《湄公河行动》

图 3-12　电影《红海行动》

总体来说，当前主旋律电影的商业模式书写的是大国崛起与民族自信的"中国梦"，英雄的形象是一种现代的民族想象与国家形象，影片用类型化的电影语言编织了现实主义的中国神话。

(三)电影《战狼 II》个案分析

2017 年夏天，电影《战狼 II》以 56 亿票房的成绩刷新影史纪录，成为国内现象级的文化事件，《战狼 II》带动了国内前所未有的主旋律电影观影热潮，标志着一种新形态的民族英雄的建立，一种新思路的英雄叙事的生成。

从商业视角来看，电影《战狼 II》的市场火爆，有 2015 年上映的前作作为铺垫，当年 5.25 亿的票房成绩对于军事题材主旋律电影来说已经是前所未有的突破，导演吴京通过《战狼》建立了主旋律电影的商业品牌意识，提升了个人的明星品牌价值，效仿好莱坞超级英雄影片的创作策略与生产模式来打造《战狼 II》，进行了商业类型的叠加，元素更丰富，视觉效果更饱满。

从文本内容分析，影片注重题材的丰富度与想象力、注重素材的大众性与情感的真实性，并重点强调了内容的可传播性。《战狼 II》在前作的基础上，将故事场景移到国外，故事的主要矛盾也有所升级，对民族精神的展现有所提升，迎合了当下观众在大国崛起时代背景下的民族自信心理。

《战狼》的成功，几乎等同于主人公冷锋人物形象塑造的成功，在电影《战狼》系列中，吴京塑造的特种兵冷锋是一个剑走偏锋但又能力过人的中国军人，他有脾气有痞气还有一点孩子气，这样性格鲜明的军人形象在主旋律电影中前所未有，他有好莱坞孤胆英雄的性格姿态与个人特色，也有中国民族英雄的胸怀气魄与集体主义精神。冷锋的形象塑造，可以看作西方电影工业美学与东方价值体系的结合，他的嚣张自负是电影创作技巧上补足人物形象的技术标签，他的爱国精神与民族自信是影片的文化价值诉求。

从英雄叙事的策略来看，《战狼》中的冷锋是让长官犯愁的"刺头"，也是临危不惧的英雄。在《战狼 II》中，冷锋的个人英雄特质更加鲜明，他脱离了组织，单枪匹马营救人质尽情展现了个人魅力。《战狼》系列的英雄叙事采取的并非理性逻辑，而是感情逻辑，冷锋的形象有着鲜明的反英雄特质，基于传统的"英雄"概念，冷锋的人物更接近于"偶像"，他给观众呈现的不是道德品质与行为规范的标杆，不是绝对理性与绝对正确，而是一种感性化的个人崇拜，这与当下大众情感宣泄的诉求是相吻合的。

在类型的叠加上，《战狼 II》呈现了军事战争、武侠动作、爱情喜剧的杂糅，视觉的强烈刺激是商业模式的重要表现，不可否认的是，多种元素的堆砌，导致了叙事的情绪不够连贯，逻辑不够严谨，细节不够真实。影片中的任务衔接是断裂的，主人公驾车误入疫区，以食物安抚灾民并全身而退，灾民在疾病饥饿与战乱的背景下仍然能保持良好的道德秩序领取食物的细节，也显然不符合现实逻辑。

虽然影片的艺术形态受到影响，但却并没有对形成碎片化信息获取习惯的电影观众造成观影障碍，在视觉元素上追求极致表现，满足多种观众的多种类型喜好，实拍的高难度动作、多样的战斗武器、适时的调情幽默，让《战狼 II》真正成为一道重工业之下的电影大餐。

《战狼》兼具了好莱坞大片的梦幻感与本土现实题材的真实感，电影的真实再现与虚拟造梦有机结合，冷锋的故事环境是现实的，他的个体遭遇是惊险的，而他在这些事件中的个人展现则是梦幻的。虽然影片有明显的夸张成分，但能力过人又性格鲜明的新时代英雄，的确给观众带来了新鲜的观影感受。如果说《战狼》是一次个人英雄的展现，那么《战狼 II》更增添了对民族自信的抒发，冷锋的角色放弃书写传统英雄形象的绝对正确、绝对完美与绝对理性，转而采取一种追求民族群体共识的煽动

图 3-13　电影《战狼 II》

性的情感表达，这种英雄形象的本质是大众化的情感寄托，一面穿越战场的五星红旗，展现的是实力崛起的大国形象，传递给国人安全感与自豪感。"英雄"的意义超越现实层面上社会建设与历史发展的要求，而更倾向于符合民族审美与社会心理的"偶像"。

2017 年夏天，《战狼 II》的强势市场表现不仅是一次商业电影的成功，同时成为一种社会性的文化现象，尽管在影片呈现上仍然存在"神化"色彩，但它对绝对理性和权威的挑战已经极具突破性，电影带来的不止是一次群体式爱国热情与大国自信的抒发，也为注入主旋律意识的商业电影带来了新的生机。

第四章　论 21 世纪中国喜剧电影喜剧精神的缺失

　　自电影诞生之日，喜剧就与其密切相关。21 世纪以来，随着社会价值日趋多元、人们接触影片的方式增多，喜剧电影的创作也不断生发出一些新的形式，加之香港、台湾等地导演纷纷与内地电影人合作，喜剧电影类型也在不断丰富。但近年来，随着电影资本市场的变化，以及观影口味复杂难调，面对多变的社会和观影市场，喜剧电影贩卖肤浅的娱乐，进行着闹剧式的破坏，不但没有在观众心中留下良好的印象，反而成了各种问题和批判的场域。内地喜剧电影的发展道路曲折，还没有形成某种稳定而成熟的喜剧片创作规范，因此在某类喜剧电影获得好评时，便会有大量的同质性作品争相模仿。有的依样学样，结果却完全走样，有的保留了很多恶趣味，导致如今许多喜剧电影只集中在对于现实的破坏性解构和插科打诨上，反复利用小品表演的方式、拼凑网络段子来消费观众的情怀和观赏热情。虽说对喜剧的感受和理解千差万别，观众的审美无法兼顾，但喜剧电影的创作无疑是最能对现实作出反应，为人们带去欢乐，为观众暂时摆脱现实束缚、回归本性的艺术形式之一。

　　就中国目前的喜剧电影研究来看，专门讨论喜剧的专著一直较少且成书年代甚早。饶曙光所著的《中国喜剧电影》一书，对中国喜剧电影的发展过程按时序进行了梳理，并对每一时期的喜剧电影创作状况进行了剖析。他认为，从中国的社会传统看来，中国喜剧电影一开始的创作就承载了"文以载道"的任务。从 20 世纪 20 年代以来，中国喜剧电影包括滑稽喜剧短片、爱情谐闹喜剧、歌颂性喜剧，以及后来的王朔电影和流行小品式的市民电影，喜剧的创作也受到了政治等因素不同程度的影响，但真正的喜剧形式和喜剧作品还未完全形成。他同时还提出，喜剧创作不仅需要加一些幽默，对喜剧电影的批评也要有幽默。

　　张冲在《1977 年以来的喜剧电影研究》一书中，对每个时代的代表风格和创作导向进行了理论上的分析和概括，可以看出中国喜剧在历史发展的过程中，不断进行着价值转向。

　　此外，还有导演著书，如冯小刚的《我把青春献给你》及《不省心》，宁浩的《混搭成人》和《喜剧的意义》等书，都分别从他们的创作实践出发对喜剧电影的创作过程进行了路径分析。

　　虽然一些著述总结了 21 世纪以来的喜剧电影所呈现的风格和特性，以及产生这种变化的原因，并且涉及了一些对巴赫金狂欢化理论的概述，但并未完整地以巴赫金狂欢化理论所具有的双重性意义来考察 21 世纪以来喜剧电影的问题。随着电影产业的壮大，加上喜剧电影天生的"观众缘"，喜剧必将成为日后电影的主要发展方向。但是，市场对喜剧片的急切呼唤与当下喜剧片的创作之间仍存在较大的差距，如何让喜剧片更好地满足观众的期待，并收获更多的口碑和票房，成为理论和创作上紧迫面对的课题。然而目前喜剧理论或集中在对喜剧矛盾的探讨，或未能全面概括和涵盖喜剧本质，因此无法从全局的角度来探讨喜剧片存在的问题。用编剧技巧及导演技术解决喜剧电影的问题非常重要，然而更重要的是探讨喜剧电影创作的源头——喜剧精神的缺乏的问题。精神缺乏，艺术作品的生命力便消失。面对这个问题，巴赫金将目光投向中世纪的民间广场，从狂欢节的内容和形式中概括出较为完整的世界观和方法论，在生活表象的背后，深刻洞察到了喜剧的内在哲理核心，他把狂欢看作民间生活的集中体现，蕴含着关于世界、人的非官方的真理，这也正同喜剧精神不谋而合。因此，本章将以巴赫金的狂欢化理论为工具，以 21 世纪以来中国喜剧电影为主要研究对象，探究喜剧性缺乏的原因，梳理在喜剧人物设置、喜剧语言运用及狂欢化内容缺失方面的问题。希望为相关喜剧电影的创作提供一定的参考。①

---

　　①　本章中谈到的中国喜剧电影，指中国内地的喜剧电影，不包括香港、澳门、台湾地区的此类影片。

第一节　喜剧、喜剧精神与喜剧电影释义

一、喜剧

不妨先从喜剧审美的主体和客体之间的关系切入。亚里士多德对于喜剧的定义是，喜剧是模仿比我们坏的人。然而这个坏并不是指"恶"，而是指相比"我们"而言显为"差"的状态，因为通过对他们的模仿，我们产生了优越感，于是我们可以对他们"笑"，而这是一种没有伤害的、喜剧性的笑。

黑格尔认为，"喜剧只限于使本来不值什么的、虚伪的、自相矛盾的现象归于毁灭"。别林斯基认为，"喜剧的本质，是生活的现象和生活的本质及使命之间的矛盾"。他认为喜剧来自生活，并对喜剧自我否定的矛盾进行了细致的描述，喜剧同样带有否定的性质。

柏拉图在《斐列布斯篇》中说，我们耻笑朋友们的滑稽可笑的品质时，既夹杂着恶意，又在快感之中夹杂着痛感，因为我们一直都认为心怀恶意是心灵所特有的痛感，而笑是一种快感，可是这两种感觉在这种情况下同时存在。如此看出，喜剧性因素并不是单纯性地由于滑稽而产生，它是一种复杂的心情，同时夹杂一种对客体进行评价的心理。

哲学家们对于喜剧的看法不一而足，但概括其共通性可知，喜剧是我们对客观世界的实践所得出的一种心理评价和自我表述的方式。

喜剧的概念来自西方，它产生于古希腊祭祀酒神的表演，阿里斯托芬以羊人剧的方式将其确定下来成为喜剧诗和喜剧。与悲剧带给人崇高的美感不同，当时的喜剧通过对当权人物的戏谑、讽刺，来启发人民智慧，以挽救城邦。及至后来的发展中，喜剧带有了更多的民间色彩，中世纪时期，民间广场的"狂欢节"成为喜剧的主要内容，通过表演各种喜剧式的小品、通过作品中的讽刺、降格等手法，来表现对官方宗教世界的反抗，如拉伯雷的《巨人传》。

文艺复兴时期，英国莎士比亚的喜剧剧作以热情洋溢的年轻人的爱情为主题，其代表作有《皆大欢喜》、《第十二夜》，等等。他同时也创作讽刺喜剧，如《威尼斯商人》剧中的形象"夏洛克"代表了资本主义萌芽时代典型的唯利是图又奸诈狡猾的高利贷者。17 世纪法国戏剧作家莫里哀

与高乃依、拉辛被称为法国古典戏剧三杰，而其中，莫里哀的创作更成为古典主义喜剧的开创者。他的喜剧含有闹剧成分，对统治阶级的虚伪腐朽表达了严肃的讽刺，他甚至一度成为统治阶级所惧怕的创作者，导致其作品一度被禁演。他强调喜剧的社会功效，通过树立典型喜剧人物，放大其人性中固有的缺点和不足。他的创作书写了文学史上一页辉煌的篇章。

18 世纪，意大利哥尔多尼与法国文学家狄德罗、博马舍将喜剧文学引入新的阶段。哥尔多尼不仅停留在假面演出和按部就班的结构中，而是使喜剧有了戏剧冲突和结构。他加入大量的意大利民间方言，创造出别出心裁的喜剧文学样式。他的代表作品有《一仆二主》、《老顽固们》及《乖戾的慈善家》，等等。狄德罗和博马舍都是启蒙主义时期重要的喜剧文学家，博马舍的《费加罗婚礼》更是成为"启蒙主义"运动中不可缺少的精神代表。他的喜剧中的主人公由贵族和上层阶级变为中下层的小市民，这种转向体现了一种现实精神。

随着西方存在主义哲学的产生和发展，新异的喜剧理念开始闯入，改变了西方现代喜剧的总体气质，喜剧逐渐成为存在主义、荒诞和黑色幽默的注脚。在古典主义的喜剧时代里，人和世界尚且有着统一的价值观念；而在西方存在主义哲学的影响下，彼时的喜剧作品中更多地表达了人的生存焦虑及现实对人的异化，人的存在受到了普遍威胁，进而对人本身的存在也发出了质疑。这个时期的代表作颇丰，有《等待戈多》、《第二十二条军规》、《老妇还乡》等，此类作品荒诞不经，却又在文本中探论着严肃的终极问题。

中国喜剧文化发展至近代，除产生民间节庆形式（如社会、庙会等民间文化）外，喜剧艺术创作多来自于传统戏曲、小说、话本（说书）中。中国戏曲中"丑角"多承担喜剧中喜剧性的角色。这类角色的形象源自古代宫廷中的俳优，这些俳优能歌善舞，口才出众，甚至在滑稽的扮相中调侃某些人（尤其是贵族）的愚蠢。① 中国喜剧艺术的形成和繁盛应始于元代杂剧。如关汉卿的《救风尘》，白朴的《墙头马上》，王实甫的《西厢记》

---

① 参见王季思主编：《中国十大古典喜剧集》，2～3 页，上海，上海文艺出版社，1982。

等。明代有徐渭《四声猿》、《歌代啸》。清代李渔编集了喜剧理论，其《传奇十种曲》为喜剧艺术的表现提供了多种可能性，他提出"白雪阳春所唤，满场洗耳听巴人"，重视喜剧的消遣娱乐作用。① 不过，许多喜剧仍是以惹人发笑的形式来讲述道德层面上的问题，纵然充斥着喜剧性的笑闹，其实质仍然是追求对观众的教化作用。

1917—1927 是现代喜剧的诞生时期，也是创作成果颇丰的时期。胡适的喜剧《终身大事》就成为中国版的《玩偶之家》。欧阳予倩的《回家以后》、陈大悲的《双解放》、丁西林的《一只马蜂》等，既有效地彰显了女性意识的觉醒，又讽刺了社会上仍然没有完全褪去的封建思想及对青年男女爱情自由的扼杀。第二个十年，丁西林、欧阳予倩、陈白尘、洪深等人的喜剧创作也开始取得卓越成就，其中以宋春舫和李健吾的世态喜剧、洪深的《狗眼》、熊佛西的《苍蝇世界》等为代表的讽刺喜剧，给当时社会以沉重一击，为人民的觉醒提供了宝贵的精神材料。中国现代喜剧诞生后的第三个十年，是现代喜剧繁荣的十年，由于战时社会情况复杂，社会现实也给了政治讽刺喜剧以成熟的土壤。在沦陷区上海，世态喜剧对世风的刻画帮助人们"替沉闷的人生透一口气"，也不断坚定人们对抗战的必胜信念。

二、喜剧精神

阿多诺说，"精神乃是艺术作品的以太"。所谓"以太"，就是指蕴含在作品之中，与形式和内容相互依存并让其具有生命的力量之源。它不仅灌注艺术作品以呼吸，而且使艺术作品获得客观化的内在力量。决定艺术作品高下的，正是其内在的艺术精神。

由此，"喜剧精神"指的就是喜剧艺术形式或艺术作品中所具有的让喜剧具有生命的力量之源，也是得以客观化的内在力量。虽然喜剧的评判标准非常直接——是否能令观众发笑，但它所引起的"笑"并不单纯是生理性的，而应同样具有审美性。

审美主体——人，作为社会关系的总和，虽然"生来自由，却无往不

---

① 参见贺彩虹：《笑的解码》，山东师范大学博士学位论文，2011。

在枷锁之中"。人的生命冲动和对自由的向往是与生俱来的，而生活中随时加诸人的奴役使得冲突和矛盾不断加剧。因此，冲出自身局限而获得物质和精神的自由，就成为人类极其强烈的渴望。喜剧所揭示的正是各种背反性的矛盾，揭示人类生存状态的局限性、非理性和荒谬，它所要达到的目的，是反抗人的不自由的生存状态，通过"有意味的形式"使人获得自由。这种自由不同于犬儒主义的抛弃社会，从欲望枷锁中释放出来并踏上寻找内在精神的返乡之旅；也不同于追求哲人所希望达到的精神层面的内在自由。

因此，我们可以这样定义，喜剧精神，正是通过喜剧艺术作品来达到对于人的自由的回归和肯定，并以反叛精神进一步地摆脱强权和非理性的桎梏。

古今哲人对于喜剧精神的阐述通常是从喜剧的矛盾性和意义上来谈的，主要有客体否定理论、退化理论、对比理论、不和谐理论和偏离常规理论等。虽然每种理论在分析喜剧性文本和解释喜剧现象时都有其独特和契合的一面，但是仍不能够系统地把握喜剧文本的特性和内涵。

在梳理喜剧理论时，笔者发现，巴赫金的狂欢化理论为阐述、剖析喜剧精神提供了重要的精神矿藏。狂欢化理论，是苏联理论家巴赫金在其代表作《陀思妥耶夫斯基诗学问题》和《拉伯雷的创作和中世纪与文艺复兴时期的民间文化》这两本专著中提论的文化美学及诗学命题。回溯中世纪，巴赫金对民间文化中的狂欢节式庆贺、仪式，以及诙谐文化进行了充分的分析和考察，提出"狂欢化理论"，弥合了个体艺术审美与客观世界的统一，这也与喜剧精神的内核不谋而合。巴赫金指出，"中世纪的诙谐"战胜了面对秘密、面对世界、面对权力的恐惧，无所畏惧地揭示出关于世界和关于权力的真理。中世纪的狂欢节（是喜剧艺术的发源地）与官方节日相对立，在狂欢节上，等级被取消，人们之间的不拘形迹关系形成，"人回归了自身，并在人们之中感觉到自己是人"……

与西方世界的发展不同，中国不曾产生"狂欢节文化"。法国学者让·诺安在《笑的历史》中提出"西方人表情严肃地表达幽默，而中国人则善于以幽默的方式表示严肃的态度"。这句话准确形容出了中国喜剧中以"德"为目标而期以载道的性质。从某种程度上说，中国喜剧于内在精神力量的维度上是匮乏的。

从中西喜剧的发展对比可以看出，西方戏剧形态经历了一个漫长的发展过程，喜剧因此拥有了巨大的精神宝库，不断滋养着不同时代的喜剧创作。而中国喜剧创作由于复杂的经济、政治、历史等各种原因，在创作上显得断裂、破碎并散乱，缺乏一以贯之的生命力量及喜剧精神。每个时代最后都是由喜剧来画上休止符的。喜剧精神正是反抗权威和桎梏，完成人类解放自由的不可或缺的重要精神之一。

三、喜剧电影

何为喜剧电影？《电影艺术辞典》对喜剧片的定义是，"以产生笑的效果为特征的故事片，在总体上有完整的喜剧性构思，创造出喜剧性的人物和背景。主要艺术手段是，发掘生活中的可笑现象，作夸张的处理，达到真实和夸张的统一，其目的是通过笑来颂扬美好、进步的事物和理想，讽刺或嘲笑落后的现象，在笑声中娱乐和教育观众。矛盾的解决通常是正面力量战胜邪恶力量，一般来说结局比较轻松愉快"。可见，喜剧电影创作的首要目的是产生笑的效果，并要以喜剧性思维为构思前提构设人物和情境，并通过各种喜剧艺术创作方法，实现惩恶扬善的教化目的。

自电影艺术产生，就同步开始了对喜剧电影的探索。在卢米埃尔兄弟摄制的《水浇园丁》等影片中，我们可以清晰地看见从影者对喜剧创作的初步尝试。在电影发展的一百余年中，欧美喜剧电影大多依靠其文化和哲学的丰厚底蕴，从笑闹剧、即兴喜剧发展到荒诞不经的存在主义喜剧。这些类型和范式随着社会变迁慢慢演化着，在轻松愉悦的风格调性之外，喜剧创作仍然被强大的政治、宗教、文化等因素所浸染，更多地展现为对自我的深刻观照及洞见。而在日本、韩国等亚洲国家，喜剧片的主要创作则聚焦于家庭情境，成为与西方世界相区别的、富有特点的一类喜剧电影。

中国喜剧电影的发展，从早期的戏曲、文明戏及民间表演中吸收了诸多元素，随着近代以来历史和社会总体情境的发展变化，喜剧电影在时断时续的发展进程中折射着社会面貌。我们可以从不同时期的喜剧作品中，清晰地感受到不同时期人们的思想观念、精神诉求及价值取向。大体而言，中国喜剧电影基本都属于现实主义创作风格，20世纪五六十年代的《李双双》、《咱们村里年轻人》等影片都承袭了现实主义的创作路径；及至80年代文化解禁，王朔的喜剧创作成为该时期的强音，他抓住了生活旋涡中的边缘人物，并在风格化的写作中细心聆听、勾勒独属于他们的爱与哀愁；90年代，"冯小刚＋王朔"的金牌组合开始走入观众们的视野，基于黑色幽默、小品式的语言桥段、生活化的日常表达，冯小刚趋向于杂糅的创作表达令观众们耳目一新，代表着贺岁档先声的冯式喜剧的跃现成为中国电影市场的重要现象。

进入21世纪以来，喜剧电影的生产发生了根本的变化。随着电影从业者队伍的不断扩大、更新，创作的边界不断被拓宽，喜剧电影不再遵循某一种放之四海皆准的公式，多元化的、差异化的喜剧电影开始不断跃现在银幕上。21世纪以来的电影创作者们不再局限于对喜剧经典叙事模版的套用与搬演，而是扩展出更具差异性的叙事方式、更多元的价值取向和更具可能性的内容表达。

第二节　21世纪大陆喜剧电影的发展概况

21世纪以来，喜剧电影不仅在数量上实现了繁盛的发展，也极大地满足了观众们对娱乐性的期待及需求。21世纪以来大陆喜剧电影的发展大致分为如下几个阶段。

一、2001—2005年喜剧电影风格的承接

21世纪初期，喜剧电影的商业属性尚未突显。这一时期的喜剧电影数量并不多，也并未引发足够的社会关注，它们依然在执意地延续着现实主义的创作惯性，透过市民生活的具体情境，隐幽地向观众们传递创作者们针砭时弊、讽刺教化的表意内核。这一时期出现的重要电影有：陆川导演的《寻枪》，冯小刚导演的《大腕》、《手机》、《天下无贼》，黄建新导演的《谁说我不在乎》、《求求你，表扬我》，冯巩导演的《心急吃不了热豆腐》，路学长导演的《租期》，等等。

这一系列的喜剧电影都有着相当一致的共性，即，都是当代题材的作品，且集中着眼于当代人的情感状态与现代的都市生活体验。在喜剧性营造方面，仍以传统喜剧叙事的构造手法为主，即主要表现巧合、误会、反差，但也有少数电影浅尝辄止地探索"戏仿"、"拼贴"等先锋技法。此时的喜剧风格，仍然以"载道"为主要特征。例如，黄建新的《谁说我不在乎》围绕对父母结婚证的寻找，客观地审视了婚姻的社会议题。在找寻一纸婚约的过程中，黄建新导演抛出了他对婚姻本质的思辨与探问。冯小刚的《手机》则更集中地关注科技时代的伦理问题，他集中地思考了现代科技对人类情感的反蚀，探讨关系社会中的沟通、谎言与猜疑，在人伦情欲等更加现实的微缩层面高度聚焦、反复刺探、一针见血——概莫能外，每个人的手机都是一面照妖镜。

同样地，出于观众们对小品式喜剧感的偏爱，创作者们也着重关注对喜剧人物形象的构建。例如，《天下无贼》里的傻根、《求求你，表扬我》里的杨红旗，甚至冯小刚作品系列中的常驻角色"葛大爷"，都成为喜剧电影中不可或缺的人物模型。

二、2006—2012年喜剧电影风格的多样化

之所以将时间节点划定为2006年，是因为2006年的院线银幕上出现了一部引发巨大反响的喜剧电影——《疯狂的石头》。而借着此部电影的出现，喜剧电影的叙事手法及表现形式获得了更多元的可能，创作者们开始主动将目光转移到喜剧电影的类型叙事中，并有意识地进行创作探索，而这也正式成为中国喜剧电影发展的转折点，一举将中国喜剧电影拉上了高速发展的快车道。

2006—2012年，此时期的重要电影作品有：宁浩导演的《疯狂的石头》、《疯狂的赛车》，冯小刚导演的《非诚勿扰》，杨庆导演的《夜·店》，李蔚然导演的《决战刹马镇》，张建亚导演的《爱情呼叫转移》，姜文导演的《让子弹飞》，张猛导演的《钢的琴》，滕华涛导演的《失恋三十三天》，叶伟民导演的《人在囧途》，徐峥导演的《人再囧途之泰囧》，等等。喜剧电影的商业属性开始突显出来，宁浩对商业性的草根文化的炮制触发了创作者们的思考，进一步使得国产喜剧片从载道、教化等"绑缚"中挣脱

出来，转向对商业化、大众化的创作路径的关注。由此，中国喜剧电影进入了中国喜剧电影多样化的创作阶段。

这一阶段，喜剧片在风格上更趋于丰富多样，黑帮、草根、侦探、武侠、言情等杂糅元素都竞相与喜剧片的类型范式交叉混合，在类型嫁接的试验中找到了令创作趋向于复杂、多元的可能，并作用产生了各样新异的化学反应。这使得喜剧电影的创作边界被不断突破，并在一定意义上拓宽了观众们的审美视界，丰富了电影市场的总体样态及面貌。

2012 年是电影产业飞速发展的一年，2012 年可看作 21 世纪喜剧电影发展的第一座高峰（2009 年为 65 部，2010 年为 68 部，2011 年为 100 部，2012 年为 186 部）。在这一年中，喜剧电影的类型丰富度实现了一个小高峰，几部口碑不错的喜剧电影的陆续上映也唤起了观众们的观影热情。一方面培养了观众们走进影院观赏电影的习惯，另一方面也促发了观众们对喜剧电影的观影期待。尤其是徐峥导演的《人再囧途之泰囧》，以 12.67 亿元的票房成绩冲顶，成为第一部票房过 10 亿元的国产电影，也同时打开了中国喜剧电影商业票房的新纪元。

2006—2012 年创作的喜剧电影，在融合嫁接各种类型样式的同时，也专注于为老百姓们制造趣味性空前的"笑果"，带给观众们耳目一新的观影感受。沿袭上一发展阶段所炮制的喜剧人物类型，"囧途"系列中的徐峥和王宝强组合为独特的"囧"搭档，是颇具典型性的笑闹喜剧的人物组合类型。《失恋三十三天》为小成本喜剧电影创造了可供借鉴的案例，同时，它也承接了上一阶段中对社会环境、情感交流、个人选择、价值观念等问题的关注，引发观众们的思考及回味。尽管在这一时期，仍有许多价值观扭曲的影片出现，但观众们也及时反映了对这类电影的批评。批评与赞扬都代表着观众们对喜剧电影的关切与关注，这是促进喜剧电影发展的至关重要的一环。在这快速发展的六年间，喜剧电影与观众的有效互动增进了观众们对国产喜剧电影的信任度，由此，国产喜剧电影的票房号召力也不断扩大。

从另一方面看，虽然市场上的高歌猛进对于电影行业的发展是不可或缺的，但它也同样地带来了另一些问题。如关于电影的评判标准不期然地滑向了"唯票房论"；而在电影创作生产的环节中，也渐渐地出现了类似于"同质化严重"、"劣币驱逐良币"等一系列的问题。不过，这六年的整体发展态势仍然是正面且积极的，喜剧电影的创作者们不再完全偏执地重复着自我表达，而是将视线转向外部商业市场中争相涌现的作品，关注并研究佼佼者们的创作规律和路向，继而逐步引发了喜剧电影产业链的重组及延展，更注重与观众们的讨论、互动，与观众们共同成长。

三、2013 年至今喜剧电影风格的再探索

继《人再囧途之泰囧》打开中国喜剧电影商业票房的新纪元以后，喜剧电影的创作进入了新阶段。在一定意义上仍然延续着前一阶段高涨的热潮，冯小刚导演的《私人订制》，管虎导演的《厨子·戏子·痞子》，周星驰导演的《西游·降魔篇》，陈建斌导演的《一个勺子》，姜文导演的《一步之遥》，韩寒导演的《后会无期》，邓超导演的《分手大师》，宁浩导演的《心花路放》等影片都取得了不俗的票房成绩。虽然以笑闹为核心的喜剧样式依然占据创作的主流，但越来越多的创作者们愿意探索新异的表达方式，并在类型的嫁接尝试中创造喜剧效果，实现了卓有成效的突破。

但不能回避的现实是，我们正处在互联网繁荣发展的当下，也被抛入了泛娱乐的时代。这意味着喜剧性的快速更新换代，对于"令人发笑"的标准与要求也越来越高，对喜剧风格的再探索成为从业者们急需直面的问题。

各大互联网公司及影视企业陆续竞逐 IP，并尝试开发制作院线电影。凭借用户黏性高、粉丝基础好、辐射范围广等优势，一系列样式新颖的喜剧电影也如雨后春笋般涌现在大银幕上。这一阶段，凭借着 IP 改编，喜剧电影创造了巨大的票房成绩与商业价值。其中，因电视综艺节目的热播而后起的综艺大电影开始被创作出来，如《中国好声音之为你转身》、《爸爸去哪儿》、《奔跑吧！兄弟》、《欢乐喜剧人》等综艺大电影频频被搬上银幕。此外，由网剧（如《屌丝男士》、《万万没想到》等）、话剧（如《夏洛特烦恼》、《李茶的姑妈》等）、二次元动漫（如《十万个冷笑话》）等 IP 改编的电影也都凭借原有的粉丝基础及较为优质的制作质量，屡创票房佳绩。

由此，原先只能在电脑网络中出现的大量新异的喜剧元素开始涌入

院线银幕，甚至在某种程度上改写了已有的喜剧样式。这很快地引爆了业内的论争与热议，也令许多从业者感到疑惑——跳脱传统叙事的网络元素可以成就当代优质的喜剧电影吗？它们可以存在多久？会得到观众认可吗？

尽管这类具有网络属性的喜剧电影在最初出现时得到了很多观众的拥护，但同样的模式循环复制后，却没能引起持续性的观影热潮。典型如"开心麻花"系列电影，经历了从引燃国庆档成为票房黑马到后续的一路滑坡。此外，《煎饼侠》所代表的屌丝系列及各类综艺大电影，都经历了票房与口碑的丰收及后续的滑铁卢。

除去 IP 热、网络元素热等创作现象外，喜剧电影也依然在积极探索与新的类型叙事汇融，如与魔幻类型元素杂糅的《捉妖记》、《西游·降魔篇》等优质影片，让观众们在观影时得到了更丰富多维的审美快感；同时，也有"拼贴"式喜剧电影的回归，如《私人订制》、《摆渡人》等，但观众的评价趋于两极。

这一时期，喜剧电影的创作也同样出现了大量问题，如低俗的笑闹过多、喜剧"梗"过于陈旧，等等，为何会产生这样的问题？笔者认为，喜剧电影是影片中"风险"极高的类型之一，因为它不仅要求喜剧创作者深谙喜剧创作的规律，也需要从业者们了解观众的观影心理，同时还要时时警惕创作中出现过度的滥情与平庸，更容易下沉至插科打诨、滑稽取闹的浅薄层次。当下我国喜剧电影出现的种种问题中，至为重要的原因是电影中喜剧精神的缺失。喜剧精神是喜剧电影的灵魂，也是驱动着喜剧叙事的内核，若是缺失喜剧精神，喜剧电影将会扁平化为浅俗无趣的故事，创意及笑料也将会变为毫无意义的堆砌。对于喜剧精神的聚焦与关注，驱使着我们将目光直接投向了中世纪的民间广场，巴赫金提出了狂欢诗学的理论体系，并提纲挈领地探讨了喜剧创作的内在核心。对巴赫金狂欢理论的探寻势必会为中国当下的喜剧电影创作提供一定的参考价值。

第三节　巴赫金的狂欢化理论

一、巴赫金的狂欢化理论

巴赫金是通过对拉伯雷《巨人传》的研究，提出自己的狂欢化理论的。他对中世纪的民间文化和小说进行了深入分析和研究，对其中关于笑、讽刺、滑稽、诙谐、丑、怪诞等喜剧表现形态进行了具体的阐述。

他回溯欧洲中世纪的民间文化，发现在庄严、禁欲的教会文化之外，存在一种民间节庆活动——狂欢节。狂欢节代表着民间文化、大众狂欢和自由、平等、民主的永恒精神，具体的展演形式包括表演、游行、愚人节、驴节、复活节游戏等，它们存在于官方话语之外，依托于民间广场的活动之中。狂欢节有着自成体系的形象、广场活动与庆典仪式。这些庆典和活动有着原则上的差异性——它们强调以非官方、非教会、非国家的视域看待世界、人与人之间的关系，它们在整个官方世界的彼岸建立了第二重世界及第二种生活。

巴赫金将民间诙谐文化按照其性质归结为三种基本形式：其一，各类仪式—演出形式，包括各类狂欢节类型的节庆活动，各类诙谐的广场表演；其二，各类诙谐的语言作品，包括讽拟体作品，口头的和书面的、拉丁语和各民族语言作品；其三，各种形式和体裁的、不拘形迹的广场言语，其中有骂人的话、指天赌咒、发誓、民间的褒贬诗等。巴赫金对每一种民间文化的特点进行了阐述，揭示了这一文化的统一性和意义，揭示它的一般意识形态，即它的世界观和审美本质。

在对民间诙谐文化中的诙谐进行阐述时，他认为，狂欢式的"诙谐"包括三重内涵，一是节庆的诙谐：它是全民的、包罗万象的、双重性的；二是它针对取笑者本身；三是它是未完成的，带有更新性质的。这是诙谐的民间节庆与近代纯讽刺性诙谐的本质区别之一。

巴赫金的狂欢化理论从尼采的"酒神"精神处得到了启示——在中世纪，甚至于更早的古希腊—罗马时代，每逢丰收之际，人们都要杀猪宰羊、祭祀酒神。在节庆肆意狂欢的气氛中，他们纵情欢乐，自我解脱。古罗马时代，更有奴隶与主人同席共饮，自由交谈。以至其后，人们佩戴面具在狂欢节的广场空间中游荡，在此基础上，社会阶级的壁垒被消除，新旧身份开始混淆颠倒，甚至于在狂欢的话语场域中重新选举自己的国王和教主，并对他们进行戏谑和模仿。巴赫金认为，在狂欢节的广场上，人与人之间一切的隔阂都被暂时取消，日常生活中的某些行为规范和禁令也被全盘忽略，继而生成了迥异于惯常的、特殊化的、绝对理想的人与人之间的关系。人们不拘形迹地在广场上自由接触，亦可以无所顾忌地彼此戏弄、嘲讽，甚至于谩骂。狂欢节的广场上没有等级秩序、没有高贵低贱，一切都是平等而自由的。

巴赫金通过整理狂欢节的各种形象，构建其理论的研究对象和体系。

(1)怪诞现实主义形象

在拉伯雷的小说作品《巨人传》中，肉体、饮食、排泄、性生活等内容占据了绝对压倒性的位置，且小说中的主角们以极度夸张化的形象出现。他们的身体不同于正常比例，实践着一系列远超乎常规生活经验的动作。比如用各种物什擦屁股、用尿来淹没敌军、大口吞吃食物及美酒等。吞食、消耗是生命向上发展的必要条件，庞大固埃通过吞食和吞咽来获取早期的功勋。此外，灵魂的快乐亦源自肉体。因此，怪诞形象的本质是双重的，它既代表着吞纳、死亡，同时也代表着新生。生命本质呈现为冲破束缚的欢愉，这无疑是对中世纪禁欲主义的主动反抗。

"怪诞"出现在文艺复兴时期，它代表着动物或人体间奇异的、荒诞的组合变化，被认为是对"自然"形态及比例的粗暴破坏。罗柯在此提出了一个的观点，他表明，自己愿意处理怪诞的事物，因为永远甜美的东西到最后总是免不了令人作呕；女人的怪诞样貌，是保贞节之方，是治疗淫欲的良药，也是达成平等和正义的良善条件。这使得怪诞形象被重新阐释并对待。他赞美天灾，认为天灾可以导致再生，更把诸如月经、精子、泻药等界定为众善之本。这让我们更好地认识并理解巴赫金的怪诞形象理论。怪诞形象，是一种未完成性的代表，生命在双重的、矛盾的过程中得以表现。这里没有任何已完成的、静滞的形象，它不是封闭、完成的，而是敞开的未完成性本身，是时刻处于变化中的形象。

怪诞身体的形象意义，实际是狂欢节民众对于"第一种生活"的降格和戏仿。让灵魂沉浸在肉体中，享受肉体所带来的自由和欢愉。在现代生活中，虽然"肉体下部形象"已经被文明与理性指认为下流、淫秽的代名词，但在中世纪人们的眼中，它却定义了神圣与崇高。

此外，统治阶级希望关闭身体与世界交流的大门，以此来达到统治与规训的目的——使个人身体不断严肃化、个体之间不断陌生化、个人欲望不断体制化。统治阶级将人的形体分化为不同的角色，由此，每个社会身体之间，男人与女人之间，有知识和无知识之间，就形成了隐在的权利关系。因此，身体是抵抗、反对权力和统治的重要途径之一。巴赫金将崇高、神圣从一切高级的、精神性的、理想的和抽象的东西转移到不可分割的物质肉体层面、大地和身体的层面，转移到物质—肉体的下部形象。怪诞身体的形象体系既是对原有话语体系的解构，同时也成就了对狂欢主体的重新建构。

(2)加冕与脱冕

巴赫金的狂欢理论提出了一个重要概念，对一切高高在上的官方权力的脱冕。这是一种破坏—建构的手段，是一种将个体精神转向更开阔领域的途径和方法。例如，人们在民间的狂欢节上罢黜国王和主教，影射着对在位者、当权者的反讽和脱冕，同时让狂欢节上的小丑担任人们所认为的权利代表，并在这一重意义上完成了加冕的仪式。通过脱冕—加冕的方式，人们在民间广场上实现了想象性的革新，实现了对旧事物的埋葬，继而询唤出新事物。

巴赫金明确指出，"小丑和傻瓜是中世纪诙谐文化的典型人物。他们仿佛体现着经常的、固定于日常（即非狂欢节的）生活里的狂欢节因素"。狂欢节的国王即是小丑，在狂欢节上，他被簇拥登上王座，进行加冕。[①]然而狂欢节结束前又会被人赶下王座，被殴打、痛骂，甚至仪式性地"被处死"。狂欢节上的小丑其实是一只替罪羊，具有双重的身份意义。

(3)狂欢化话语

巴赫金对狂欢化精神的吁求直接表现为狂欢化的语言。它与官方话语不同，并非是严肃的、假正经的和故作威严的。狂欢化的话语来自中世纪的民间广场，这个空间内话语体系是庞杂的，人们在多种语言的对话中形成了关于物质、概念和观念的重新认识。也正是因着这众多的观

---

① 参见张开焱：《深层叙事结构：狂欢节加冕—脱冕仪式和小丑角色原型——〈阿 Q 正传〉叙事文化学分析之二》，载《海南师范大学学报（社会科学版）》，2008(5)。

念，才使得语言的自我意识产生。因此，官方的、唯一的话语体系便不复存在。中世纪的狂欢化语言正是通过对官方话语、思维、行动和规范的主动背离，形成了某种或有或无的"话语"体系。拉伯雷所使用的俗语、诅咒和发誓均都夹藏着狂欢节的体验，具有全民性、节庆性和乌托邦式的思维特征。对陈旧的话语规则和司空见惯的、僵化的思维条例进行破坏，借由想象，生成"第二世界"。在这个世界中，人们欢愉、快乐，摆脱了各种死板的约束，回归为人本身。

除此之外，"巴黎的吆喝"是中世纪狂欢节的重要特征，它带我们进入广场的特殊氛围和广场话语的结构之中。吆喝者戏弄着一切官方的所谓正统，把所有神圣、崇高的事物都放入广场空间无拘无束的失序之中。广场话语是具有两副面孔的雅努斯，它将赞美和辱骂合为一体，既有宴饮、快活、欢闹的声调，同时又否定官方话语中的严肃与刻板。这里的声音建立起一个新的世界：生活与死亡、粗鄙与精致、吞食与生长，它是对过去世界的悼亡，也是对新到来的世界的一次欢迎和赞扬。

（4）狂欢化的节日庆典

在巴赫金的狂欢化理论中，节庆活动占有重要的位置，其中包括表演、游行、愚人节、得到传统认可的复活节游戏，等等。参与表演者包括巨人、侏儒、残疾人以及学会了特殊技能的野兽。狂欢节的节庆活动旨在形成迥异于官方世界的"第二世界"，它具有诙谐的效果。这种效果使人们完全脱离了宗教和教会的教条主义和神秘主义，有着强烈的游戏感，一方面接近形象艺术的本质，另一方面也更接近戏剧演出的形式。狂欢节上，生活本身在演出，没有围栏和观众，全民参与其中，这是展示自己存在的另一种形式，也是最好的再生与更新。

巴赫金所提出的狂欢节节庆，还有着理想主义的乌托邦色彩。在这个没有阶级、颠倒逻辑的庆典上，人们进行着可变的、复杂的、颠覆性的身体及意识实践。狂欢节代表着民间文化、大众狂欢和自由、平等、民主的永恒精神，使束缚在等级秩序里的平民阶层充分获得主体话语权。

二、狂欢化的社会文化背景及局限性

虽然，上述形象体系无法完全概括巴赫金狂欢化理论中包罗万象且富有理想主义的所有洞见，但是却向我们提供了重新思考喜剧的方向及可能。从某种意义上说，巴赫金的"狂欢化"为我们提供了极为强大的理论武器，在狂欢化理论的观照中，人们得以对抗官方的、僵化的、等级森严的秩序与制度，继而实现人性的复归。

有人说，巴赫金的理论是带有理想主义色彩的，他夸大了民间狂欢节庆的内容和意义。但不可否认的是，这种理想主义色彩正是巴赫金研究拉伯雷、民间喜剧所得到的全新视点。巴赫金用其整整一生的时间刻苦钻研，以期实现与彼时苏联正统话语体系对话的可能，并竭力突破其既有的权力秩序。为此，他还经历了长达三十多年的流浪生涯。有人说，正因为这样，巴赫金的理论中过分强调民间文化及其功能，难免在其理论体系中将民间文化过度"理想化"，甚至有悖于他所主张的"文化多元性"、"复调"、"对话"的初衷。① 但不论其背后的动因是什么，不论时代的背景如何，巴赫金试图真正理解拉伯雷及民间诙谐文化的努力是弥足珍贵的。他曾说，拉伯雷是世界文学中很多经典作家中最难研究的一个，因为要解读他，需要将艺术、意识形态的既有认知框架彻底地拆除，需要对许多根深蒂固的文学趣味加以摒弃，更需要对大量的概念进行重新地审视及颠覆。而更大的挑战是，它要求理论家们必须深入地了解并研究过去长期被人们所忽略的民间文化。"诙谐"具有深刻的意义，这是关于整个世界，关于历史、关于人的真理的最重要的形式之一。

三、喜剧精神与狂欢化理论

巴赫金的狂欢化理论是在分析拉伯雷的《巨人传》时产生的，它对"诙谐"的来源、"诙谐"的方式都进行了大量的研究，使其可以被视作一套契合喜剧精神的理论阐述。这是对被压抑已久的人性自由的呼唤，强调人性的复归、强调对束缚与压抑的反抗。与其他集中于技术的理论不同，巴赫金的狂欢化理论是从总体上对喜剧精神进行把握，并加以说明和辩证分析。他将理性精神与非理性精神进行统一，同时也充分表达了对感性生命的执著追求与乌托邦式的幻想，但它又充满着批判力，抨击着当

---

① 参见夏忠宪：《拉伯雷与民间笑文化、狂欢化——巴赫金论拉伯雷》，载《外国文学评论》，1995(1)。

下的生存境况。

卓别林在总结自己的喜剧创作时曾说，所谓滑稽的消遣，总是与该时代的权威话语直接对立。智力越是发达的时代，喜剧就越容易获得成功。喜剧产生之初，创作者通过讽刺和诙谐触发民智，继而对抗社会制度。这一既有的历史事实与巴赫金的理论创作遥相呼应。巴赫金的狂欢化理论，正是对该时代喜剧精神的一种最好的注解，它是一出伴随着旧事物灭亡、新世界诞生的诙谐剧。有了诙谐，人们才可以利用它对抗权力、颠覆秩序，继而获得主体话语权，大胆表达内心感受、宣泄情感，这正是"狂欢"的实质意义所在。

第四节　21世纪大陆喜剧电影的问题探析

"喜剧难写"是喜剧创作者们的共识。喜剧创作不仅要求作者深谙喜剧创作的规律，也需要从业者了解观众的观影心理，同时还要时时警惕创作中出现过度的滥情与庸俗，更容易下沉至插科打诨、滑稽取闹的浅薄层次。喜剧电影并不仅仅是一种类型片，它没有固定的创作模版和写作规律。难上加难的是，检验喜剧的标准非常简单，同时也非常艰难，即引人发笑。

21世纪喜剧电影的创作数量逐年上升，票房成绩也不断攀升。但是，目前观众对于喜剧电影的观影期待却并未得到满足。在近年诸多的喜剧电影中，大量的创作与设计都在竭力地"使人发笑"，但是这种卖力的表演却并未有实际的效果；此外，也有许多喜剧电影的情境设置过于老套，令审美期待落空，观众们纷纷感叹无趣；甚至还有一些喜剧片总把无聊视作有趣，把低俗演绎为个性，使得影片沦为了自我耽溺的媒介……喜剧电影的问题产生主要在于"笑果"不足以满足观众的审美期待，观众无法从喜剧电影中获得舒适的愉悦体验，喜剧的生命力也未有效地作用于客体之上。概言之，当下喜剧电影的问题是缺乏喜剧精神。

一、狂欢庆典的缺失与不自由的人

西方有着特有的狂欢节传统。在狂欢节上，人与人之间不拘形迹地自由接触，追求着全新的、纯粹的人类关系，不再相互疏远，回归为完全意义上的"人"。狂欢节的存在，一举打破了体制和世界的等级框梏。在狂欢节中，人和世界的关系被重新改写。与理性主义者眼中的对象世界不同，狂欢节上出现的人并非是理性独断的人，而是绝对自由的人。人们可以通过狂欢节，一次次改变自己的理性状态，走入自由本身，纵情享乐。狂欢节庆并不试图挑衅世界原有面貌的真实性，但却试图阐明：世界从来未曾无端地规范人与世界之间的关系。对于个体的人而言，这（狂欢化世界观）成为一种选择的权利，它排斥了理性的独断对人产生的逼迫，因而成就了人性化的乌托邦。① 他可以选择进入一个世界，又可以退出一个世界，并由此改变自己和世界的关系。在第二种世界中，他可以撕下伪装、赞扬肉体，戏谑一切慎重的东西而不用担心受到惩罚，而最终所达到的，正是人完全意义上的自由。

在电影中，狂欢化的节日庆典或场景的出现，塑造着实现自由的理想途径和空间，继而使人在这样的场景中回归其自身。这并不是指扁平化地展现狂欢的节日庆典，而应该是利用想象化的场景和情境，以供电影中的角色撕下理性的面具，嘲笑旧世界、埋葬过去，使人物实现自由本性的复归。

举例而言，在意大利导演费里尼的作品中，随处可见狂欢节的庆典。在其自传性的影片《八部半》中，童年时代的无忧、温暖和欢乐是他生命的起始，而少年时代的他则在严格的天主教训诫中成长，天性被完全压抑，成年后，他面对的不仅仅是外力造成的改变和扭曲，更是一个社会对"人"所要求的所有程式和规范：古依多是一个导演，他要见演员、制片、赞助商，他被现实束缚住了身体和精神，无法获得解脱和快活。他所一心寻找的"救命稻草"也在一一背叛他、离他而去，信仰无法拯救他，爱情无法疗愈他。他始终无法获知这个世界与自己的关联，似乎根本没有自己的位置，他一个人孤独地走着，无法冲破存在于身前的壁垒：压抑、异化、无法与他人沟通。在影片的最后，他决定从中逃离，抛弃谎言与所谓梦想。他的肉体死去了，而灵魂带他回到了童年时代。那是导

---

① 参见梅兰：《狂欢化世界观、体裁、时空体和语言》，载《外国文学研究》，2002(4)。

演自己童年时代的狂欢梦境，小丑、魔术师、浪荡儿纷纷登场，古依多指挥着乐队前进，仿佛拥有了至上权力，同时指挥着生命中的一切。在这狂欢化的场景中，他成为自己生命的导演，与自己的生命达成了和解。

狂欢节庆典，在费里尼导演的作品中已经成为标志性的签注。而在中国电影的创作中，却鲜少得见类似的段落场景。毕竟，在西方有着狂欢节庆的传统，这在东方（至少在中国）则是缺失的。狂欢节庆典的意象，对于中国的文化传统而言是极其遥远的，甚至可以说，我们在西方世界的影像中，才能偶尔听见狂欢庆典的回声。

事实上，中国部分地方的巫俗及祭祀活动，或与西方狂欢节在形式维度上有些相似，但这些特有的庆典形式却并不指向颠覆秩序、自由、平等、民主等永恒精神，更多的是完成图腾崇拜的仪式，且与西方狂欢节的意义完全相反，是为了巩固已有的、秩序性的、不可僭越的神圣权力。正是由于东西方狂欢节庆典的历史不同，对于狂欢化活动的体验便非常不一样，所形成的想象及认知模式也截然不同。在西方，虽然许多国家已经没有狂欢节，但是狂欢节的仪式庆典仍然留存在社会中。因此，我们看到许多西方的电影中，狂欢化的场景纷至沓来，且能够被轻易地理解及体认。但是中国缺少真正意义上的狂欢节庆典，也缺少实质上的狂欢化节日。

当然，在现代文明高度发达的西方社会中，除了节日庆典以外，仍然有许多现代化的"狂欢活动"在各异的社会空间中（如俱乐部、酒吧、秀场等）存在，在短时间内冲决一切的禁锢和压力，让淤积的社会心理能量得以被集中释放。但是，对于21世纪中国喜剧电影来说，这类型的空间场域或创作意识仍然是高度欠缺的。许多电影把"狂欢化"的创意思维运用在插科打诨的嬉闹上，不是为了表达对自由的向往、对规制的叛逃，而是单纯为了实现生理性的欢愉及快感。的确，此种类似于"狂欢庆典"的叙事单元确实能给观众们带来某些具有喜感的视听体验，有些甚至还可以产生极佳的"笑果"，但如果不加以思考的话，仍然会让"狂欢"停留在肤浅的体验中。调笑、嬉闹带给人们的愉悦感受仅是暂时的，是没有深度体验的，若是一味耽溺于此，将会失去对喜剧的更高层次的探索。也正是因为缺乏这种探索，才会导致喜剧电影形神皆散。喜剧电影若是缺少了喜剧精神，便缺乏了内在的生命力。

虽然大量国产喜剧电影都缺乏叙述狂欢节庆的自觉，但仍有部分导演在作品中下意识地营构了尤为有效的"狂欢庆典"。在此，笔者以国产喜剧电影中具有仪式感的庆典场景为例，进行细致的分析。

在影片《钢的琴》中，具有标致性的场景空间是东北的老工业区。在这里，生活着一帮小人物，他们迫于生活条件的艰苦，没有正式的工作，只能临时"接活儿"凑合养活自己。开场的葬礼中，主角们在雨中吹奏乐曲，身后是遥远而破败的老厂区，这是一个极度压抑，却又夹藏着"狂欢化"意味的场域。人物以乐团吹奏者的身份出现在葬礼上，吹奏的却又并非是丧曲，甚至还被要求加快演奏速度，表现出对"死者家人"的一种滑稽的反讽。而此后在"钢的琴"将要做成之时，他们穿上了裙子，拿起了手风琴，在工厂中跳起了舞。

在这段舞蹈中，导演仍然使用了冷静机械的客观视点来观察这个看似离奇的"狂欢化"车间。这个场景是极富有诗意和想象力的：纵深处冷漠疏离的背景和前景中的鲜艳热烈形成了强烈的对比，这些无奈变为歧路亡羊的人们，在残酷现实的逼迫下虽然看似不自由，却穿着红色的裙子，跳着斗牛舞，以汹涌的、高涨的热情向现实"叫板"。此间，人物们的行为无拘无束、尽情地释放着自己的潜在本能，推翻社会等级制度和现实规范的一切桎梏，重新建构自己的生存方式。他们暂时脱离了必须面对的对象化的世界，进入了自我构建的理想乌托邦。在这个世界中，他们撕下伪装、肯定肉身、肯定自己的生存价值，为过去唱起了一首欢快的挽歌。

此外，在偷钢琴的叙事段落中，导演以特殊化的节奏进行剪辑，形成了某种特定的狂欢化效果。运用纵深的推拉、低棚顶的固定镜头，同时佐以左右推拉和移动跟拍，形成了错落有致的组合段，颇具有舞台感和仪式感。舞台上，他们以身体动作进行交流：通过彼此的协作——帮扶、翻墙、抬琴、搬琴，实现了亲昵化的交往，这种亲昵化的交往又增进了身体动作的交流，肯定着肉身，同时也肯定着自己的愿望——执着地想要拥有一架钢的琴，以换回女儿的抚养权。

当然，在更多的喜剧电影中，狂欢化场景的呈现是极度匮乏的，纵然偶尔会有，也仅仅只是功能性的植入。

在影片《港囧》中，就有一段完全失序的狂欢化段落，甚至沦为了喜闹剧。徐峥饰演的人物徐来偶遇正在香港街头拍摄电影的剧组，并由此引发了错戴头盔、错引炸药，并在画展中撞见初恋情人等一系列的"事故"。如果说起始的人物、情节设定是喜剧式的，那么那些狂欢段落就显得极为冗余和无聊了。就个人主观感受及观众的评价而言，这一段落并没有实现预期的"笑果"。这其中既没有对个体生命意志的觉察，也缺乏对既有的社会现实的颠覆及反叛。人物一旦停止以自由的精神/身体状态与外部世界进行沟通对话，便又退回到了官方世界的话语体系之中。

同样的例证有很多。在21世纪以来的喜剧电影中，大部分影片看上去都像是充满愉悦气氛的闹剧。这令许多学界的研究者备感担心，如果狂欢化的场景段落仅仅只是无深度、无意义的堆砌，便失去了喜剧至为关键的精神内核。这种对狂欢庆典的简单戏仿也仅仅只是对喜剧精神及狂欢化理论的误读罢了。真正意义上的狂欢节，呈现着各种差异化的声音，充满了辱骂、谩骂及吆喝声，在节庆的场景中，通过上部与下部的交替、更新，对官方世界的反叛及对肉身的肯定，最终指向的是自由和重生。然而在现在的许多喜剧电影中，他们首先缺乏对"狂欢化"思维的正确认识，没能有效分析人物的内在与外在关系间的矛盾，更无法利用想象力来解决现实的矛盾和困境。因此，才会造成喜剧场景虽然热闹，却显得无趣的观影体验。一方面，因为缺少真正意义上的狂欢化庆典，所以无法满足观众们对喜剧的合理期待；另一方面，因为狂欢化的动作逻辑缺失，以至于人物的形体和灵魂始终受到社会规范及体制规约的束缚，不能借由狂欢式肯定物质性的肉身，便也无法实现对限制自由的桎梏的抵挡与反抗。他们的欲望和执着，都被隐蔽地限制在官方和体制话语体系之中，而所有的情绪表达都只能是不自知的沉溺及自溢。

二、加冕与脱冕的错位

喜剧性情境对于喜剧电影而言至关重要，这是让一部喜剧变得好看的不可缺少的关键因素。在巴赫金狂欢化理论的观照下，喜剧性情境的营造正是达成讽刺官方、歌颂自由的不可缺少的片段。喜剧性场景的营造，实质是成就了弱势群体对抗官方话语的脱冕，同时也成就了对善良人格及滑稽行动的加冕。正如拥有权威的人失足跌进下水道，跌落到泥水匠的桶里或是从货车上摔下来，造成狼狈不堪的模样。这些代表着权威的人往往过分看重自己的尊严，使人们觉得可笑，想讥笑他们。观众看到他们的狼狈遭遇，觉得比看到一个普通公民遭遇到的同样的情况要更为好笑。①

巴赫金的狂欢化理论认为，"脱冕—加冕"与喜剧电影中为人物营造冲突的喜剧性情境有着至关重要的联系。中世纪广场中存在"小丑、傻子、白痴"等角色，他们体现着一类特殊的生活方式，一类既混同于现实，又极为理想的生活方式。他们恣意欢笑，自由生活，也同时戏谑现实。

在当代电影中，"小丑"、"傻子"的形象仍然比较扁平化，大多是由王宝强所饰演的角色给观众们留下的印象。但是，王宝强所塑造的"傻根"式角色其实有着其深刻的"不自由"问题。王宝强在"囧途"系列电影甚或是之前的《天下无贼》中，都演绎着所谓"一根筋"，有着真诚、善良、轻信和勤劳等性格特点。我们对人物的价值判断被置入"城市/农村"、"狡黠/真诚"的二元对立的模型之中。在这样的对立结构中，城市是缺乏信赖的象征体系，而农村则成为桃花源、一处精神家园的平复地。在国产喜剧影片的具体呈现中，主创们并不是旨在建构二者的差异性并实现真正意义上的"脱冕—加冕"，却是在刻意追求笑闹的低劣处理中，进一步导致"脱冕—加冕"之间的错位。下面我们来详细分析。

在影片《人再囧途之泰囧》中，王宝（王宝强 饰）一出现便具备某种"小丑"的性格特质，这个角色的功能就是搞笑，通过奇诡的行动与思维逻辑制造与"正常人"之间的强烈反差。与徐朗（徐峥 饰）的气息完全相反，王宝偏执、憨傻、执拗，他的不谙世事与徐朗的精明狡黠之间形成了极强的张力，并继而引发了戏剧性极强的喜剧效果。若是以巴赫金狂欢化理论加以对照分析，王宝的角色就是狂欢节上的"小丑"，他的任务即是用自己夸张的滑稽表演触发围观人群的哄笑。刚出场时，王宝的清

---

① 参见陈孝英、王志杰、长虹编：《喜剧电影理论在当代世界》，乌鲁木齐：新疆人民出版社，1987。

单上写着：打一场泰拳。这一细节的铺垫在后面的情节中引出了互文及回应，同时也迂回地助益了徐朗对"麦格芬"的争逐行动。这在深层结构上，也指涉着狂欢理论体系中的替罪羊仪式和狂欢节仪式。

在王宝与徐朗的人物关系中，我们不难看出"脱冕—加冕"的动作错位。在人物设定上，徐朗以成功企业家的身份出场，但内里却是极为焦虑紧张的精神状态。他被钱权及利欲所蒙蔽，只有一心追求欲望的行动逻辑。而王宝的行动逻辑则是单纯地完成愿望清单（打一场泰拳、与范冰冰合照、给妈妈种健康树等）。他在徐朗面前，处于较低的社会地位，通过不断地出丑、扮丑，给徐朗制造各种困境，通过巧合性的"施虐"获得存在的理由和价值。王宝的存在本应指涉着对社会等级制度的挑衅，对"居高位者"的解构与脱冕，然而，在深层的表意逻辑中，却恰正相反，影片落幕时，本应被脱冕的却被加冕，而本应被加冕的却被脱冕了。

徐朗作为高高在上的、符合官方话语系统的角色，在一路遇到问题、遭遇险情之后，反而得到了加冕——找回平静、复归家庭，并与妻子和孩子实现了和解。同时，他为王宝带去了惊喜——与自己女神范冰冰合影。电影中本应该通过王宝对徐朗的脱冕和自我加冕来完成喜剧精神的建制，最后却通过徐朗的自我加冕和赋予王宝以"加冕"来完成转折。其实质是讽喻性的脱冕，似乎作为平民行动逻辑的目标，仅是向居高位者的意识形态的趋同及媾和。这一方面是对反抗性、颠覆性的喜剧精神的背离，另一方面，也迂回地传递出对官方文化及成功学的谄媚。这似乎也暗指着隐晦的、悖谬的社会文化情状——社会阶级的隔阂不可能被轻易消解，或许也不可能被真正地消解。

同样，在影片《港囧》中，徐来（徐峥 饰）因为无法实现自己的理想抱负，而阴差阳错地变成"倒插门女婿"。他外在的状态虽然是成功且富足的，但却有着根源性的困窘及失落，他无法令妻子怀上孩子。在生育中心的一场戏中，主创们细致地刻画了家庭中其他人对于徐来生理缺陷和身体疾患的嘲笑，他们以实实在在的贬低和挖苦，践踏了徐来的自尊，令徐来陷入了窘境。在徐来与其家人的权力关系中，徐来处在绝对弱势的位置上，亟待通过对喜剧性场景的营造，实现对外部世界的脱冕与对自己的加冕。然而，创作者们也同时为徐来制造了多重矛盾及任务，如对初恋的寻找、关于对梦想的重拾等。因此，人物背负了过多的任务，矛盾也散失了原本应有的焦点，最终导致人物逻辑、喜剧情境的完全缺失，更不用说对"脱冕—加冕"的进一步实现。

此外，在"徐来见初恋"和"建筑工地大拯救"两场关键的充满戏剧性的事件中，也同样缺少脱冕与加冕的行动逻辑，相反，却有着对人物的错误升格。在该场景中，徐来意识到自己真的爱妻子，不是通过他自己的内视和自省实现的，而是通过对自我的谅解完成的。即被剥夺了梦想、蹉跎了岁月的"中年男人"对自己的谅解：因为事情已经无可避免地向前发展了，所以"我"不得不放弃那些错误的想法，回归到原有的家庭及情感结构之中。我们发现，通过这样一种情境的设置，显露出的正是一种犬儒主义。徐来放弃了自己的自由，退缩至封闭束缚状态之中，返回被人们所赞许的"成功人士"身份认同里。这是对世俗话语的绝对迎合，是媚俗的心态。

真正的喜剧性情境的构建，是一种矛盾性的展现，通过差异性、不和谐，实现对现实的规律的反叛，对世俗既定的、官方所认可的某种习见的反抗。应当表达为对权威者的脱冕，而不是对现实规则的维护。若是失去了对脱冕—加冕的动作营造，便丧失了喜剧精神。

三、虚假性的民间话语

在拉伯雷的《巨人传》中，巴赫金将民间话语、市集叫卖声归入了一种体系。此类话语具有双重性，它通过咒骂、下流话对旧事物的存在进行否定，而夹杂着乌托邦性质的话语成为开辟新世界的方式。

在喜剧电影中，通过方言、俏皮话等语言形式的改造，形成独特的喜剧效果和风格。例如，在冯小刚导演的作品中，角色多操着"京腔"，语言诙谐幽默、生动有趣。小人物们自认为"大拿"，习于打官腔，演绎着一派"为人民服务"的形象。而周星驰的喜剧电影则是另一种风貌，他在粤语的语境中实践着无厘头式的改造，在语言表达中以语词的混淆制造笑料，对典故进行颠覆式的运用。

大量在地方摄制的喜剧电影通常都会使用该地的方言，一方面充分地展示了地方的文化风貌，另一方面亦以地方方言打造滑稽的喜剧效果。

例如，宁浩导演的《疯狂的石头》、张猛导演的《钢的琴》，两部影片中都典型地运用了地域语言。但是，梳理 21 世纪以来的喜剧电影，除了少部分使用地方方言以外，大部分喜剧依然是主要使用普通话。

由于近年网络的碎片化传播，许多网上的流行用语都大量出现在电影的对白中。网络话语虽然是民间的、草根的话语结构，但只适合在特定情境中使用，且并不属于真正的"民间的声音"，而是一种假性的"狂欢"。对网络用语使用不当，容易令观众觉得不知所云。

四、媚俗与滥用的"怀旧"

喜剧电影作为电影类型的一种，可以与其他电影类型进行嫁接，如公路喜剧电影（代表作如徐峥的《囧途》系列、宁浩的《心花路放》等），魔幻喜剧电影（代表作如许诚毅的《捉妖记》、周星驰的《西游·降魔篇》等），动作喜剧电影（代表作如成龙的系列影片、王晶的《澳门风云》等）。从喜剧发展的角度来看，一种类型创作成功后，便相继有模仿者蜂拥而至。喜剧因其原生的属性，更多的是对当下时事、热点的反映，无法像悲剧或正剧电影一样，带给人们历久弥新的观感，因此也造成了喜剧电影生产周期过快，容易造成同质化、庸俗化及媚俗化的可能。

对喜剧的欣赏同样也具有这样的问题。喜剧情节点的设置不可能总能让观众们发笑，这与观众们的生活经历、所属阶级及身处的情境有着很大的关系。在翁贝托·艾柯的《丑的历史》中有这样一个观点，"良好的品位"的形成与观众既有的身份地位有着极强的关联，艺术家、知识分子更可能被看作裁定"什么是良好的艺术品位"的掌权者。

一部分喜剧电影的创作者因着业已步入中年，不自觉地陷入"创造一种感情让自己感动"的写作状态之中。因此，大量喜剧电影中都出现了许多"怀旧"、"回溯"及"追忆往昔"等因素。许多人无法满足当下，留恋过去的美好，便将过去的物事定义为一类特殊的符号，并在当下对这类符号进行加工和美化，以便让自己获得虚假的感动。这类符号在当代喜剧电影中俯拾皆是，如 20 世纪 80 年代风行过的港台金曲，儿时使用过的文具物什，等等。在许多影片中，怀旧的港台金曲几乎铺满了整部电影。例如在《港囧》中，20 世纪八九十年代伴随人们成长的、曾经风行一时的歌曲，几乎在每个华彩、升格镜头里都有。这些音乐作品在电影中并不承担叙事功能，只是为了满足创作者们的怀旧体验。它们无疑与影片主题完全偏离，使得这些片段沦为了"刻奇"之用。

刻奇性违背了狂欢化理论所提论的喜剧精神。创作者们沉溺在自媚之中，制造庸俗，粉饰对当下的失望与漠然。狂欢化理论认为，喜剧是对过去的告别，是未完成的，是对将来的期许。我们所能够退回的只是一个假定的情境，若是借助这样的"感动"让自己深陷于过去，将会是非常危险的。

五、社会文化背景的多变及现代性道路的不同

（1）社会文化背景的多变

电影的产生通常反映出创作者的意识形态与思想认识，因此，电影话语的产生也与所处时代的社会意识形态有着最紧密的勾连。在一定程度上，喜剧积极反映当下的社会事实，是社会之镜。巴赫金狂欢化理论写就的时代，与书中描写的拉伯雷生活的时代彼此映衬。在宗教和神秘学统治的中世纪，整体的时代气质是崇尚稳定、厌恶变化，人们认为生活的终极意义不在今生，而是被操控在上帝手中。而在那样一个时代里，却孕育着成就文艺复兴时代精神的种子。由此，狂欢节的破坏和更新、加冕与脱冕、诙谐与讽刺都得到了空前的发展，并在潜移默化中推进着社会向前行进。而拉伯雷书写《巨人传》的时代，则是以人为本、回归人自身的时代。文艺复兴时期的作家、演说家、戏剧家们的艺术作品，与遥远的古希腊—罗马的时代精神相互呼应，聆听彼此间的回响。

对于国产喜剧电影而言，从 1988 年"王朔电影年"开始以来，社会的文化背景在悄然地改变着。以往由于政治环境和社会语境的原因，喜剧电影一度是缺失的，却在这时开始涌现，迎头追赶。相较于王朔小说的深刻性，冯小刚在其喜剧电影中完成了更市民性和通俗性的改编，在保持王朔原有语言风格的同时，也在一定程度上将当时社会中对感性的追求、对陈旧的对抗等诉求进行了一定的反映。许纪霖先生将 90 年代称为"后启蒙时代"，这时，文化保守主义、新古典自由主义和新左派成为社会中的几种不断角力的思想派系。90 年代的社会不再追求意义，开始追

求平衡并"寻找二者的接榫点"。而在 21 世纪之后，后启蒙、启蒙时代都已经过时，一个新的时代来临了。这个时代，并不是一个已经"现代化"了的时代，而是一个同时具有多元思潮、多元价值的时代。一场精神层面上的社会启蒙还未完成，却已经向着物质层面上的消费主义时代迈进。

（2）未完成的"现代性"

这个时代尚未完成"现代性"。简单来说，在西方标准中的现代性，就是将个人价值的实现作为人生目标。但现代性有很多不同的标准，即使个人化程度极高的西方，也并未就此得出一个统一的结论。

将目光转向国内，甚至转向整个东亚，由于社会、文化、历史的阶段状况完全不同，"现代性"的概念，亦不可能完全相同。某类主张国家主义、古典主义的现代性，在当下来看是不合时宜的，也与强调人的发展的理念相悖。我们曾经试图通过"回溯古典"来重新定位现代社会的正当性，并在古典哲学的理论体系中寻到一类理论以指导当下社会的运作。然而，在中国传统典籍的智慧中，或许很难挖掘到用于指导当代社会的全备道理。对同样的知识，人们的解读恐怕会不尽相同。

"万物始终都在一个运动的世界里，是一个难求确定性的世界……个体社会生活某一语境中的真，在另一语境中变成了假。"在现代的多元价值体系之中，完全的二元对立是不存在的，也因此造成了观念上的混淆。然而应当想到的是，不论这种不确定的观念有再多的变化、再复杂的结构，其核心的意义都不应该被遮蔽。每个国家、每个群落实现个人价值的方式是不同的，因此不可能存在有某种现当代的普适价值，不是"特殊对普遍"，而是"特殊对特殊"。

因此，若是以现代性理论反观当代社会中的流行文化，不难看出，美国电影中设立的角色及角色背后所反映的深层文化动因，是"美国梦"，是对自我价值的实现。而中国的电影中，如果也设置相同的情境和梦想，则或多或少地会造成文化价值上的差异和折扣。当下中国的影视作品中，有许多设置扁平化的人物，或可能来自曲解"小人物"的文化内涵。在笔者看来，"小人物"并不是指某一类所谓下层群体，更不是指某一类与成功、胜利、荣耀相隔绝的角色模板，但这类丑角式的人物画像却往往在喜剧电影中屡见不鲜。它们本应该被加以讽刺和批判，而现在的观众们却被这类所谓"小人物"所具有的气质和个性所迷惑，被这其后贩卖成功学和厚黑学的危险观点所驱使。

这一价值转向十分危险，而这已经在许多喜剧电影叙述中初现端倪。对比 2011 年上映的《钢的琴》、2012 年以后的《囧途》系列及诸多电影，我们可以看到，主角们的人物困境发生了实质性的转变。现在的"小人物"，不是真正的平民抑或社会下层人群，而是不如意的中产阶级抑或是一心想要成功的人。追求成功是应当被认可的，中产阶级的困境也需要被呈现，但应当如何运用具体的困境和缺陷来塑造一个喜剧人物？优质的喜剧应当通过讽刺打破秩序，通过批判达到自由。笔者在电影院观看《夏洛特烦恼》时发现，对于电影中营造的笑点，许多人心照不宣，甚至大量恶俗的段落也能让大家哄然大笑。当人们沉浸在被笑点所主导的戏剧时间里，被麻醉、被抚慰，甚至愿意暂时性地搁置价值判断，这确实应该是值得反思的。产生电影良好口碑的基础，竟是观众们被悄然扭曲的价值观。这个社会真正缺乏的并不是多元的现代性，而是亟待被厘清的是非观。

孙隆基在《中国文化与深层观念》一书中提到，中国人的身与心是连在一起的，人们把产生思维的大脑比作"心"，"身"由"心"组织，人们"恒常地处于人情的磁力场的温暖包围中"。同样是关于肉与灵的探讨，在西方世界则由来已久。在狂欢文化中，身体是孕育与衰老的自然交织，人们在广场上纵情欢歌，放纵自己的身体。因此，形而下的肉体就变成了突破束缚和包围的关键要素。而在中国社会中缺少类似的文化基因，因此，我们未能在物质—肉体维度实现对体制、秩序的颠覆和反叛，便也无法促成社会面貌的迭代及改换。通过对喜剧人物、情境的建制与完成，我们所表达的其实是一套对社会规则、人情磁力场的臣服及认可。

现代性的道路并不是唯一的，而我们也无法通过逃离现在的社会语境来解决问题，当旧的意识形态已经无法适用于这个社会，新的价值体系又仍未形成，追求物质世界的富足丰盈或成了唯一的选择。但根本性的问题依然存在，一些人在物质生活得到极大的满足以后，并不知道该如何填满自己空虚的精神。

当下的人们倍加感受到物质生活的丰盈、精神的空虚，以及二者之间极强的矛盾及张力。

以《囧途》系列电影为例，我们不难发现：《人在囧途》仅仅只是描述简单的返乡故事，而《泰囧》、《港囧》中则体现出了严重的价值失调与精神焦虑。《泰囧》反映了中年男性在面对家庭、事业等各种矛盾时产生的自我怀疑与不安全感，及至《港囧》，对这一焦虑的精神状态的描摹甚至有过之而无不及。尽管徐来（徐峥 饰）曾经是一个不被社会所接纳的青年，但他渐渐屈从于社会的游戏规则，并开始获得富足的物质回报。但纵然有极高的社会地位和物质财富，他内心的不安却日益明显，主要来自如下两个方面：一是自己倒插门女婿的身份，在旁人看来确实是"吃软饭"，而他自己也默默遵守着这样的潜规则，却因为无法生育孩子而备受侮辱；二来自他内心的悸动，来自无法放弃的初恋。在电影的具体创作中，并没有为角色内心的困境及冲突设计合理的剧情，这个业已成年的男性，在无数次寻找自我认同的过程之中，都只依靠旁人的点拨及对现实的妥协。他并没有真正地成长，他只是妥协于生活，只是实践着犬儒主义与中庸的生活态度。这是与巴赫金狂欢化理论及喜剧创作规律完全背离的，若是喜剧创作放弃了对自由状态的憧憬、对精神世界的探寻等一系列诉求，则与最为浅薄的"笑闹剧"无异。

在我们梳理的 21 世纪以来的喜剧电影的创作中，不难发现，喜剧创作者们的创作意识已经悄然发生了改变：从前喜剧电影中的小人物多处于社会底层，且他们的动机多诉诸外部世界的肯定。而当下，喜剧创作的焦点从边陲乡镇移往现代都市，故事的主角也都变成了物质条件尚可，却面临着深重的自我认同危机的人。但遗憾的是，许多创作者并没有从喜剧精神的角度出发，结合当下实际，找出人物的内在困境与外在矛盾，并施行想象性的解决。

虽然现代的电影观众对于喜剧电影的需求或许只是"图一乐"，但是电影创作人员却不能仅仅停留在"想一乐"中。一个喜剧创作者环顾世界时，应当是悲观的，他们理应是愤怒的理想主义者，誓要将人的虚伪面具摘下来，让观众们嘲笑这个世界的虚伪与无聊。

巴赫金狂欢化理论为我们提供了诸多可能性的想象，民间文化也确实是喜剧电影创作的矿藏。而喜剧精神并非是获得官方文化授意的犬儒主义，我们应当看到现实生活中仍有待发现的、具有革新的创作路向及创作素材。对于巴赫金所强调的颠覆性、无等级性、民俗性、解构性等内容，实在是当下的喜剧电影创作所应当关注的方面。

第五章　世纪之交的身体生成与凋敝：第六代导演青春写作初探

　　第六代导演作为世纪之交的新生代电影作者，在世纪转轨的交叉口跃然出现。他们在经济、政治、文化的巨大裂变中，弃置了对统一理想价值的向往与追求；他们在中国电影的历史中，书写着独属于时代断层的迷茫、失落与焦虑。而在他们影像文本的创作中，"身体"作为一个新锐且有效的参数，负载了前现代性、现代性、后现代性等多重文化因子。

　　第六代导演的代际叙事中，探讨着含混多义、艰涩复杂的现代性问题。而"身体"作为大量影片中的叙事主体，理所当然地成为最为有效的、最为显见的修辞。本章从生成身体、规训身体、消费身体、告别身体四个维度切入，借重哲学、人类学、社会学等学科范式中的身体理论，思考第六代导演创作中关涉的身体问题。

　　20世纪90年代以来，第六代电影人创作了大量书写青春、反思青春的影片，迎来青春片发展的繁荣时期。他们置身于后革命时代的精神空场中，不再相信历史和政治的元叙事，而专注于叙述个人化的青春和成长。他们不再在历史纵深中安置创作的冲动，而是立足于当下的社会文化语境寻找时代的解药，在青春成长的叙事中归置他们的欲望与想象。第六代导演的成长电影中，青春身体在多重张力中震荡、生长、受制、凋零，身体作为青春片创作中突出的文化景观，经历着多元样态的书写与铭刻。在个人意识开始觉醒并膨胀扩张的青春时代，身体作为不同规模实践最终交汇的场所，展示着创伤痛疾、破碎分裂、漂泊游离、被动规训等状态。

　　第六代导演在青春身体写作中演绎的现代性进程大致经历了如下阶段。首先，身体被绑缚在青春文化的书写之中，张扬的欲望身体在不断地觉醒、生成，并作为一个话语场域不断地敞开；其次，身体也同时遭遇了权力系统的规训与惩罚，现代性权力机制的全新演绎将身体深度地嵌入无形的秩序框架中，身体因此饱经着身份丢失、失父、甚至是性别倒错等焦虑与危机；再次，消费主义的勃兴并未在真正意义上将身体从欲望中解脱出来，在色情化、媚俗化的助推中，身体又失足滑向了商品化、功用化的陷阱；最后，青春身体也在通往死亡的时间隧道中凋零、破碎，个人成长伴随着死亡同时完成，青春身体在死亡意象的缠绕中实现了另一重意义上的彻底解放。身体滑向了对自身的贬抑，滑向了寻求解放的弃世实践。死亡并非是虚无晦暗的幽谷，而是为了成就更为隽永的绝对自由。

第一节 生成：青春身体的欲望生产

（一）青春身体的觉醒与生成

1990 年，张元导演完成了影片《妈妈》的拍摄。这是第六代导演的开山之作，为后继而来的导演们率先建立了一个前卫性的审美形态坐标。值得关注的是，第六代导演横空出世时用影像写作的第一组镜头（即影片《妈妈》的开头），便是对生理身体的一组近趋于诡谲的细部特写：罹患轻度智障的儿子冬冬裸裎于床沿，妈妈则不断地用手抚触摩擦着冬冬的身体。这极具宗教意蕴的圣母怜子图始终未被完整地呈现，却通过背景音效、黑白滤镜、特写镜头的映衬，让本该流露出温情的时刻变得极其荒诞。及至第六代导演开山之作《妈妈》的第一组镜头的完成，张元导演主动地转向了一种个人化的叙事及情绪化的风格，通过感性身体的具身体验，昭示了对生理性范畴的身体写作的高度自觉。

法国后现代理论家德勒兹与其伙伴加塔利曾合撰文学研究专著《卡夫卡：为了一种少数的文学》，著述中，德勒兹对捷克小说家弗兰兹·卡夫卡的文学作品进行了反俄狄浦斯化的解读。在后结构主义语境下，德勒兹创造了概念"生成—动物"（becoming-animal），并以此阐发了贯穿他毕生哲学思想的"生成论"。他指出，"写作是一种生成，写作之中渗透着异样的生成，它们不是生成为作家，而是生成——老鼠，生成——昆虫，生成——狼"。在卡夫卡的《变形记》中，格里高尔·萨姆沙焦虑地从睡梦中惊醒，竟发现躺在床上的自己变成了一只硕大的甲虫；在另一篇短篇小说《乡村婚礼筹备》中，卡夫卡再一次叙述了相似的场景："我则躺在床上，形态像一只大甲虫，一只糜螂或一只金龟子。"由此，卡夫卡关于"生成动物"的旨趣显而易见，文学评论家们倾向于将这种"动物之变"解读为一种有效的象征、讽喻或是寓言，但在德勒兹看来，这种生成模式被解读为一条创造性的解放之路。他聚焦于人与动物相互流变的交接处，认为"生成—动物"消弭了人与动物二元对立的结构性关系，并由之组建了一种过程，这种过程便是动态的、自由的"生成"。在蜕变为昆虫以后，格里高尔暂时性地从家庭与工作的双重枷锁中解脱出来，"这种强度性的流变反而暗示着一条逃离俄狄浦斯式家庭，逃离压抑性社会体制的解放之路"①。

在影片《妈妈》中，智障儿童冬冬裸露的身体屡次中断叙事，以夸张的扭曲姿态直接地呈示在镜头前。在实验意味浓重的场景空间中，冬冬侧卧在床榻上一动不动，以一种原始的状态指涉着青春身体的觉醒及生成。影片的另一个段落中，冬冬在一次集体活动中出逃，在寻回冬冬后，其好友劝诫妈妈，冬冬的疾患需要通过包扎来获得安全感。于是叙事再一次被中断，摄影机将观众拉回到熟悉的实验空间内，妈妈慢条斯理地用白绫裹缠着冬冬的身体。随着皮肤被一点点地覆盖，镜头中冬冬的身体逐渐呈现出如虫蛹般的肌理形态。这一生成过程似乎隐蔽地暗合了卡夫卡文本中的"动物之变"。一如德勒兹所述，冬冬走向了差异化的另类状态，由此，人与动物的二元界限开始模糊，赋予冬冬新生身体的第二重皮肤为他隔绝了传统社会，将他从世俗秩序中完全剥离，而充斥这一过程之间的，便是一种逃逸性的自由。

某种程度上，德勒兹的"生成论"构成了对过去西方思想史的绝对抵抗。过去，西方思想史倡导"存在与认同"（being and identity）的认知基础，而德勒兹则将此进行了彻底的否定，并将新的认知模式命名为"差异与生成"（difference and becoming），正是"生成"（becoming）的同时性逃

---

① 朱立元、胡新宇：《卡夫卡与文学机器——浅析德勒兹与瓜塔里的文学理论》，载《中外文化与文论》，2009(2)。

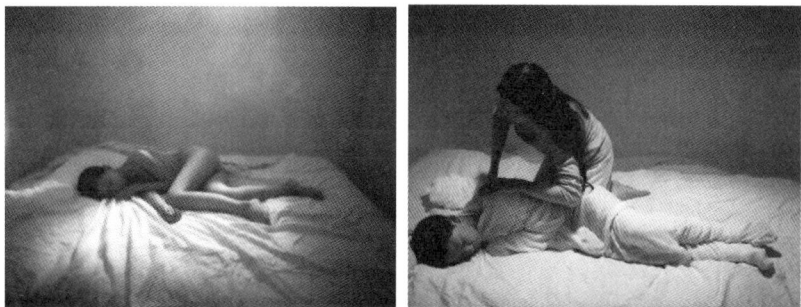

图 5-1　《妈妈》(1990)剧照

避了当下的"在场"(being)。从身体的向度上说，德勒兹认为，身体不存在非此即彼的确定状态，它不再是处于机械运动中的一种"结果"，而是在运作过程中的一种"表层"，这个"表层"处在不停流变运动的过程之中。因而，"身体"正是我们所要寻求的概念运动的开放空间，讨论身体的创造性即意味着讨论生成的创造性。"从本质上讲，身体就是屈曲。"①正是因为"屈曲"的状态，使得生理器官不再具有稳定性，身体由此不断地改变自身现有的结构而趋向于运动的态势，弥透于机体全身的创造力永不停息地流动，丰富了生命自身的状态。德勒兹所主张的身体不是理性主义的消极被动的肉体，更不是如同动物般无限度排解自然生理欲求的纵欲主义的身体，而是在肯定理性价值的同时，重估了感性应具有的正当诉求的创造性的身体。②

　　以创造的"生成"对抗稳固的"存在"，这个新异的路向与第六代导演的创作思路不谋而合。进入 20 世纪 90 年代，中国的政治、经济、文化面临着空前显见的转轨：政治上，全球进入后冷战时期，"意识形态神话"走向裂解，二元对立的政治格局被彻底打破；经济上，经济全球化大潮开始浸染神州大地，对外开放的步伐加速；文化上，多元异质的价值取向风动潮涌，众声喧哗的社会文化语境逐渐形成。长成于这一时期的

----

①　Gilles Deleuze，*The Logic of Sense*，New York，Columbia university Press，1900．

②　参见韩桂玲：《吉尔·德勒兹身体创造学研究》，南京，南京师范大学出版社，2011。

第六代导演们开始审视陈旧固置的集体神话，对仍然在历史纵深中安置创作冲动的第五代导演作出了彻底的背反。立足于当下的社会文化与电影语境，第六代导演更多地转向了对个体的关注。由此，大量书写青春、反思青春的作品被创作出来，"青春的主体觉醒"、"张扬的欲望生成"开始逐渐成为此代群所凝视的主要母题，而作为感性、欲望载体的"身体"自然成为第六代导演思想观念织体中的一个基础参数，身体话语、身体行为也因此构成了他们创作中一个重要的结构性因素。

1993 年，张元导演借《北京杂种》率先营构出了一次假想式的文化反抗。故事背景是改革开放陡然加速的当下，人们的生活节奏同步加快，躁动的摇滚乐成为北京青年们全新的信仰，他们肆无忌惮地亢奋高歌，咒骂混合着唱词响彻夜空。迷茫焦虑却又秉信着存在主义的年轻人恣意宣泄着心中的愤慨与郁结，一群誓死抵抗着无物之阵的青年们趁着韶华未逝，尽情地燃烧着他们这困顿而又无望的青春。影片借助摇滚精神，有效地传递了当代的文化景观与精神空场，置身于都市生活中的青年们释放着焦虑、抑郁、躁动的青春期情绪分泌物，他们一方面无法从历史纵深处获得精神的哺育，另一方面又直接经历着现代商业化大潮带来的物欲膨胀及信仰失落。《北京杂种》中，正值青春的年轻人从中国传统的文人责任感中义无反顾地脱逃，转而归顺于西方文化的怀抱，借摇滚精神成就了独属于一代人的身体仪式。在世纪之交的夹缝断层中，在改革开放的巨大浪潮里，声嘶力竭的呐喊、沉醉忘情的身体演奏与青年们虚无的精神状态实现了高频共振。影片以独立的演唱段落不断强化着时代情绪与精神症候："我们要寻找那愤怒的根源，可我只有迎着风向前；我要发泄我所有的感觉，可我只能迎着风向前"，崔健的摇滚挥舞着精神领袖的旗帜，广场上的群众身体摇摆欢呼，无处安置的蓬勃欲望狼奔豕突。

1994 年管虎导演的处女作《头发乱了》、1995 年娄烨导演的处女作《周末情人》、1997 年路学长导演的处女作《长大成人》也都选择了"摇滚"叙事，通过对摇滚文化的挪用与仿效，第六代导演们企图触碰当下这一具体历史时刻的精神因子，向主流话语及社会现实打出一记重拳。影片《头发乱了》展开的是一段典型的返乡叙事，女大学生叶彤返回故乡北京参加实习，认识了摇滚乐手彭威并与其发展成为恋人，也与童年的玩伴们再度重逢。但在短暂的共处后，她却发现物是人非。重返乡土的冲动被中断，折返童年的幻想被打破，校庆晚会上，心灰意冷的叶彤以一首摇滚歌曲再次告别了北京。影片将至尾声处，叶彤发现男友彭威早有同居女友后转而投入了郑卫东的怀抱，受伤住院的郑卫东在她的怂恿下从医院逃出，二人在即将拆迁的叶家空宅中共沐爱河。在二人享受着肉身之欲的同时，"意识形态神话"屡次干预着这一组连续性镜头，摄影机不时地转向对其他空间的凝视：在彭威及郑卫萍家中的墙壁上，分别投影播放着发生在 1976 年、1977 年的两段重大历史事件的影像资料，但却并未真实地打断二人的纵情交欢。影片中，先行的意识形态国家机器如同幽灵般的幻象，作为一种稳固的统辖范畴，在应对青年们欲望生长时却无能为力（此处表现为郑卫东因着情欲从象征着公共权力机制的医院中出逃，且二人的身体狂欢并未被主流意识形态叙事所阻断）。这便是青年文化完全独立于主流文化的异质化特征，张扬的青春身体逐渐从政治、道德等理念负载中剥离并逃逸出来，在一次又一次的乱序冲撞中觉醒并生成。

　　"摇滚"是生存在都市边缘的、抱持着逆反心理的青年们在面对社会现实时作出的应激性选择，是一种直接的情绪表达和身体反抗。作为当代青年文化的武器，"摇滚"缝合了意欲表达叛逆与反抗的面孔，寓示着身体的解放与感性主体的崛起，成为世纪之交文化转型期的重要艺术表征。它有效地贯穿《北京杂种》、《头发乱了》、《周末情人》、《长大成人》、《昨天》等一系列第六代导演的作品，影片中的乐手们赤裸着上身，在快节奏的起伏中宣泄着青春的躁动，在生物性冲动中疯狂地呐喊嘶吼，而观赏表演的年轻观众们也陷入彻底解放的迷狂中，不期然地成为情绪表达的共谋。所有拍摄摇滚乐队表演的镜头都无一例外地展现了乐手、观众们大幅度摆动躯体的特写，身体在异质性的狂欢状态下实现了折叠与屈曲的物理状态。这正是德勒兹《意义的逻辑》（*The Logic of Sense*）的出发点，通过"屈曲"变化的动态形式，身体才得以改变稳固封闭的现有结构，并在趋向于运动的状态中展开冲创性的争斗。由此，德勒兹的身体观阐明了如何提炼"一种能够发挥生命的极限、引领生命走向极限的思想"①的方式——摆脱非此即彼的确定状态，通过自身的开放运动而重新思索身体经验的"多"和"不确定性"，"让身体永不停息地厮杀、翻滚、换位，永不停息地施展着权力嬉戏"②。

图 5-2 《长大成人》

图 5-3 《北京杂种》

图 5-4 《周末情人》

图 5-5 《头发乱了》

(二)欲望：作为一种身体的换喻

在后结构主义的理论视野中，福柯、德勒兹让"身体"作为一种有效参数，越来越多地进入公共话语系统。对身体的关注，在一定程度上代表了近现代哲学发展的转向。通过对人体空间的打开，晚近的哲学家们寻找到了一种反理性主义、反本质论、反绝对论的新式标准，而后，代表着差异性、变动性、多样性、解构主义的"后身体"从哲学的漫漫长夜中升腾而起，成为光源、尺度和准绳，在目光的投注中获得了一个醒目的支配性位置。上溯根源，尼采是第一个将身体作为哲学研究中心的哲

① Gilles Deleuze，*Nietzsche and Philosophy*，p. 101. London，The Athlone Press，1983.

② 汪民安：《身体的文化政治学》，开封，河南大学出版社，2004。

学家，尼采的口号是：一切从身体出发。在尼采以前，以柏拉图为代表的古希腊哲学家将人看作智慧的存在，各大宗教将人看作信仰的存在，启蒙运动将人看作理性的存在。这一切思想观念最突出的共同点，即是选择了对身体的压抑、遗忘及放逐——生理性身体被视作兽性的范畴，被尘封在理性的格栅里。而尼采则开辟了哲学的新方向，他将雄伟而坚固的理性大厦彻底摧毁，将主体（意识）哲学的历史送上了绞刑架。在尼采那里，身体就是他毕生著述所探论的权力意志本身。德勒兹很好地分享并继承了尼采的身体哲学，尼采的权力意志被德勒兹改造为欲望机器，如果说，尼采的身体就是力本身的话，那么，德勒兹的欲望同样也是身体本身。尼采的力是没有主体的，非人格化的，德勒兹的欲望同样没有主体，同样是非人格化的，它并不是一个主体的所属物。[①] 在德勒兹解读尼采的著作《尼采与哲学》中，他进一步阐明："界定身体的正是这种支配力和被支配力之间的关系，每一种力的关系都构成一个身体——无论是化学的、生物的、社会的还是政治的身体。"[②]

德勒兹和尼采一样，将身体视作力的能量，而德勒兹进一步创造了欲望机器的概念，并以之替换了尼采的权力意志。虽依然是在讨论身体，但德勒兹实现了巧妙的换喻，他独创了一种欲望政治学，在他的欲望世界里，身体基本上是一股活跃的、升腾的、积极性的生产力量，是一部永不停息的生产机器。第六代导演的代际叙事中，显而易见地讨论着欲望与力的议题。由于体制外创作的背景环境，他们获得了更多的自由空间得以将目光投向青春身体的现实处境，而青年群体的生存状态与生命欲望高度黏合，他们的欲望永无止境地创造、流动、生产、外溢。

"无来由的暴力殴斗"是第六代导演们的影像写作中高频出现的段落。影片中的青年们以近乎夸张的创生性欲望，将无来由的愤恨聚合为一记重拳，指涉着对一切编码制度、封锁障碍等既定秩序的彻底摧毁。

《北京杂种》描绘了一段极具有代表性的"无端斗殴"，卖书为生的黄叶鲁被骗子袁红海骗尽钱财，他和兄弟们四处寻找骗子，然而兄弟关系

---

① 参见汪民安：《尼采与身体》，北京，北京大学出版社，2008。

② ［法］吉尔·德勒兹：《尼采与哲学》，周颖、刘玉宇译，北京，社会科学文献出版社，2001。

却在一次聚餐喝酒时无故地发生了破裂。在毫无铺垫的前提下，这群人突然从餐馆夺门而出，无缘由地借着酒劲在地上翻滚扭打，肆意用粗言秽语高声叫骂。这些遭受社会冷遇的青年们，以近乎疯癫的形式发泄着体内的狂暴能量，而在德勒兹这里，这些看似野蛮的精神分裂者却正是冲破陈腐秩序的欲望英雄。德勒兹认为这些精神分裂者并非正常世界中失序的疯子，而是疯狂世界里的正常人，精神分裂也并非是一种疾患，而是主体在逃脱压抑性自我的、超我的限制并摆脱俄狄浦斯情结的过程。他们敢于在欲望生成的牵引中活动，反对欲望的压制及扼杀，反对一切压抑欲望、违背欲望的制度。

　　路学长导演的处女作《长大成人》的主人公周青是一位成长于 20 世纪 70 年代的理想主义者，他将货运站的火车司机指认为其精神偶像"朱赫来"。80 年代末，他秉持着要寻找朱赫来的执念在北京街头游走，却在一系列线索的指引下得知"朱赫来"因见义勇为而被流氓残害导致失明。片尾处，他澎湃汹涌的情绪开始无来由地失控，在白日入幻的迷离状态中跌入了精神分裂的状态，他夺走了街边摊上的水果刀，残忍地弑杀了一位疑似嫌犯的餐厅老板，并将其双目剜出。碍于审查制度的框限，路学长将此段暴力冲突处理为一种未竟的幻象，但是周青却象征性地实现了对自身本原力量的顺从，他得以让蛰居在身体内部沸腾的、凌厉的生命欲望尽情地生成并释放，在一定意义上摆脱了被辖制的异化状态。

　　王小帅导演在影片《十七岁的单车》里也数次将镜头聚焦于青年们的打架斗殴。十七岁的农村少年阿贵在北京找到了一份送快递的活计，他得到公司的许诺，在完成一定工作任务后可以拥有一辆完全属于自己的山地车。而就在他即将实现任务目标的时候，他将公司暂借他使用的银色变速越野车弄丢了。于是他开始在北京城里四处寻找，苦苦找寻自己丢失的自行车。寻找过程并不顺利，纵使阿贵寻回了自己的自行车，却屡屡遭受暴力的威胁与冲击。影片的结尾处，少年阿贵无意中卷入了当地青年的追逐与群殴，遭受无端的暴力而至遍体鳞伤，自行车也被砸得面目全非。在这里，青年们顺从于青春身体内满溢的欲望，化身为狂野的施暴者，他们用拳脚来施展对抗与审判，他们的暴力根本不需要缘由。与此相似，第六代导演们前赴后继地在影像文本中指涉了以"暴力殴斗"

为名的身体欲望，《头发乱了》、《周末情人》、《安阳婴儿》、《扁担·姑娘》等影片中均有着类似的细节描述。

在暴力欲望之外，"情欲"作为一种难以绕开的欲望形式，同样触发了第六代导演的写作自觉。在德勒兹关于情欲的论域中，作为欲望机器的身体实现了德勒兹所言说的"游牧"的本质，它在成千上万座无边无际的高原上狂奔，成为一个充满激情、充满喜悦的具有创造性的血肉躯体。"所有的东西都是身体和肉体性的。所有的东西都是身体的混合，在身体的内部，就是相互关联和穿透的运动。"德勒兹独创了"无器官的身体"（the body without organs）的修辞，并借此向人们表明：人类的身体就是一架不断生成的充满强力与欲望的无器官体。"无器官身体"是一个没有稳固形态的反结构的身体，德勒兹以此来进一步阐发他的欲望机器——这个身体摆脱了被组织、机制、权威及专政受缚的状态，呈现为一种新的后现代的欲望主体。这一具无组织躯体共享着一种生成性及可变性，根据其自身的欲望及欲望力的流动，积极地体验肉体的能动状态，寻求与别的欲望机器（身体）的对接。

究其实质，德勒兹创造"无器官的身体"的身体理论是为了解放嵌入在近代资本主义等级体系中的欲望，它天然地充斥着对抗式的革命底色，与固置的权力秩序展开斡旋与斗争。与之类同的是，第六代导演在情欲写作的过程中，也通过对膨胀的、外溢的欲望之力的夸张呈现，对抗虚无的、稳定的、压抑的现实。王小帅在其早期的电影作品《冬春的日子》中便曾以冷峻奇崛的风格化笔触描摹了一对画家夫妇的生活日常与精神困境，影片伊始便有一段展现情欲的性爱表达。画家晓冬与小春在狭窄的床榻上赤身交欢，镜头在二人发生肉身接触的生理部位游走，从发梢、口唇、脖颈到腰腹，然而在单色影调的观照下，摄影机的持久凝视难以表达出情色的意涵。结合全片的叙事企图，这一段落的情欲表达更多地指向了一种对平淡的、虚无的现实生活的反抗，二人通过积极的、能动的肉体交合，让欲望冲破了灰暗、凝重、逼仄的京城斗室，追求着绝对自由的精神彼岸。

（三）身体漂流与解辖域化逃逸线

在德勒兹看来，要解放处于压抑状态的欲望，必须对所有压制欲望的社会符码(如国家、法律、道德)实施解码或"解辖域化"(deterritorial-ization)。"解辖域化"是由德勒兹与加塔利在《千高原》中正式创造的哲学概念,某种程度上说,这一概念的提出是其微观欲望政治在宏观层面的继续。

法国分析学家拉康曾将辖域的概念吸纳进心理学的学科研究中,并用它来指涉婴儿身体的形成方式,首创了术语"辖域化"(territorialization)。"辖域化"意味着将欲望僵化地禁闭于一定范畴内的过程,如婴儿的身体之孔(嘴)与母亲的哺乳器官(乳房)结合,母爱及营养通过此固定渠道给婴儿性敏感区留下印记,因而婴儿性敏感地带的成熟过程便只在这单一的结果性构成中完成。受此启发,德勒兹与加塔利提出了一个与之形成对立的"解辖域化",并突破了心理学、精神分析学的应用范畴,以此概念来分析国家、社会等宏观现象。

欲望的解辖域化过程是指欲望挣脱了权力制度的符码编制,从各种社会限制和封锁的过程中、从其栖居的强制性秩序和思想结构内逃逸而出的过程。德勒兹与加塔利在《千高原》中指出,资本主义将身体欲望封锁在国家、家庭等规范性的话语权力中,身体的原始动力被制度性编码所束缚,而只有通过解辖域化过程,欲望对社会权力话语的冲撞力才会再次苏醒,把主体从限制其加入新的组织机构等各种固定关系中挣脱出来。他认为,"解辖域化也是一种行动,主体通过这一行动离开其原来生活或活动的区域"。

第六代导演作为世纪之交的新生代电影作者,通过在创作中架设某类独特的流徙体验,让影片中的边缘人物保持着迁移、流动的生存状态,并以此完成了主体从"其原来生活或活动的区域"的离开,象征性地实现了身体欲望的"解辖域化"。王小帅导演1998年以来的创作《扁担·姑娘》(于1998年上映)、《十七岁的单车》(于2001年上映)、《二弟》(于2003年上映)、《青红》(于2005年上映)都聚焦于一类文化属性高度相似的人物形象——都市漂流人。这些人都出身于乡村底层,在全球性的都市化浪潮中、在原始欲望的刺激促动下,奋力从村庄游向城市,迫切地参与现代化的都市生活,在都市物质文明图景中安置自己不断膨胀的现实欲望。影片《扁担·姑娘》中,分别来自武汉、越南的乡下青年东子、高平和阮红先来到武汉打工，抱持着"要做城里人"的念想，这些生存在边缘的农民工们拼尽全力地卷入了都市化的运转系统中。其中一个意味深长的镜头，东子裸身躺卧在床上收听着电台，电台里的女声播报："在我们城市经济繁荣的背后，我们应该看到一个越来越不能忽视的现象——那就是农村人口的大量涌入。他们一开始主要以进城打工赚钱为目的，可是渐渐地，他们已演变成城市各项建设中一支颇为重要的力量……"进城务工的青年们在都市欲望机制的吸引下背井离乡，他们的身体离开乡野空间而涌向城市空间，纵使要出卖廉价体力谋生，也要完成从世界边缘向中心的迁徙。他们必须埋头扎进全球化过程的向心运动中，以此来释放他们不断勃发的生命本能与身体欲望。影片《二弟》的英译名为"Drifters"（漂流者），影片讲述的是福建偷渡客的故事。二弟是偷渡客的典型代表，他的身体及身份循环往复地游移在偷渡与遣返的动态过程之间——多次试图偷渡去美国，又多次遭到遣返。"美国法律"作为一种现代性规约，对偷渡客的遣送正象征着对漂流者们的驱逐与抛离，资本主义社会和国家对解码流进行拦截和编码，向外漂流的冲动被暴力阻断。从本质上说，这正是"辖域化"的表现形式。一如片名所寓示的，二弟注定要依赖于自身欲望的牵引，重返偷渡客的船舶中继续命定的漂泊。二弟的传奇经历就是全球化过程的微观缩影，为民间大众的现代性想象提供了生动的指证，也使得向外的漂流成为一种遥远的必然。①

　　"解辖域化"是德勒兹成熟的政治哲学之核心，他通过进一步解释说明，将解辖域过程命名为"逃逸线的实施"。在德勒兹看来，究其实质，解辖域化即是一条逃逸线路，主体通过它不仅自身能够逃逸，而且可以彻底与过去脱节。逃逸线处在永不停息的生成之中，它是创造性的、颠覆性的、游牧性的，它在生成过程中消泯了所有辖域边界，打破了主客体的稳定结构。而这一过程的目的即是创造出具有颠覆作用的"新生命"，"新生命"继而沿着不规则的路径介入社会、遍布各处，逃脱固定秩序的压制性约束。德勒兹指出，通过逃逸，聚合体离开旧有环境进入全新领域，主体以新环境为镜像生成全新的自我，以不羁的思想和欲望之流取

————————

① 参见聂伟：《第六代导演研究》，上海，复旦大学出版社，2014。

代结构主义能指霸权，由此实现了从某种现存桎梏中的主动挣脱，使人成为本来意义上的欲望机器或欲望主体。

可以说，逃逸线与解辖域化是同一回事。逃逸线并不意味着回到本性，也不意味着逃避、遁世或者隐修，而是意味着思想上的绝对解辖域。德勒兹在后结构主义语境中勾勒出的逃逸线与其生成论的哲学观高度统合，旨在破除二元对立、质疑权威存在、提倡创造生成。它预示着主体潜在的革命意志，孕育着新的视界和可能。

王小帅导演创作的《青红》也同样关涉了漂流的意象，但较之前作却显得更为复杂。文本嵌套了双重"逃逸线"，显见地反映出解辖域化冲动与权威话语之间微妙的制动关系。影片中的父亲老吴是 20 世纪 60 年代响应国家号召（支援三线建设）而举家迁往贵州山区的上海人，此后的十多年间，"返回故土"的强烈欲望一直萦绕在老吴的心头。老吴苦苦地等待着一个返回上海的机会，然而对于女儿青红而言，与"上海"有关的梓乡记忆却始终缺席。作为家乡的上海只是一个抽象的乌托邦符码，她早已将贵州看成自己的家乡，对父亲的执念不置可否。正值青春期的青红与当地农民小伙子小根偷偷交往，二人之间纯洁的初恋却被父亲严厉阻止，父亲的高压管束令青红感到窒息。影片中，父亲是"失乡人"的典型形象，作为曾经被成功询唤的主体，蛰居其体内的"返乡之欲"始终被隐形的国家意志所遮蔽。凭借其近乎偏执的、澎湃的欲望冲动，他终于以解辖域化的锋刃划破了体制制度的阻滞，在片尾处，他携全家踏上了重返现代化都市的路途。而女儿青红则是青春少女的典型形象，经历着生理的青春期的她开始朦胧地感知自己的身体欲望，怀揣着对爱情的憧憬，她对所有封锁与管制都表现出本能的抵抗。影片中，青红通过绝食、出走等方式挣脱父亲的威权管控，借"逃逸"来实现个性解放。

由此，王小帅导演在文本中设置的第一条逃逸线是老吴奋力回溯的返乡企图，另一条逃逸线则是青红情窦初开的青春私欲。前者遭遇了国家意识形态的威权，而后者则遭遇了父权主义的压制。于是，双重解辖域化的逃逸线构成了主题意旨上的互文，二者都在强行抵抗着主流话语的编码，都在拼命逃离"父权"的暴力宰制。

虽然在影片的末尾处，处决死刑犯的枪声似乎成为某种负面信号的代偿，他们可能永远无法在真正意义上逃脱国家社会的压抑性限制。但是，王小帅至少超前地体会到了现代化进程中人性异化、人格分裂的种种危机，进而选择将觉醒的主体性与张扬的自我意识放置在时代的前景处。凭借"身体漂流"的故事意象，王小帅清晰地勾勒了双重解辖域化的逃逸线，叙述着不断生成、流动、冲撞的欲望革命，应和了世纪之交时代文化的精神气氛。

第二节　规训：被驯服及矫正的身体

(一)规训权力演绎中的现代身体

　　20世纪法国后结构主义的另一位思想家米歇尔·福柯认为，规训权力(discipline power)是一种针对身体权力的"物理学"或"解剖学"，它是由一系列程序、层次、目标所组成的一种特殊权力类型与技术手段——既是权力干预、训练、监视身体的技术，又是制造知识的手段。规范化训练是这一概念的核心。[1] 如果说，德勒兹的作为欲望的身体具有不断生成、流变、闯荡的爆炸性特征，那么在福柯这里，凭借身体撕开封闭伦理体制的可能性几乎为零。他并不认为身体是无坚不摧的，恰恰相反，他所热衷于探论的身体是被权力与历史进犯的主体。福柯与德勒兹的身体观一方面相互对抗碰撞，另一方面又彼此辩证地构成了现代身体哲学的一体两面。在福柯这里，身体中的狂暴能量被资本主义权力机制所禁闭；而在德勒兹这里，欲望身体无所顾忌地冲破了机制、权威与专政的禁锢。从某种程度上说，福柯对身体的被动体征的考察似乎构成了德勒兹身体观的一个隐蔽前提，福柯考察了生命本能是如何遭到囚禁的，而德勒兹则阐明了权力意志的解辖域化可能、勾勒了欲望身体的逃逸路线。

　　作为尼采的信徒，福柯与德勒兹都追逐着尼采哲学的身体转向，德勒兹以"欲望机器"的概念稳当地挪用了尼采的"力"，那一股升腾的、积极的、强健的、生产性的身体状态便得到了有效的承继与接续。福柯则

---

　　① 参见[法]米歇尔·福柯：《规训与惩罚：监狱的诞生》，刘北成、杨远婴译，北京，生活·读书·新知三联书店，1999。

断然地拒绝了对身体内部能量的考虑，福柯的身体缺乏尼采身体所充溢着的主动之力，那高扬攀升的力量驱动被彻底放弃。福柯仅仅分享了尼采的"身体的可变性"前提，但是，他的"可变性"是由外在的权力技术所被动施予的，而尼采的"可变性"则是由内在的权力意志所主动诱发的。显然，尼采、德勒兹的身体没有遭遇到权力的驯服及锻造，或者说，正是因为尼采和德勒兹的身体要竭力冲毁权力的牢笼，所以丝毫不顾及规训权力的管理、改造和控制。福柯则没有唤醒寄居身体内部的抵抗能量，且恰与之相反，福柯的身体等待着规训权力的判决及宰制，等待着意识形态历史的摧毁与铭写。

在《规训与惩罚：监狱的诞生》一书中，福柯将笛卡尔式的主体概念确切地替换为"身体"（在其前作《知识考古学》、《事物的秩序》中，福柯尖锐地批判了笛卡尔的主体概念，他认为主体不是起源，而恰恰是某种知识和话语的结果和产物）。对福柯而言，今天的惩罚"最终涉及的总是身体，即身体及其力量、它们的可利用性和可驯服性、对它们的安排和征服"①。值得关注的是，规训权力的演绎并不倚赖于国家机器的暴力手段，也不倚赖于意识形态神话的严苛控制，而是寄生于一系列对身体进行监视、操演、规范的微观技术策略来展开的。

身体规训作为现代性的运作机制，在世纪之交的中国电影影像文本中得以展现。第六代导演通过大量相关影像的制作，有效地呈示了规训权力演绎下的现代身体，并与描绘身体欲望觉醒生成的影像构成了对照互文，隐晦地传递出对个体意志逐渐丧失的时代焦虑。以王小帅导演执导的电影《青红》为例，全片在人物与环境入画以前，一段字正腔圆的男声广播率先开启了声音叙事："中央人民广播电台——现在是广播体操时间，我们一起来做第六套广播体操……"而视觉画面是一段黑底白字的国家宏大叙事："上个世纪六十年代，为了响应政府的号召，无数个家庭……"。镜头从顶部悬挂着高音喇叭的窗户缓缓推出，狭小的技校操场上，学生们在方阵队列里跟随着广播体操的指令整齐划一地做出拉伸、弯腰、跳跃等一系列身体动作，在全景—远景—近景的景别设计中，影片女主角青

---

① ［法］米歇尔·福柯：《规训与惩罚：监狱的诞生》，刘北成、杨远婴译，北京，生活·读书·新知三联书店，1999。

红逐步入画。而下一个画面则迅速将场景切到了一个三线工厂的内部空间，影片男主角小根在机床上加工并测量工件，整套动作机械而重复，小根的表情始终凝重。王小帅在影片的初始处便清晰地展示了学校和工厂，它们是影片中最为重要的两个单位场景。究其实质，二者都是现代规训系统的运作机制，是理性、秩序与权力的象征符号，且均指向了对身体与意志的驯服及管束。紧接着，影片再度展现了一个具有规训意味的段落：高音喇叭播报学校的校纪校规（禁止女生烫发染发、禁止男生穿喇叭裤等），特写画面中，前景处是男教师手持的剪刀，后景处站立着一列穿着喇叭裤的男生。前后景构成了隐秘的权力关系，前景处是象征理性、权力、纪律的现代性秩序，而后景处与现代性秩序格格不入的"他者"则是亟待被审判、裁决、惩罚的异端身体。在权力关系的运作上，学校／教师通过理性化的暴力控制塑造了驯顺性的、合乎规范的身体，人的主体性在严酷的碾压中被否定，自由意志与身体欲望被管束、被压抑、被榨取。

巧合的是，在张元导演执导的作品《看上去很美》中，也出现了一个与之高度相似的构图。刚满四岁的方枪枪被父亲送入幼儿园，而入园第一天，理性的权威机制便对方枪枪的肉体和精神同时施予"格式化"的处置。画面中，焦点从逃窜的方枪枪身上游移到李老师手中的剪刀，前后景的纵深感与摄影机的调焦带出了巨大的压迫感。由此，"剪辫子"这一看似正常的简单动作产生了扭曲的、夸张的心理效果，与其说是理性规范对肉体的进犯，不如说是权力机制对个体意志的精神阉割。李老师一边用教化的语调对方枪枪灌输"我告诉你，这样（剪去辫子）才干净整洁，而且不会长虱子，这都是为了你好你知道吗"，一边用剪刀惩罚式地在方枪枪的脑袋上"施虐"。这一片段在一定意义上生动地阐明了福柯的规训技术理论，福柯曾从三个层次来论述规训权力的演绎逻辑，而其中之一便是"带有人道主义色彩的惩罚"。具体而言，此种惩罚的形式减少了暴力痛苦的色彩，而温润的人道主义色彩显著增加，使得惩罚技术以更为普泛、精致并缓和的样式嵌入社会中去。① 于是，降临在肉身上的残忍

---

① 参见赵方杜：《规训权力演绎中的身体境遇——论福柯的现代性诊断》，载《理论月刊》，2012(10)。

酷刑转置为对内在灵魂的教益与征服。李老师以"保护方枪枪使其远离虱子痦子"为名，冠冕堂皇地实施了对身体的惩罚、裁决及驯服，方枪枪与生俱来的原生欲望在理性霸权和威权话语的专制下遭遇了强制性规训，身体的自由意志遭受了残酷的"殖民"。

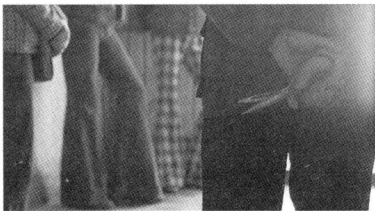
图 5-6 《青红》

图 5-7 《看上去很美》

影片中，幼儿园作为现代性的权力机制系统，建构了大量的规范秩序：每天早晨自己穿衣服、听指令统一上厕所排便、便后洗手要排队擦干、用餐时要加饭则举右手伸直、要加汤则举左手握拳、睡前听哨声按顺序擦屁股……这些规范化行为直接导致了自由个体的湮灭，实践着对肉体灵魂的全面规训。但是，这一看似严酷的行径却在"奖励小红花"的反馈机制中得到了有效的遮蔽。幼儿园的小朋友们视小红花为荣誉的象征，教师、班主任、园长们则利用这一象征符码作为驯服身体的中介，将奖/扣小红花的行为收纳在每日的启蒙驯化中，并以此维系着支配、管控身体的现代性技术。幼儿园的儿童在奖惩机制中成长，他们的自由主体在不知不觉间遭受矫正与扭曲，他们的身体欲望在无声无息中遭受斧斫和揉捏，进而一步步地臣服于理性的制度秩序，成为规训权力的附庸。此外，张元导演还特意安排了一处非叙事段落，排队出行的幼儿园孩童们看到了广场上解放军们训练的情景，于是纷纷对训练内容（敬礼、摆臂等）进行仿效。它向观众们悄然地阐明，军队与学校均都是干预、训练、监视身体的权力机制，它们对身体进行规范训练，并通过如出一辙的规训技术来完成对身体的全面控制。

影片结尾处，方枪枪从充斥着"小红花"的现代等级制度里离队出逃，却遇见了一队身戴大红花的叔叔阿姨，他们列队前行，展示着被国家、社会所高度认可的"优秀者"的驯顺性身体。片末的最后一个镜头中，绝望的方枪枪在逼仄的角落里来回游荡，骤然结束的影像仿佛道出了一则残酷的真相：人类身体必将在现代社会的规训权力演绎中被动生长，终生遭受理性霸权的矫正、监视、宰制及驯服。

(二)身份危机与失父焦虑

在影片《极度寒冷》中，王小帅导演饶有兴致地描绘了这样一个桥段：准备献身行为艺术实验的青年前卫艺术家齐雷在好友"长发"的陪同下来到了治疗精神病的疯人院（"精神病院"是福柯在《疯癫与文明》一书中所控诉的现代权力机构的典型代表），但当医生们出现后，却完全不理睬"长发"对"齐雷才是精神病患者"的指称，兀自将"长发"带进了封闭的审讯空间。接下来将近四分钟的时间里，摄影机以固定机位凝视着这个封闭空间内部的荒诞现实："长发"焦躁地拒绝着医生对他的指认，近乎机械地叨念着"我不是齐雷，我真的不是齐雷"，但却依然难以得到权威话语的信任与认可。一个有趣之处就在于，虽然"长发"一直否认自己是齐雷，但对于"我是谁"这个基础问题始终无法作出正面的、有效的肯定陈述，而整个交流过程中，"长发"屡屡想掏出自己的身份证来证实自己的身份，却绝望地发现自己忘记携带身份证的事实。更进一步说，王小帅在整部影片中都拒绝对"长发"这个角色做出命名，代表主体概念的（"长发"的）真实名字始终缺席，甚至在片末的演员表里都是以"long haired guy（长发的家伙）"的代号出现。而配合忘带身份证的巧合，"长发"更进一地步地深陷身份危机，最终只得以一种谵妄的、迷狂的、疯癫的状态被重新纳入统一体的文明秩序之中，在现代权力运行机制的籓篱中经受隔离与规训。

加拿大当代哲学家查尔斯·泰勒在其著作《自我的根源：现代认同的形成》中，对"身份危机"作出了如下的阐释：身份危机是"一种严重的无方向感的形式，人们常用不知他们是谁来表达它，但也可被看作是对他们站在何处的极端不确定性。他们缺乏这样的框架或视界，在其中事物可获得稳定意义，在其中某些生活的可能性可被看作是好的或有意义的，而另一些则是坏的或浅薄的。所有这些可能性的意义都是固定的、易变的或非决定性的。这是痛苦的和可怕的经验"①。从这一角度出发，对身

---

① ［加拿大］查尔斯·泰勒：《自我的根源：现代认同的形成》，韩震等译，南京，译林出版社，2001。

份危机的研究便不仅关涉如何消解及克服其本身，而且指向了对其前置框架或视界的追问，即这一框架的订立是由谁完成的，又是如何完成的？由此，从对"身份危机"本身的质疑便转向了对"权力话语"的考查。

正是基于"话语—权力"论和"身体—主体"论的潜在理论视阈，福柯窥破了"权力话语"及"身份危机"的实质。在福柯看来，"话语这个术语可以被确定为：隶属于同一的形成系统的陈述整体"[①]。而权力则运行在陈述整体的表达中，强化了对特定知识系统的构造，并将身份的认同范式整合进这一固定的思维形式中。由此，福柯断言，任何一种对身份的界定都是破碎性的、割裂式的、片面式的，它是某一特定时期权力话语运作的结果性构成。就此而言，影片《极度寒冷》中，"长发"的主体身份被裹挟进权力运作机制所散布的霾雾中，晦暗不明地在内部与外部的纠缠中深陷身份焦虑的现代性危机。

在福柯那里，话语的概念涵括广义与狭义两个范畴。广义而言，话语指的是"文化生活的所有形式和范畴"；而就狭义而言，话语指的是一种"语言形式"。在"长发"接受审讯的过程中，他显在地经历着语言形式失效的窘境："（我真不是齐雷，齐雷是北京人）你不信我给你说东北话，我东北话挺好，操，我紧张我说不出来……"而身穿白大褂的医师们则依旧面无表情地注视着他。正如福柯在《疯癫与文明》一书中所揭示的，"疯癫借以明确表达自身性质的所有演变都基于语言"[②]。在语言的困局里，"长发"的合法身份被取缔、被剥离，跌进权力话语秩序的陷阱。

第六代导演作为世纪之交的新生代群，对于身份危机的焦虑是显而易见的，而其中首当其冲的，便体现为父子关系间的冲突和对抗——"父"的意象缺席，"子"的身份同步丧失。源起于第六代导演的成长背景与创作环境，他们成长于后革命的社会文化语境里，断裂且破碎的意识形态制造着特定的匮乏与焦虑。同时，在经济大潮兴起、商业伦理盛行的世纪之交，他们也经历着经济、思想、文化等领域狂飙突进的巨大转型，在新旧交替、多元混杂的文化空间中重塑着独异的审美观。毫无疑

[①] 刘北成编著：《福柯思想肖像》，上海，上海人民出版社，2001。

[②] ［法］米歇尔·福柯：《疯癫与文明》，刘北成等译，北京，生活·读书·新知三联书店，2007。

问，新生代导演们恰正是通过一种宏观意义上的"弑父"，即颠覆了"影坛父辈"（第五代导演）的身份，才得以确立他们全新的审美形态坐标。因而，在第六代的影像文本中，"父"的形象符号往往具备丰富的文化意涵，以下拟从"失父"—"弑父"—"寻父"的三个象征维度进一步展开详述。

在改革开放时期长大的时代之子们，同样也是在传统文化缺失的环境中长大的"无父之子"。文化上的、精神上的无父状态使得第六代导演们或有意或无意地将"失父"寓言置入文本之中。王超导演的影片《安阳婴儿》便是以失父的现实状态进入叙事的。下岗工人肖大全在夜市面摊处捡到一个弃婴，褓褓中字条上写的是婴儿身为妓女的母亲的呼机号，而婴儿生父的身份则始终是一个悬置的谜团。与妓女发生过关系的当地黑帮老大身患绝症，试图向妓女索要婴儿以免绝后，但妓女拒不承认婴儿跟他有血缘关系，而肖大全误杀黑帮老大的故事落点也令一个想象性的、代偿性的父亲意象彻底消散，安阳婴儿再次重陷"无父"的困境之中。张元导演的影片《妈妈》中，轻度智障的儿子冬冬也是一个典型的"失父者"，亲生父亲处于一个缺失的位置，妈妈梁丹独自照料冬冬的生活，同时还要兼顾繁重的工作。妈妈梁丹一直以弱势的、操劳的女子形象出现，传统意义上能够担起家庭重任的父亲形象却迟迟未现身。即便在后来，冬冬的父亲短暂地进入了观众的视野中，他的表现却悖谬得近乎荒唐，他妄图通过一种父权暴力的"杀子"行动（将冬冬送去福利院）以保全自己的利益，并邀请梁丹开始新的生活。于是，这个荒诞的父亲意象迅速地被叙事机制抛离出去，冬冬的父亲在下一个镜头中被无缘由地抹去，父权社会的统治与威严也同步丧失。

较之于"失父"，"弑父"则表现为对父权制度、父系文化的更加主动的反叛及对抗，这一象征性动作赋予了新生代导演们以反传统、反教条、反权威的先锋精神。张杨导演的"父子三部曲"（《洗澡》、《昨天》、《向日葵》）围绕着父子代际冲突的创作母题进行写作，影片中的主人公也大多是离经叛道的逆子。影片《昨天》中，曾一度迷恋摇滚、毒品的贾宏声便表现出了对自己父亲的强烈不满及不认同，他拒绝父亲的关注与关照，拒绝父亲进入自己的房间并表现出对其身体的嫌恶，继"拒父"、"渎父"之后，他通过两记响亮的耳光隐蔽地实现了"弑父"的暴力仪式。影片《向日葵》里的儿子张向阳是在典型的父权阴翳中长大成人的，学画的父亲因为在"文化大革命"中遭受戕害而与艺术家的身份绝缘，于是强迫儿子定下"成为画家"的人生目标，由此，父亲残忍剥夺了张向阳与同龄伙伴们玩耍的机会，他在一定程度上扭曲了儿子的青春期，而他强加给后代的生命经验与儿子身处的时代产生了巨大的撕裂感。张向阳生活在被"阉割"的强烈焦虑中，屡次意欲僭越父权秩序，逃脱父亲的掌控。在一次冰上的追逐中，蛮横的父亲追不上张向阳，反而失足跌入冰窟，犹豫再三，张向阳救起了父亲。虽然儿子最终还是向父亲伸出了援救之手，但文化、精神层面上的"弑父"书写业已悄然完成。

拒绝生身之父是为了认同精神之父的主体想象，"弑父"的结束，便是"寻父"旅程的开始。伦理失范的"弑父"景观是第六代导演建立审美文化认同的必经之路，但绝不是终点。换言之，他们并非颠覆性地拒绝了拉康意义上的父之名，而是要完成另一类现代性的自我认同。为要完成自我认同的建构，"寻找精神之父"进一步触发他们的生命冲动，"寻父"的文化症候成为他们在创作中一以贯之的必然选择及叙事线索。影片《昨天》中，约翰·列侬便是贾宏声的精神之父，他拿着约翰·列侬的画像问父亲自己与约翰·列侬是否相像，并质询父亲的家族里是否有欧洲的血统。他的言语表达了对现实中父亲的反叛，也同时指向了极度的精神饥渴。作为亟待获得现代性认同的时代革命者，他迫切地需要寻得精神之父的想象性抚慰。路学长导演的《长大成人》也同样昭示了一个寻父但最终未果的寓言。影片中的主人公周青并不认同自己的父亲，但他在工厂中的火车司机"朱赫来"身上寻得了对父性的想象。因为一次事故，周青得到了"朱赫来"腿骨的移植，而他也就此踏上了寻找"朱赫来"（即寻找"精神之父"）的艰难旅途。虽然"寻父"的结果延宕未至，周青始终未能重认"朱赫来"，但这一段镜像般的寻父之旅投射了第六代导演们对"寻找精神之父"的强烈渴望。

(三)主流性别秩序的零余者

福柯的权力概念探讨了权力机制的运作逻辑，权力形构并铸造了身体，并由此生成了身体之存在。在这里，身体绝非一个先在的缺省参数，而永远是被授予的、被赋权的。对福柯来说，这种赋授只能在权力内部（并通过权力）发生，正是权力生成了顺服于它的主体。也就是说，在这一强制性的权力关系中，权力驯服了主体，同时构筑、供养、维系、规制着主体。福柯所倡导的身体史，是身体被现代权力铭写的历史。福柯认为，规训建制不仅形塑了被动的身体，还生产了应用于主体的规范化标准，以下主要探讨的规范化标准即指"主体的性别身份"。

福柯在《性经验史》（第一卷）中指出，"性"沿着不同的权力轴线制造了一个一致的身体，作为身体的文化形构的原则，制造了一种奴役。[①]就此而言，权力建构了性别的规范。而对这一运作机制的陈述的内部，藏匿了至少三条信息。其一，权力生产性别领域的知识。虽然主体生理差异普遍存在，但描述性别的话语界限却是在一个异性恋制度中才得以真正成型的，而异性恋制度的程式正是由高度刻板的管制权力所竭力营构的。出于维护自身的需要，权力话语生产了划分生理性别的标准，通过这一性别标准，身体获得了一种社会的、文化的诠释，而主体在接受性别规范后，便可以在社会框架中找到自己所属的身份与位置，成为合法的存在。其二，权力生产性别化的主体。权力不仅生产知识规范的框架，而且通过生产规范的框架，进而生产出主体。具体而言，新生婴儿必须经过医生的审定而获得性别身份，通过命名的主体化召唤，男性主体或女性主体才被征召出来，且不得不被征召出来。反之，若不接受医学话语与性别规范的询唤，主体便将被剥夺合法化身份。其三，性别不是本质，而是建构。如前所述，性别身份绝非一个先在的缺省参数，它不是先天的、内在的、自然的本质属性，而是性别话语的生成及其效果的展示过程。借福柯的系谱学研究的范式，我们不难发现，性别不再是一种静态的起源，而是权力建构的一种动态结果。权力话语伪装了它生产性别的过程，制造着"性别身份是恒常的、静态的、本质的"的假象。

性别作为权力运作机制生产的一种规范、一种区分、一种范畴，为本质上多元的、混乱的经验强加了一套意识形态框架，建立了秩序井然的表象。为维系其自身的管制，违反性别规范的主体都将被区割与净化，

---

①　参见［法］米歇尔·福柯：《性经验史》，佘碧平译，上海，上海人民出版社，2011。

他们被冠以性倒错者的污名，轻则被重新规制，重则遭受暴力放逐，销声湮没于权力话语制造的幽深褶皱之中。1996年，张元导演摄制了中国电影史上第一部同性恋题材电影《东宫西宫》。影片讲述的是同性恋者阿兰在北京某公园内幽会被捕，在派出所密闭的秩序空间内，民警小史负责对阿兰的拷问。"性倒错者"阿兰对小史一见倾心并百般挑逗，而象征着公共权力的民警小史将其视为流氓，却在一夜里经历了法纪与灵欲的纠缠，在太阳升起时分仓皇离开了紫禁城。影片中的阿兰是主流性别秩序的零余者，作为同性恋者，他的性别身份与现实秩序格格不入，遭受着现代权力机制的挤压与迫害，同时以变态行为进行反抗。在性别的范畴里，权力话语的管制框架体现为一种异性恋霸权的律法制度，而理所当然地，阿兰的性别身份成为这种异性恋霸权律法制度压制和规训的对象。权力规范通过设立了理想的身体形态和性别气质，对主体施行了相应的奖惩制度，影片中，小史拉着阿兰在黑夜中奔跑。

阿兰："你要带我去哪?"小史："带你治病!"阿兰："我没病，我的毛病就是我爱你。"

由此可见，小史对性别秩序规范的高度认同，导致他无法理解此规范以外的异端者，他认为阿兰的性恋取向是一种疾患，甚至妄图通过医院(另一类现代权力机制)的治疗扭转其性向并赋予其合法性身份。阿兰的回应代表着零余者的反抗姿态，作为制度框架之外的逃逸者，他不遵循任意的性别规范来使自己获得承认，他甩开了小史的手并表达了自己的合理欲求。而接下来偶发的肉欲纠缠令人诧异，小史纵身跃出了二元的、以生殖为中心的异性恋制度，迷狂地释放着体内潜抑的同性情欲。

1999年，刘冰鉴导演创作了号称"中国首部地下同志电影"的作品《男男女女》，其宣传海报上赫然写着"勇敢地要爱便爱，哪管得是男是女"。影片片名"男男女女"即征引着主流性别话语的秩序框架，在此规范内，"第三者话语"被贬抑、被取缔了合法性。影片通过小博、青姐二人的同志身份构造了全部人物关系，进城打工的小博与厌倦了婚姻的青姐分别从固置的性别秩序中跳出，遵从自己的身体欲望逻辑，成为零余的"他者"。影片中的一条剧情支线是《厕所文化》的主播归归与编辑冲冲之间的故事，他们运营着《厕所时空》电台及《灿烂公厕》杂志，聚合着大量有着相同性取向的"同志"好友。《厕所文化》主编冲冲流连于各种公共厕所，四处派发着名片，收集着厕所墙体上充斥着性暗示的涂鸦。厕所这一载负着边缘、情欲、赤裸等属性的空间意象，指称着一种非法的、失范的主体性征，而与厕所文化相关联的"同志"群体也注定无法得到主流性别规范的承认。编剧崔子恩在片中设计了一个颇具讽喻性的广播剧——《裸体政治》，画面中，同性伴侣小博与冲冲二人的裸体构成前后景的纵深，广播电台里传出主播归归的声音："愿你们诸位，身体美妙，前程似锦，在厕所中白头偕老。"它似乎指陈着主流性别秩序的零余者们的现实归宿，他们无法得到合法的归置，只能寄身于晦暗的厕所时空中，在身体原欲与性别框架的夹缝里藏踪蹑迹。

后现代女性主义的先锋代表人物朱迪斯·巴特勒在其著述《消解性别》中提出了"性别操演理论"（Gender Performativity Theory），将目光从"权力话语塑造性别"的形而上层面转回到形而下的实践层面，并通过这种转向找到了解构性别规范的数种可能。巴特勒的思路异常清晰，她指出，既然性别规训处在一个动态建制的过程之中，那么便不存在一个固化的性别实体，具体而言，性别规范并不是牢固的事实，而是在构成主义实践中不断生产、不断流动的。既然如此，对性别规范的解构策略便自然而然地生成：通过话语的生产创造，消解某些概念的基础性地位，并对这些概念重新赋义，使之能够包容之前不曾包容的意义，进而创制新的性别话语规范。需要说明的是，巴特勒所说的消解性别的实质并非要终结性别的分野，而是将"二元对立逻辑"、"连贯一致逻辑"从性别规范中剔除出去，进而使"性别多元化"成为可能。"在这个意义上，性别一直是一种行动。"①

过去，肉体生命的性征在理论上是难以化约的，然而进入后人类主义的视阈中，医疗技术的发展使得"技术化性别"成为可能。技术直接对人的自然性进行干预，身体由此获得了更大的自由度，性别由此从自然的专制中解放出来，性别规范也在新兴技术的重新赋义中获得了开放性和包容性。2000 年，张元导演为"中国变性第一人"摄制了一部三十分钟

---

① ［美］朱迪斯·巴特勒：《性别麻烦：女性主义与性别身份的颠覆》，宋素风译，上海，上海三联书店，2009。

的纪录短片——《金星小姐》。影片并没有刻意地妖魔化金星的性别身份，在简短访谈中也丝毫不避讳身体情欲的话题，反而以积极正面的方式进行呈现。金星在影片中坦诚自己双重性别心理的困扰，为了职业的需要他希望自己更男性化一点，同时又有着很女性的心态。她从小便知道自己"本是女娇娥"，甚至一度渴望被闪电劈中以实现性征的转换，她最终选择了接受变性手术。在现代医疗技术的辅助下，金星转换了自己的零余者身份，身体力行地破除了二元对立的机制，通过创制一种全新的性别话语规范，实现了消解性别的颠覆性革命。

第三节 消费：消费社会与身体修辞

(一)突入都市的身体仪式

在福柯的理论系谱中，与身体有关的历史即是身体遭受惩罚的历史，是身体被纳入生产计划中的历史，是权力与律令将身体作为一个驯顺性工具重新设计改造的历史。而"今天的历史，是身体处在消费主义中的历史，是身体被纳入到消费计划和消费目的中的历史，是权力让身体成为消费对象的历史，是身体受到赞美、欣赏和把玩的历史。身体从它的生产主义牢笼中解放出来，在今天却不可遏制地陷入了消费主义的陷阱"①。贯穿这两个时刻的("规训与惩罚的历史"与"消费主义的历史")，则始终是政治、经济、文化等顶层设计对身体所施展的整饬实践。意即，如果说生产主义牢笼中的权力结构集中显现为一种对身体所执行的暴力、血腥的惩戒方式，那么消费主义陷阱中的权力结构则呈示为一种流行文化对身体的归置与驯化，它不再通过残酷的手段对身体加以规制，而通过流行审美文化完成对身体的改造与调试。

20世纪90年代，政治思潮、经济体制和文化语境在巨大的裂变中迅速进入了转型期，伴随着市场经济的转型，喧嚣的消费文化遮蔽了传统的、民族的、历史的文化痼疾。繁华的现代化图景中，消费文化逐步

---

① 汪民安、陈永国编：《后身体：文化、权力和生命政治学》，长春，吉林人民出版社，2011。

取替了精英话语，将重视反思、批判、历史的启蒙意识形态挤压至时代银幕的边缘，而物质的、感官的、娱乐的大众文化则突现在社会舞台的中央，形塑着主流的公众话语及文化心理。

第六代导演正是在世纪转轨的交叉口浮出水面，他们弃置了对统一理想价值的想往与追求，在中国电影的历史中书写着独属于时代断层的迷茫、失落与焦虑。他们的创作与社会转型期间混杂的经济形态相呼应，更多地从个体经验、生存困惑、理想失落等层面进行个人标识鲜明的表达，这使得第六代导演的电影文本具备了深刻的现代性含义。如果说第六代以前的电影创作是在民族文化的传统图式中徘徊游荡，那么第六代则毅然决然地选择投身于现代性潮浪，他们在退守于个体的自呓中体认着一个时代的转型，直面大众的消费审美需求，观察着权力结构的新式幽灵。

迈克·费瑟斯通曾在其著述《消费文化与后现代主义》里提到，"消费文化可以定位为：它产生于现代性内部，但亦呈现了后现代性的多种特征"①。在中国，消费文化的出现与中国改革开放的现代化进程高度相关，更进一步说，消费文化的出现与中国的城市化进程密不可分。现代化作为一种阶段性的、发展性的描述，主要是指农业人口占多数的前现代农业社会向非农业人口占多数的现代工业社会转变的城市化进程。一方面，城市化进程的加速促动了经济效益的跃进，社会生活的物质条件得到了普遍提高，为消费文化的产生及发展奠定了坚实的经济基础；另一方面，城市化进程改变了原有的社会意识形态与文化面貌，民众的教育水平的提高、思想观念的开放，为消费文化的植入与勃发创造了良好的前提条件。

由此，消费文化中的一个面向便指陈着"进城叙事"的书写。现代都市空间承载着消费文化的诸多诉求，而消费文化的景观构成了都市空间的主要场景，二者处于相互阐释、相互构建的动态平衡之中。引借德勒兹的身体观，笔者认为"进城叙事"象征着一种欲望的解辖域化，身体在原生欲望的促动下向现代化都市生活泅渡，在都市物质文明图景中释放

---

① ［英］迈克·费瑟斯通：《消费文化与后现代主义》，南京，译林出版社，2001。

他/她们不断膨胀的身体欲望与生命本能。笔者在前文曾就此作出了详尽的阐释，本节所意欲聚焦的是，农村进城务工群体在突入现代化都市空间时一项普遍而又显见的身体仪式：洗澡。

影片《扁担·姑娘》讲述了关于进城务工的农民群体的故事。农村青年冬子为了改写自己"面朝黄土背朝天"的命运，决意进城，于是独自奔赴武汉投靠旧友高平，成了一名"扁担"挑夫。随着片头处冬子的画外音中止（介绍自己进城打工的概况），画面中的冬子赤裸地站在破木房的玄关处，而高平拿着一盆冷水迎头泼来，嘴里一边念叨着"进城以后就没见你洗过澡"。在这里，"洗澡"似乎是外来务工人员在进入都市生活之前首要的身体仪式，是这群青年农民工们在闯入现代文明秩序之前的必经过程，是携带着乡土气息的异乡人在融入都市文化以前必要经受的消费性塑形。一方面，这群外来青年坚忍、淳厚、吃苦耐劳的秉性为现代化都市进程带来了加速的可能；另一方面，他们无可避免地被挟带进消费社会的现代化进程之中，消费主义的现代景观必然侵蚀他们的质朴气息与本来面貌。或可将"洗澡"视作消费主义身体仪式的首要一站，"洗澡"对蓬头垢面的肉身施予修辞书写，既是对身体的清洗，也是对意识形态组织的清洗。当旧有的身体记忆被洗涤殆尽，身体便以全新的标准面貌被现代都市所收编，就此，它成为规范的、秩序的，乃至纪律的标识，成为主流而稳定的象征。消费主义语境中的身体，作为整洁而模范的记号被纳入社会运行系统的结构框架之中，与现代秩序格格不入的他者性就此被消除。影片中的冬子经历了"洗澡"这一突入都市的身体仪式，但却在都市文明的图景之中失散，现代性都市对异乡人的吸附与排异同时产生，他的心事和情欲始终与铅灰色的武汉城格格不入，在旁观了高平的经历后，彻底地跌入了"失乡"的精神症候。

影片《十七岁的单车》中，十七岁的农村少年阿贵也是典型的都市漂流者。他在北京城里找到一份送快递的工作，每日骑行在北京的大街小巷收发快递。无独有偶，影片也展示了"洗澡"这一与"进城叙事"相伴生的独有景观。阿贵按照约定地址来到了一家高档的休闲会所收件，因为服务生的误认，阿贵走进了洗浴室接受了消费社会的"最高礼遇"。在淋浴的过程中，阿贵的眼神里短促地闪过一丝好奇，而后是因为不习惯而产生的疑惑与惶恐。有趣的是，本片也依然表达着第六代导演对都市现实底层生活的注目与关怀，以及常在的孤独感与宿命感。阿贵并未在经历"洗澡"这一身体修辞后，成功实现与都市文明的共生共融，却反被现代性承诺迅速地抛离出来，陷入了丢失单车、被要求索赔的双重困境。

在影片《男男女女》中，小博从乡里来到北京打工，但因无法联系上介绍人，被好心的青姐收留。青姐带小博回家后，便径直领着小博到卫生间，教会小博如何使用现代电热水器，让小博自行洗浴。摄影机以侧面机位的固定镜头，细致地记录下了"小博洗澡"这一毫无叙事功能的段落。在这里，洗澡作为一项日常生活中私密的、隐讳的行为，在影片中被毫无保留地呈示出来，成为一种公共性的、开放性的话语实践。摄影机始终是观众视点的替代者和共享者，在枯燥漫长的持久凝视中，这一本该被视为暴露的身体仪式便被赋予了祛魅的意涵。结合刘冰鉴植入电影文本中的"酷儿"立场，对小博洗澡的真实记录构成了同性恋文化的有机组成部分。由此而言，伴随着"进城叙事"的开始，刘冰鉴导演在消费社会的现代性语境中，借赤裸的"洗澡"仪式、晦涩的"厕所"文化等，实现了对"边缘立场"的文化祛魅，而祛魅，则正是消费语境所指向的旨归。

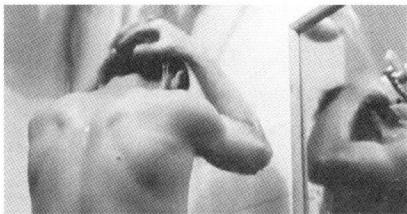

图 5-8　《男男女女》　　　　图 5-9　《扁担·姑娘》

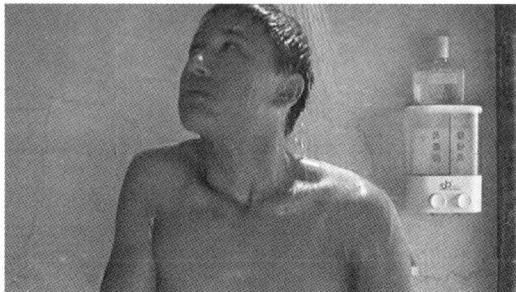

图 5-10　《十七岁的单车》

在某种程度上，张杨导演的《洗澡》构成了"进城叙事"的反向书写。影片正是围绕着"洗澡"的题材展开写作，讲述的是传统公共澡堂行将拆迁时的人情往事。年迈的刘师傅与二儿子二明苦心经营了一辈子澡堂，长子大明南下深圳打拼多年未归，某日误以为父亲病逝匆忙赶回，面对安然无恙但已至迟暮之年的父亲、智障的弟弟和破败的澡堂子，大明毫无久留之心，只想迅速返回城里。却未料父亲突然犯病，不得已只好放下行李照顾弟弟与澡堂。他见证了澡堂的拆毁，二明也向即将故去的前现代传统生活唱响了一曲挽歌。影片中，都市游子大明从现代都市返航，作为传统澡堂文化的"叛离者"，以一身西装革履的现代生活形象重回澡堂，因为不再习惯泡澡，主动选择了淋浴。但是，他很快地实现了向"回归者"的身份转换，并再也难以游返原子化社会的彼岸。大明很快地脱去了这身现代化的外衣，与父亲、二明泡入了同一个澡池里共享天伦。他在传统澡堂文化中完成了"回乡"的洗礼仪式，在充满温情记忆的京城旧事的浸润间得到了乡野秩序的重新接纳。显然，现代化进程加速的时代背景与中国传统文化习俗的前现代记忆在影片文本中打造出一组巨大的张力结构。传统社会向消费社会的转轨，不期然地指向了父亲的离逝与澡堂的拆迁，而作为中国传统生活空间的公共澡堂，亦沦为现代文明与城市化进程的祭品。但曾在这一仪式空间内聚合起的人情往事难以离散，必将成为都市文本之外一隅值得怀恋的精神乌托邦。

(二)色情消费与媚俗性身体

法国后现代哲学家鲍德里亚在其著作《消费社会》中，将身体从以生产为中心的传统社会拉进了以消费为中心的现代社会，于是，身体被消费主义的历史所重新雕刻。"在消费的全套装备中，有一种比其他所有的都更珍贵、美丽、光彩夺目的物品——它比负载了全部内涵的汽车还要多，这便是身体。"[①]如果说"身体"在尼采与德勒兹的笔下被赋予了强烈的欲望冲创性，在福柯的谱系学研究中成为规训技术的铭写对象，那么在鲍德里亚这里，身体则被明码标价地打上了消费的刻度，成为消费社

① ［法］让·鲍德里亚：《消费社会》，刘成富等译，南京，南京大学出版社，2008。

会中最具代表性的、最平面的、最肤浅的"物"。在消费主义甚嚣尘上的现代社会，极度丰盛的、前所未见的物质生活条件将消费意志推向了至高无上的位置。在这样一个语境中，"身体"内部曾经具有的抽象表意能力亦被全盘抽剥出去，取而代之地，它作为一种全新的"消费品"，获得了物质性的重新赋义："它（身体）在时尚广告、大众文化中频繁登场亮相。人们还给它冠以追求营养学、追求健康等头衔。那些在内心不停骚动的对年轻美丽、孔武有力或娇柔嗔媚的渴望，还有随之而来的身体保养、营养搭配、运动塑身等等都以不同方式肯定着：身体变成了救赎物品。"①

由此而言，在鲍德里亚的论阈中，身体不再在宗教的仪式中获得救赎，不再在社会生产的领域中重复劳动，更不再被尼采的权力意志或德勒兹的欲望机器所精确概括。身体成为一种被交换价值、商品逻辑所支配的符码，意即，身体的类"物"属性凸显出来，继而被拉进"投入—产出—盈利"的商品经济的循环模式之中。更进一步说，鲍德里亚认为，身体的商品化是通过色情来运作的，"色情化身体"承载着欲望符号流动的功能，在这里，身体成为一种可用以交换的色情形式或享乐资本。

在消费社会的话语场内，当代文化发生了急遽的视觉文化转向，在现代都市充斥着的视觉文化内容中，"色情化身体"成为毋庸置疑的主角。如果说，第六代以前的导演们在特定的时代语境中，主动或被动地选择了对"色情化身体"的遮蔽，那么第六代导演们则在消费主义与大众文化合谋的时代背景中，解放并破除了对身体的压制与禁忌，使身体成为视觉快感的消费符号，让身体真正地成为一种被凝视的、被消费的"物"。

章明导演的影片《巫山云雨》，讲述了单身母亲陈青独自带着儿子冬冬生活，后与三峡岸边航道信号工麦强卷入一起离奇的"强奸案"的故事。影片中有一场亮亮凝视母亲陈青洗澡的戏，在逆光的映照下，女性胴体的线条清晰地投射在墙面上，引诱着菲勒斯中心主义的凝视。一方面，年幼的亮亮的目光并不能构成一种窥淫式的观看效果；另一方面，这一次窥视却又可以被合理地编织在一种恋母情结的合理解释之中。亦有学

① ［法］让·鲍德里亚：《消费社会》，刘成富等译，南京，南京大学出版社，2008。

者认为，在这一幕中的冬冬是影片中男主角麦强的镜像，他代替麦强贪婪地观看着母亲裸露的肉体，而冬冬代偿性的目光也为影片后来发生的性关系作出了一定意义上的前提铺设。

何建军导演的影片《邮差》中，也有一场高度类同的"色情消费"。影片中的单身青年小豆是一名邮差，从小丧失双亲的他与姐姐一起住在一栋简陋的筒子楼里。小豆在一次下班回来时，正好碰上姐姐在卫生间内洗浴。透过半透明的窗户与半掩的门，画面中姐姐半裸露的身体得到了清晰的展示，而反打镜头里，弟弟小豆的眼睛掩映在黑影中，半晌才转向离去。影片中的小豆是一个典型的偷窥者，在工作上，他经常将信件偷偷带回家拆开阅读，并通过写匿名信干预别人的生活。在小豆凝神注视姐姐洗澡这一片段中，姐姐裸露的肉身将观众们带入消费主义的欲望制造机制，在视点的转换中完成了作为一种色情消费的"银幕窥视"，而小豆的窥淫癖身份也再次得到了强化。

王小帅在《十七岁的单车》里，也同样描摹了当代视觉文化向色情消费、身体消费的转轨。阿贵与小卖部的大哥总爱站在后院墙头前，向对面现代化的写字楼内窥探，注视着一位时髦的摩登女郎在落地窗前来回地踱步。在阿贵眼中，这样一位时髦的女性既是都市消费系统中令人艳羡的佼佼者，同时也是一个被都市消费的欲望镜像。在色情消费的视觉狂热中，阿贵在偷窥的不法行为中获得了对"都市女性"的假想性满足。

图 5-11 《巫山云雨》

图 5-12 《邮差》

图 5-13　《十七岁的单车》

　　在鲍德里亚看来，"当代物品中一个主要的范畴，便是媚俗……媚俗是一个文化范畴"[①]。因而，身体是消费社会中最具代表性的、最浅显的"物"，自然也携带了媚俗的文化因子。鲍德里亚对媚俗性身体的研究主要聚焦于身体美学标准的建立机制，并通过对这一标准的研究，重新审视消费社会中人们对媚俗性身体的极度崇拜。理所当然地，鲍德里亚将矛头指向了现代模特们完美典范的身体："模特提供了全部菲勒斯工具化的身体模式……女性以一种微妙的方式使一套充满着自恋的、极其严苛的条款武装着自身，以其身体靠近或直接成为诱惑的完美典范……模特成为了符号的尸体。"[②]

　　第六代导演在创作中诚实地描摹了当下消费主义的时代特征，他们毫不避讳地表现了消费社会中对趋近于完美典范的媚俗性身体的绝对崇拜。王小帅在影片《左右》中描写了一个现实而又荒诞的现代伦理困局，一对离异多年的夫妇为了拯救罹患白血病的女儿，决定各自背弃当下的伴侣，再生一个孩子。影片中，夫妇二人难以克服道德与情感的多重困境，为避免不伦的身体接触，最终决定采用人工授精的技术。丈夫肖路来到采集精室里，桌面上放着一本欧美的色情画报，封面上丰腴而陌异的媚俗性身体清晰可辨，却带来了一抹荒唐与谬妄的气息，身心俱疲的

---

　　① ［法］让·鲍德里亚：《符号政治经济学批判》，夏莹译，南京，南京大学出版社，2009。

　　② ［法］让·鲍德里亚：《象征交换与死亡》，车槿山译，上海，译林出版社，2006。

肖路无奈地将其弃置一旁。

《扁担·姑娘》中，进城打工的东子偷窥了同乡高平强奸越南姑娘阮红的场面，而后，他穿上了高平遗落在房间里的正装，并在镜子前将自己体面而时尚的形象打量了一番。紧接着，他自然而然地将欲望的目光投注在墙壁上一幅浓妆艳抹的女性模特的海报上。反打镜头中，东子的眼神近乎痴迷，印证了他在对这一妖娆女郎媚俗性身体的视觉狂想中，完成了一次私密而隐蔽的色情消费。

(三)过度裸裎与展演性身体

克里斯·希林在《身体与社会理论》中系统地探论了当代消费文化中的身体，他提出："身体在消费文化中越来越居于核心地位，助长了'展演性自我(perfoming-self)'，把身体看成是一台机器，对这台机器进行精确校准、悉心照看、全面重构和细致呈现。在消费文化中，身体不再是罪恶的容器(宗教意义上)，而是呈现为展示的对象，无论卧室内外，私密公开，皆是如此。"①克里斯·希林阐明了身体消费的另一个面向，如果说媚俗化身体谱写了一场消费文化的情色盛宴，那么展演性身体则祛除了女性的、色情的所指，而身体的功用性、符号性被揭示出来。

毋庸提论古希腊哲学传统、西方宗教传统中对肉身的禁闭与抑制，即便是在前现代的传统社会中，生理性的、肉身性的身体也始终被挡在话语设置的意义构架背后。人们并不愿意在公共话语场域中谈论身体被暴露、被消费的现象，而过度裸露的身体更是在耻感文化的格栅里陷入了漫漫长夜。进入现代消费社会，身体作为世俗景观的一种，重新闯进了人们的视野，世俗化的躯体得到了越来越多的展示机会，无论在私人空间还是公共领域，它甩开了道德的、伦理的评断标尺。作为一种展演的介质，身体抹去了覆肤的薄纱，享受着裸露的绝对自由。

第六代导演在世纪之交的身体写作中，也空前地放大了身体裸露的尺度。"在第六代导演眼中，身体的自然属性要大于其他属性，他们不再在身体上添加诸多的道德因子，也不再顾忌观众的观感，只是根据剧情

---

① ［英］克里斯·希林：《身体与社会理论》，李康译，北京，北京大学出版社，2010。

需要还原其日常形态。"①因而，除去色情消费的指涉意涵，身体展演性的指涉意涵也同样值得关注。贾樟柯在《小武》中，大胆地拍摄了一段小武正面全裸的镜头。影片中小武是山西汾阳一个屡教不改的"惯偷"，故事围绕着这样一位边缘而真实的角色展开，他偶然地结识了一位歌厅小姐梅梅，类似的边缘身份使得二人迅速地催生了暧昧的复杂情愫。结识梅梅后，小武怯于表达自己的情感，也无法适应 KTV 里的消费环境，只能在空荡的公共浴室里放声唱给自己一个人听。贾樟柯谈到，影片中之所以安排了这样一场戏，主要是出于一种剧作上的需要，他想要通过这样一个细节来表现出小武对现实的不适应，表现一种尴尬。梅梅从事着歌厅小姐这样一份职业，而小武作为赋闲的小县城扒手，对看起来摩登的、时髦的梅梅表现出了无法掩饰的羞怯。虽然小武也会到歌厅里"泡妞"，但他的内心却保守而传统。"这场戏我安排在全剧的黄金分割点上，正是想通过对人物内心那种非常真实的人性的一面的展示来比较自然地完成叙事上的过渡，从而进一步地把剧情推向高潮。这一点上，我基本上还是按照比较传统的古典规则来走的。"②由此而言，贾樟柯利用小武的裸身来展现人物身体与精神的高度自由的时刻，并以此表现了理想主义者与现代化进程的相互抵牾。

克里斯·希林在其《身体与社会理论》的新版补论《具身体现、认同与理论》一节中，尝试将身体转喻为一种"展演性面具"。这一意象的提出，强调了身体的修辞功能与符号指意功能，将身体进一步地物化并编码："这个概念认为，自我认同与社会行动都有赖于我们针对自己的肉身外观塑造出某种非自觉的心理图景，从而奠定了基础，让我们能够协调自己各种感官能力和行动能力。"③在呈现方式上，身体精心建构并管理着外观，根据社会情境需要，向他人投射一系列的认同。在这里，身体成为某种展演性面具，是践行能动作用不可或缺之要素。

---

① 李正光：《碎片化的影像：第六代导演的审美观》，桂林，广西师范大学出版社，2011。

② 贾樟柯：《贾想 1996—2008》，北京，北京大学出版社，2009。

③ ［英］克里斯·希林：《身体与社会理论》，李康译，北京，北京大学出版社，2010。

图 5-14 《小武》

图 5-15 《看上去很美》

影片《看上去很美》中，方枪枪便是通过身体能动的展演，得以逃出规训机制的框架，短暂地获得了片刻的独立与自由，凸显了主体的能动潜力。先后两次的梦境中，方枪枪裸身夜起，穿过甬道长廊，在漫天飞雪的院景中自顾自地撒起了尿。张元导演使用了正面机位完整地记录了这一幕，画面中的完全赤身裸体的方枪枪毫不畏寒，忘情地露出了笑容。在这里，方枪枪未成熟的性器官并非指向媚俗的色情消费，也并非指向菲勒斯中心主义的象征秩序，相反地，他是通过自己过度暴露的展演，影射了幼儿园内的集体秩序的沉重枷锁。在这一段落中，方枪枪悄然摆脱了权力运作机制的控制与操纵，他不再需要按照标准管理的规训吃喝拉撒，他重新发现了自己的身体并对其进行自恋式的投入，在生理态的完全裸露中获得一种逃逸的、解放的快适。

鲍德里亚在消费社会的身体理论中阐释了身体过度暴露的现象，同时，他也揭露了身体的功用性特征。基于其对身体是"物"的指认，他将身体拉进了"投入—产出—盈利"的资本主义经济的商品运行模式，拉进了现代消费社会的资本旋涡。在消费文化中，身体的一切内在价值都被改写为肤浅平面的交换价值，诚如鲍德里亚所洞察的那样，"身体的一切具体价值（能量的、动作的、性的）和实用价值，向惟一的功用性'交换价值'蜕变。它通过符号的抽象，将完整的身体观念、享乐观念和欲望，转换成功用主义的工业美学"①。身体因此而被赋义为具有交换价值的物品，它供人打理、交易、使用，不可避免地落入商品经济循环模式之中，

---

① ［法］让·鲍德里亚：《消费社会》，刘成富等译，南京，南京大学出版社，2008。

与现代工业中的其他"物"一样，身体成为功用性的存在。鲍德里亚指出，身体将必然成为最美丽的消费品。换言之，消费社会中的身体必然滑向商品化、功用化的渊薮，而大众文化也必然表现出对物化身体的极度迷恋与崇拜。

在第六代导演的电影文本中，消费社会语境下身体资本的功用性也同样显而易见。在他们的作品中，大量充斥着女性性工作者的形象，如《扁担·姑娘》中的阮红、《小武》中的梅梅、《安阳婴儿》中的艳丽，等等。女性性工作者作为城市生活中底层而边缘的灰色职业，身体是她们赖以消费的功用性资本，而"投入—产生"属性变得更加显而易见。她们将自己的女性身体视作性、色情、欲望的交易目标，由此，身体的功用性与媚俗性相结合，她们在消费身体的同时也被情欲所消费。

同理，《十七岁的单车》里的阿贵、《扁担·姑娘》里的东子、《男男女女》中的小博等农民工形象也是具有功用性特征的身体。在城市空间中，他们的身影常常是"不可见的"，构成了城市弱势群体中的重要组成部分。第六代导演下意识地让他们在消费社会的语境中突显出来，他们出售自己的肉身，出卖廉价的体力，以此直接参与到社会生产过程的公共消费链之中。他们在物质时代的都市底层漂流，接受现代都市文明的洗礼，利用他们被物化的、被消费的身体，谋求并捕捉着游丝般的生存转机。

陆川在影片《寻枪》中，也用另类的方式讨论了身体资本的功用性。西南边陲小镇的警察马山在参加妹妹婚宴时喝得酩酊大醉，而他的配枪也不翼而飞。"枪"象征着警察身份、社会秩序及父权制权威。在枪械丢失以后，随之而来的便是父权的消弭和性欲的丧失。影片的末尾，马山以自己血肉鲜活的身体诱惑凶手，以感性之身试枪，也将父权文化的结构重新召回。在这里，马山以自己的身体委身于一个类同于"价值交换"的消费主义逻辑，身体就此成为一种消费符号及交换符号，成为消费结构的一系列符号中的一个主代码。在鲍德里亚看来，这种身体是"消费伦理的指导性神话"[①]，消费经济时代的幽灵持久地作用于身体，推动着它朝着符号的更深处滑行。

---

①　[法]让·鲍德里亚：《消费社会》，刘成富等译，南京，南京大学出版社，2008。

第四节　告别：肉身的凋敝、解放与消隐

(一)身体的消隐与悬置

世纪之交的时代褶皱里，身体，作为第六代导演话语实践的一种有效参数，在多维的理论背景中，其内涵不断地发生着游移与变幻，成为一个漂浮的能指。首先，身体被绑缚在青春文化的书写之中，张扬的欲望身体在不断地觉醒、生成，并作为一个话语场域不断地敞开；其次，身体也同时遭受了权力系统的规训与惩罚，现代性权力机制的全新演绎将身体深度地嵌入无形的秩序框架中，身体因此饱经着身份丢失、失父，甚至是性别倒错等焦虑与危机；最后，消费主义的勃兴并未在真正意义上将身体欲望解脱出来，在色情、媚俗化的助推中，身体又失足滑向了商品化、功用化的陷阱。后现代的思想潮浪里，作为感性主体的身体逐步突显并浮出地表，同时也承受着主流话语、政治技术的限制及规约，大众文化与消费主义虽然将崇高的、模糊的、抽象的身体拉回到世俗的具身认知里，在一定意义上实现了祛魅，但却使身体在情欲的镜像中再次出现异化，难以实现绝对意义上的彻底解放。

在消费主义愈演愈烈的文化语境里，身体规训与身体狂欢缠丝般地交织在一起。如果说在福柯谱系学目光中的身体正遭受着社会权力关系的压制与斧斫，那么，在大众文化的泥淖中，身体被打上了另一类奴性的刻度，成为新一轮视觉的奴隶。而缠绕其中的，则是身体欲望一次又一次的解辖域化实践，青春身体的主体不断释放其勃发的生命本能，反复向规训、理性、消费社会等异质化客体展开了冲击性的斡旋与抵抗，迂回地安置着原生的感性欲望。在第六代导演的影像中，几组所指含混的身体意象暧昧地交织和博弈，它首先在德勒兹身体观与福柯身体观的双重悖论中翻滚，而后经由消费主义的雕琢，身体进一步溢出了人们的预设性想象，它在多重支配中不断置换着自己的面貌，各异的体征、状态共同构成了世纪之交身体表达的多义书写。由此而言，大量在第六代导演电影文本中复现的身体并没能真正意义上抵达身体的解放状态，不是不能抵达，而是抵达亦无效（抑或说迅速失效）。只要身体依然存在，

那么它将势必面临着规训权力或消费时代的铭写、遮蔽与支配，"（它们）使得身体不再是自由的心灵场所，而是社会通过权力、意识形态、文化等形式将各种惯例规范及其实践文本铭刻在其之上形成的非真实体。"①

就此而言，"如何实现身体的解放"或成就了第六代导演隐在的创作冲动。在部分导演的作品中，身体直接呈现为一种"不可见"的缺席状态，无形之中也向我们敞开了一个全新的研究视角。2000年，娄烨导演创作了影片《苏州河》，他采取了一种先锋的叙事策略实现了身体的悬置及隐藏。影片伊始，黑场，画外音进入叙事：

如果有一天我走了，你会像马达一样找我吗？

会啊。

会一直找吗？

会啊。

会一直找到死吗？

会啊。

你撒谎。

画面渐亮，镜头在上海的城市景观之间逡巡摆荡，主角迟迟未现身，却自顾自地絮叨着迷惘的、游离的主观情绪。及至影片片名打出后的第一个主观镜头中，"我"才模糊地道明了自己的身份——"摄影师"。摄影师爱上了在酒吧里扮演美人鱼的美美，但美美却始终怀疑他对爱情的忠贞。为了要弄明白美美的疑虑，摄影师重现了马达的爱情故事。曾经漂流在上海的青年马达因为一起绑架案，爱上了被绑架者牡丹，牡丹也爱慕着马达，但在知悉马达的谎言后纵身跳入了苏州河，从此销声匿迹。五年后马达出狱，碰见了美美，并将美美指认为牡丹。于是，叙事线索就此发生了重叠，甚至一度走向闭合，摄影师因心生嫉妒，开始干涉美美及马达二人间的相处，而马达也为自己谵妄的行为感到愧疚，并主动地离开了他们。后来的一天，他给摄影师寄了一封信件，告知摄影师他已经找到了真正的牡丹。数天后，马达与牡丹竟于一场黎明前的车祸中双双丧命。由此，美美遭受了莫名的精神重创，随即离开了摄影师。摄

---

① 王士霖：《中国大陆第六代电影影像中的身体规训研究》，辽宁大学硕士学位论文，2016。

影师孤身流连上海，茫然地等待下一次的爱情。

这一段苏州河畔纪事带着魅惑、虚浮、迷离的气氛，其中最引人注目的便是全知全能的叙事主体的高度隐蔽，且凭借此主体悠然展开了无法自洽的非闭合性叙述。摄影师"我"作为牵引剧情的叙事者，几乎完全匿藏于影像之外，仅以声音的方式出现。而"我"却又是故事的重要角色之一，携带着摄影机的叙事视角，轻易地打破了主观与客观之间的界限，偶尔穿越回从前的时空叙述着马达与牡丹的情事，偶尔滑入当下时态介入并记录着叙事的进程。"我"始终飘荡萦回在文本的字里行间，像是一个孤悬的、异质的幽灵，徘徊在影像与人物的内外边界上，以不可见的悬置状态，负载着叙事的能动性及叙述的无限可能性。

适逢世纪之交，《苏州河》代表的虚无意识孤僻而强烈，在废墟意象中分辨着关于爱情确实的凭据。在影片中，不仅摄影师"我"的身体是消隐的，马达的身体也是消隐的，而牡丹与美美的女性身体亦彼此建构着彼此，代表着"消隐的另一半"。这两组男女双身的身份在某种意义上互相构成了反身指涉：首先，"我"作为隐匿的、全能全知的叙述者理应一直悬浮在马达与牡丹的故事之外，但在马达的故事段落中，却出现了大量的主观镜头，甚至透过架在马达机车上的摄影机共享了大量的视点及镜头；其次，美美与牡丹之间的身份界限也是模糊的，马达在美美身上找到了逝去的牡丹，而美美也在与马达的相处中将自己认作牡丹，而美美与牡丹左腿上相同的纹身更增添了影片的鬼魅气氛。电影学者张真在《都市幻景、魅影姊妹和新兴艺术电影的特征》一文中指出，"这两对男女双身的身份，并非指涉真实的、具有特定社会身份的个人，而是所有正在变身为他人或是处于转变过程中的血肉之躯。每一个都是对另一个的拟仿，而非复制，而作为'无器官身体'，他们的身份由'一大捆虚拟的情感'构成，并且这身份也在自我与他者之间不断地切换和变动"①。

摄影师与马达、美美与牡丹的两组身份处于开放的流动状态之间，它们彼此向对方生成，彼此拟仿为对方，共同成就着对方的"无器官身体"。正是在这个意义上，他们摆脱了具体而确定的身体/身份的辖制，

---

① 张真：《都市幻景、魅影姊妹和新兴艺术电影的特征》，高洁译，载《杭州师范大学学报(社会科学版)》，2010(4)。

不再拥有清晰的、具身的、真实可感的体征状态，而成为漂浮的、悬置的身体，并进一步营构了完全意义上的主体身份的解脱与自由。王全安导演在影片《月蚀》中也同样写作了一个身体消隐与身份迷失的故事，且同样用"薇洛妮卡式"的魅影双身解构了人物关系，在此不再赘述。

　　某种程度上说，"消隐"的意涵与"寻找"的意涵是勾连且共生的，消隐之谜指陈了寻找之旅的同步开启。章明导演创作的《巫山云雨》与《结果》两部影片先后关涉了这一母题。在影片《巫山云雨》中，三峡岸边某个航道的信号工麦强常常在梦境中见到一个朝他微笑的女人，转瞬便消隐不见。而山峡边区另一处的某个旅馆里，服务员陈青独自带着孩子过着无盼头的日子。二人偶然相遇后，麦强发现陈青就是他的梦中人，并不由自主地与陈青发生了关系，未料此事却被想占有陈青的旅店老板作为强奸事件告至公安局。章明导演在叙述结构上做出了重大的创新，在人物关系初步建立完成后，剧情便急转入中心事件——麦强是否强奸了陈青——的叙述中，为影片平添了一丝暧昧虚幻的雾气。值得关注的是，事实的真相并没有得到直接的还原及呈现，情欲的身体与案件的实情始终处于悬置状态，与之相呼应的，是麦强与陈青的互相找寻与指认，以及二人在精神上的高度耦合。影片的英文标题是"In Expectation（在期待中）"，它以寻找之名承认了人的自然欲望的合理性，而二人的主体性都在呼唤中得以回归，身体也得到了解放式的延伸（男女之间的肉体交媾真实发生却隐匿不显）。影片的末尾，麦强与陈青走到了一起，迎接他们的，是全新的生活。

　　章明执导于 2006 年摄制的影片《结果》，审批前名为《怀孕》。故事以身体范畴的"怀孕"为源头，叙述了两男两女的故事。两位年轻漂亮的女孩子小单和虞染分别与李崇高发生了关系并怀上了他的孩子，小单的男友王勃不甘心受到自己女友的背叛，只身来到北海寻找李崇高未果，却与虞染赤身裸体地睡在了一起。影片的末尾，小单因内心的矛盾而做了人工流产，王勃消失在茫茫大海中，而虞染则决意将孩子诞下。怪诞的是，全片的中心人物李崇高始终没有露面，这位触发剧情的"花花公子"只在持续未断的寻觅造访中被反复地提及，而他的身体则是消失的、悬置的。但纵使如此，每一个人都因他而获得了不同的"结果"，也迂回地完成了自身主体性的回归。

(二)被动凋敝的碎片化图景

法国著名人类学家和社会学家大卫·勒布雷东在《人类身体和现代性》一书中表达了他对"解放身体"的省视与隐忧。在他的检视中,"解放身体"的说法完全忽略了身体是人的首要存在条件这一点。意即,若是承认肉身存活的讨论前提,便是承认了身体给予人在世间的厚度与感觉,勒布雷东进而说明,人无法真正地离开自己的身体,更无法实现一种想象性的、抽象的、隐蔽的解放与逃脱。他发现,身体不仅无法解放,而且现代西方社会依然建立在身体日渐被抹去的事实的基础之上。从某种程度上说,勒布雷东视域中的身体与福柯视域中的身体共享着一种被动态特征,在他们这里,身体令人感到绝望,它永远是静默而被动的,他们眼中的身体没有外溢、生成、主动之力,反而处在各种权力的摆布和操纵之中而听天由命,不断承受着被塑造、被生产、被改换、被操纵的宿命。因而,当勒布雷东将目光投向未来的地平线上,他无法看见身体的解放,在他看来,如果真正存在"解放了的身体",那它一定是年轻、俊美、健康、完整的,它只可能在一切生理上的困扰都消失殆尽之时才能够实现。然而,经受解剖者、生理残疾者、身患痼疾者、创伤携带者才是身体存在的常态。

勒布雷东在其著述中探讨了现代医学技术对身体的介入,"身体的秘密向来只属于人类社会象征体系的范畴,但它们在现实中却不断遭到新的医学技术的围剿"[①]。管虎导演的《头发乱了》中,女主角叶彤返乡的缘由是她考取了北京的医学院,她在学校里进修解剖学知识的段落屡次中断叙事,手术台上、柳叶刀下的解剖实践也被赤裸地呈现出来。值得关注的是,除了视觉上颇具冲击力的奇观化效果,以人体解剖为代表的现代医疗技术也高度影响着叶彤的情绪、精神与心智。她的感情在儿时玩伴卫东与新任恋人彭威之间游移不定,而卫东与彭威之间先在的冲突更是让她感到心力交瘁:"学校里也是那样,整天面对着一堆堆的肢体,我

---

① [法]大卫·勒布雷东:《人类身体史和现代性》,王圆圆译,上海,上海文艺出版社,2010。

没法像别人那样，只好空空的，什么也不去想。"叶彤的焦虑、纠结与茫然无措似乎在临床解剖学医师的职业背景中被无限放大，医学技术对人类身体的干预仿佛也成为覆盖在叶彤心智之上的巨大怪影。理性而冷静的现代医学实践意味着对情感结构的祛除和放逐，而这也潜移默化地影响着感性主体的个人情感生活。当情感作为理性主义的冗余物被习惯性地驱逐，叶彤只能置身于无处安置欲望的情感真空之中，直面疏离、迷惘与彷徨。

在《追溯现代身体观的源头：被解剖的人》一章中，勒布雷东曾如是阐释解剖与身体之间的关系："人的肉体与世界的肉体之间的关联被切断了，身体只对应其本身。人被从本体论上与自己的身体割裂开来，身体虽仍与人保持关联，却已踏上自己的征途。"[①]耐人寻味的是，在影片《头发乱了》中，不仅叶彤在他人身体上实践着切割，而且这一种"主体与身体之间的割裂"似乎也出现在她的生命当中，异变为一则宿命式的寓言。虽然叶彤实现了身体上的返乡，但她对故乡的臆想却被很快打破，进入了肉身与本体相互区隔的流离状态。最终叶彤只能怅然若失地离开，就此孤独地飘零，在另一重意义里踏上了"自己的征途"。

在身体技术日益勃兴的今天，身体被动承受着形塑与切割，不自觉地耽溺于医疗科学技术为之勾勒的碎片化图景之中。由此，传统意义上的身体不再系统、完整，反而处在被动凋敝的威胁之中。同理，身体原始的孕育生殖功能也同样遭受着现代医疗技术的阻断。《头发乱了》里，叶彤就曾在卫萍的请求下为其执行流产手术。关涉堕胎的情节在第六代导演的影像文本中高频率地复现重演。在影片《北京杂种》的开场里，张元导演设计了一场颇具有现实意味的争执——在大雨滂沱的夜幕中，情侣卡子与毛毛为是否堕胎而展开了激烈的争吵，男友卡子强烈要求毛毛将胎儿打掉，毛毛则表现出强烈的反对，最终二人在愤怒与失望的状态中分道扬镳。在贾樟柯导演的影片《站台》里，张军与钟萍也因为意外怀孕而陷入情感危机，张军要求钟萍做人工流产手术，而钟萍却因为害怕而拒绝进入手术室，最终在张军等众人的安抚中不得不接受了堕胎的选

---

① ［法］大卫·勒布雷东：《人类身体史和现代性》，王圆圆译，上海，上海文艺出版社，2010。

择。在影片《结果》中，小单怀上了李崇高的孩子，她无法面对自己的现任男友，于是决意接受药物流产。镜头短促地展示了从小单体内剥离而出的血块，血肉模糊的身体碎片见证了医学技术对人类身体的切割与绞轧。

与流产术相对应的，便是医学辅助生殖技术。王小帅导演的影片《左右》触及了人工流产与人工授精两类现代医学手段的伦理问题。为了治疗女儿的白血病，妻子枚竹找到前夫肖路并提出与其再生一子。但事情并不如想象的顺利，枚竹前后共经历了三次人工授精的失败，而从医学角度给出的解释则是，枚竹曾做过流产手术导致了习惯性流产。虽然导演意图勾勒的是一个左右为难的都市伦理困境，但同时也巧妙地探讨了现代医疗技术的伪命题：现代医术似乎不能够在真正意义上改善人们的身体，反而通过重建、干涉其原生的运转程序，令身体罹患创伤与痼疾。现代身体早已失去了原始的光晕，建立在残余人类学之上的医学使身体裂解，看似健康、崭新的肉身实则却是满目疮痍的碎片化图景。

身体凋敝的另一种可能是病理性的身体疾患。勒布雷东曾提及"身体的例行抹去"，他认为，健康生活在各器官的沉默之中，而"对身体的有意识是疾病的唯一处所，只有身体的不在场才意味着健康"①。而疾病则将身体重新突出，身体将不再消融于现实情境之中，转而暴露为一种可怕的重负。贾樟柯《任逍遥》里的郭斌斌是大同失业的少年，他与朋友小济在城市里四处游荡，与即将去北京念国际商务专业的女友一直保持着紧密的联系。母亲要求斌斌报名参军，却未料想一次普通的血检令让斌斌的人生规划彻底转轨。检验报告显示他的肝功能呈阳性，即感染了乙肝病毒。于是，斌斌收到了被拒绝入伍的通知，且因为此类疾病的强传染性，斌斌不得不与女友分手。身体疾患让斌斌的梦想破灭，他既无法到北京参军入伍，也无法与女友共续前缘，身体成为他的障碍物与负担，使斌斌自身的主体能动性变弱，遭遇偏废的危机。贾樟柯借影片中野模巧巧道出了片名所传递的意旨，"它意思就是说，你想干什么就干什么"，游走、外溢、追求自由的身体欲望凝缩成为成长经验想要表达的全部。

① ［法］大卫·勒布雷东：《人类身体史和现代性》，王圆圆译，上海，上海文艺出版社，2010。

在斌斌总爱看的动画片中，反抗体制的孙悟空意象反复出现，与被现实疾患禁锢的斌斌的身体形成了虚实呼应的对照组。由此，高涨的、冲创性的权力意志被残障的身体所阻绝，异质多元的欲望身体无从解放、无从逍遥，更难以抓住生存边缘那抹游丝般的逃逸线，迷茫仍诉诸迷茫。一如勒布雷东所诉，"这些身患疾病的人代表了被抑制本能的再度释放，是身体脆弱性的外在表现，令身体的抹去惯例陷入尴尬境地"①。疾患或创伤令身体笨拙而尴尬地暴露，继而成为框限主体的牢笼，欲望机器在日益破碎化的图景中渐次凋零。

（三）主动弃世的赛博化解放

"身体是诗句中的顿挫，是无上自我的精神藩篱。"②勒布雷东眼中的现代身体是主体的牢笼，是权力技术的首要加工和控制的对象，也是现代医学技术围剿的客体，他在《人类身体史和现代性》最后一节中写到——"甚至到了与身体告别的时代了"。他认为当代人视身体为累赘，身体在他们的眼中是一个不完善且笨重的结构，令他们芒刺在背。并且，许多人都妄图摆脱肉身、去除肉体、留下精神，最终达到光辉荣耀、纯净纯粹的人类境界。结合当代熵主义者们的赛博化实践，勒布雷东似乎找到了一种可能的身体解放方式，那便是，抹掉肉身的存在的前提，在赛博空间中重塑后人类的虚拟身体，成为赛博格。熵主义者们致力于将精神转移进网络之中以便最终实现对身体的逾越，将身体扔在一边，以虚拟、永恒的方式生存。身体的瓦解将不会改变人们的身份，相反，熵主义者们通过瓦解生理身体，从权力、疾病、事故、死亡等陷阱与窠臼之中解放出来。由此而言，肉身将不再是人们的处所，熵主义者们脱开了生理身体的捆绑，他们的灵魂悬挂在非物质世界中，他们罢黜死亡，他们自我编程，他们自由定义，他们达到了完美的极致，成为一群无极限的人。

勒布雷东以空前的热情投身至对这一宏伟蓝图的描述之中，人类仿

①　［法］大卫·勒布雷东：《人类身体史和现代性》，王圆圆译，上海，上海文艺出版社，2010。

②　同上。

佛终将在美妙世界的图景中获得赛博式的解放。但笔者认为，将这种"向未来解放"视为一种"向古典的洄游"亦不为过。勒布雷东的叙述其实依然继续着西方学界中典型的二元论模型，仅是借助现代知识技术，将其优化为一种看似陌异、实则类同的"当代二元论"。若是回溯，这一理念（解放身体）的创生或可视为对古希腊哲学的重启与复归。柏拉图曾在《斐多篇》中提出"身心二元论"，他贬低身体的欲望而抬高灵魂的价值，在他的论述中，身体和灵魂的对立是一个基本的构架：身体是短暂的，灵魂是不朽的；身体是贪欲的，灵魂是纯洁的；身体是低级的，灵魂是高级的；身体是错误的，灵魂是真实的；身体导致恶，灵魂通达善；身体是可见的，灵魂是不可见的。① 以柏拉图的古典身体观对赛博化解放的现代理念加以观照，不难发现，源自柏拉图主义中"身体死亡与灵魂永生"的追求正以全新的样态还魂复生。柏拉图在哲学意义上否定了身体的地位，将身体视为灵魂的首要敌人，认为灵魂只有通过死亡脱离了肉体，才能求得真实的永恒。而熵主义者也如法炮制，即通过否定身体、抹除身体、瓦解身体，实现灵魂的永生。由此，曾经被现代性所抹去的逻各斯再次树立在时代舞台的中央，曾经备受贬斥的身体欲望在经历了须臾的自由以后，再次走向了古典意义上的宿命式终结。

赛博化的身体解放，既像是当代人类遥想未来的想象性救赎，又像是古希腊时代幽灵穿越了千年的历史迷雾，在现代科学技术的幻视中，实现了一次借尸还魂。熵主义者们应用现代的技术实现了后人类想象，其实质却是倒退回古希腊哲学的教诲之中，倒退回柏拉图主义的思考之中。他们的未来主义身体观，与曾被后现代理论家们矢口否认的古希腊身体观有着相似的印痕，这一事实隐约透露着悖乱谬妄的意涵。在这一重意义上，勒布雷东眼中的身体欲望的勃发、感性主体的崛起仿佛只是骤然闪现的火花，只是在短暂跃升的间歇变换了身姿，它注定要再次沉没入漫漫的黑夜之中。

在第六代导演的电影创作中，当然也藏匿着以瓦解身体为基础的解

---

① 参见汪民安、陈永国：《后身体：文化、权力和生命政治学》，长春，吉林人民出版社，2011。

放意识，主动弃世的自戕叙事在王小帅的《极度寒冷》中抵达了极致。青年前卫艺术家齐雷以自杀完成了他行为艺术的最后一件作品，他的死亡行为包括了四个部分：立秋模拟土葬（身体的承受力达到极限），冬至模拟水葬，立春模拟火葬，夏至模拟冰葬（身体超出极限而永不复生），最终指向真实的死亡。齐雷"用有限的生命，去体验死亡的境界"，他在四季的轮回中模仿死亡仪式，是为了证明身体的永恒在场。影片伊始，齐雷的女友便发出了诘问"用死亡作为代价在一件艺术作品中是否显得太大了？"，"一个青年自己要了自己的命这也是常识？齐雷真是太傻了，居然用自己的生命来证实周围所有这些人都是凶手和骗子"。齐雷对于生命极限的体验，是为了实现对身体的主动选择，而不是被动选择。他在对死亡的演绎中实现了身体的解放，他让自己的生命成为艺术的媒介，努力求索着鲜为人知的终极，沉溺于另一种永生。在影片中，齐雷独自触摸着自己体内神秘而虚幻的自戕意识，他说，"我现在越来越能感觉到那种力量，和那种绝对的安全感，我一想起这个每天就特别兴奋"。当艺术知觉与濒死体验发生高度共振，赴死便是唯一归宿。在影片的结尾，他在立秋实现了真正意义上的死亡，他在乡间的树下割腕自杀，没有观众也没有摄像机。但对于大多数的人来说，他依然死于六月二十日，死于冰葬。王小帅应用叠化的"银幕魔术"，让齐雷的躯体淡化消逝，就像凭空蒸发般逃逸出了实在界的大荒漠，他终于自由了。

在海德格尔"死亡哲学"的理论系谱中，死亡印证着生命的初诞。纵使死亡象征着有限生命的终结，但它同时也征示着某种创造力、积极性的同步发生。基于存在论的本体意义，海德格尔提出了直面死亡，当个体勇敢地直面死亡，生存的意义便得以展现出来。由此，第六代导演似乎也在自觉或不自觉的写作意识中，将生存的哲思投向了死亡这一永恒而终极的母题中，"致力于死亡意象的虚构、营造与假定，由此打通死亡叙事与哲学、美学的通道，在哲学、美学层面拓展死亡的表现空间"①。

---

① 李正光：《碎片化的影像：第六代导演的审美观》，桂林，广西师范大学出版社，2011。

一方面，现代青春身体在多重张力中震荡、生长，试图跨越成人以前的裂谷，找到一个安稳的落点，将生命的势能继续绵延；另一方面，青春也在通往死亡的时间隧道中凋零、破碎，而个人成长伴随着死亡同时完成，青春身体在死亡意象的缠绕中证明了自我的存在。死亡并非是虚无晦暗的幽谷，而是为了成就更为隽永的自由。

参考文献

著作类

1. 陈鸿秀. 新时期以来喜剧电影发展研究[M]. 上海：上海三联书店，2016

2. 陈晓云. 电影城市：中国电影与城市文化（1990—2007）[M]. 北京：中国电影出版社，2008

3. 崔卫平. 我们时代的叙事[M]. 广州：花城出版社，2008

4. 董晓. 契诃夫戏剧的喜剧本质论[M]. 北京：北京大学出版社，2016

5. 韩桂玲. 吉尔·德勒兹身体创造学研究[M]. 南京：南京师范大学出版社，2011

6. 郝建. 影视类型学[M]. 北京：北京大学出版社，2002

7. 贺红英. 文学语境中的苏联电影[M]. 北京：中国电影出版社，2008

8. 胡晶晶. 价值自觉与文化领导：文化产业发展中主流意识形态的责任及其实现研究[M]. 合肥：合肥工业大学出版社，2014

9. 吉尔·德勒兹. 尼采与哲学[M]. 周颖，刘玉宇，译. 北京：社会科学家文献出版社，2001

10. 贾樟柯. 贾想1996—2008[M]. 北京：北京大学出版社，2009

11. 江晓原. 科幻电影指南[M]. 上海：上海交通大学出版社，2015

12. 姜宇辉. 德勒兹身体美学研究[M]. 上海：华东师范大学出版社，2007

13. 雷颐. 面对现代性挑战：清王朝的应对[M]. 北京：社会科学文献出版社，2012

14. 黎翔凤，撰. 管子校注[M]. 梁云华，整理. 北京：中华书局，2004

15. 李道新. 中国电影批评史1897—2000[M]. 北京：北京大学出版社，2002

16. 李简瑗. 后现代电影：后现代消费社会的文化奇观[M]. 成都：四川人民出版社，2009

17. 李显杰. 电影叙事学：理论和实例[M]. 北京：中国电影出版社，2000

18. 李泽厚. 中国古代思想史论[M]. 北京：生活·读书·新知三联书店，2008

19. 李正光. 碎片化的影像：第六代导演的审美观[M]. 桂林：广西师范大学出版社，2011

20. 廖海波．影视民俗学[M]．北京：北京大学出版社，2007

21. 刘北成．福柯思想肖像[M]．上海：上海人民出版社，2001

22. 刘小枫．沉重的肉身：现代性伦理的叙事纬语[M]．北京：华夏出版社，2004

23. 刘小枫．现代性社会理论绪论[M]．上海：上海三联书店，1998

24. 马小朝．来自历史与人伦罅隙中的笑声：比较研究中西喜剧意识的审美意蕴[M]．北京：中国社会科学出版社，2016

25. 聂伟．第六代导演研究[M]．上海：复旦大学出版社，2014

26. 潘若简．通向狂欢之路：2000年后的中国喜剧电影[M]．北京：东方出版社，2015

27. 潘若简．意大利式喜剧[M]．北京：清华大学出版社，2010

28. 彭涛．坚守与兼容：主旋律电影研究[M]．武汉：华中师范大学出版社，2013

29. 彭懿．西方现代幻想文学论[M]．上海：上海少儿出版社，1997

30. 秦晓．当代中国问题：现代化还是现代性[M]．北京：社会科学文献出版社，2009

31. 饶曙光．中国喜剧电影史[M]．北京：中国电影出版社，2005

32. 饶朔光，裴亚莉．新时期电影文化思潮[M]．北京：中国广播电视出版社，1997

33. 山海经[M]．方韬，译注．北京：中华书局，2009

34. 上海古籍出版社，编．汉魏六朝笔记小说大观[M]．王根林，等校点．上海：上海古籍出版社，1999

35. 宋彦．新时期中国电影的现代性、后现代性研究[M]．济南：山东人民出版社，2010

36. 汪民安，陈永国，编．后身体：文化、权力和生命政治学[M]．长春：吉林人民出版社，2011

37. 汪民安．尼采与身体[M]．北京：北京大学出版社，2008

38. 汪民安．身体的文化政治学[M]．开封：河南大学出版社，2004

39. 王明．抱朴子•内篇校释[M]．北京：中华书局，1986

40. 吴琼．视觉文化的奇观：视觉文化总论[M]．北京：中国人民大学出版社，2005

41. 徐明明，等．解码喜剧电影大师：一种把玩模仿生活游戏的神奇光影[M]．北京：中国画报出版社，2010

42. 闫玉清．影像的品格：主旋律影视剧精神解码[M]．北京：东方出版社，2014

43. 叶朗．中国美学史大纲[M]．上海：上海人民出版社，1985

44. 于成鲲．中西喜剧研究[M]．上海：学林出版社，1992

45. 虞吉．中国电影史[M]．重庆：重庆大学出版社，2011

46. 袁珂，编著．中国神话传说词典[M]．北京：北京联合出版公司，2013

47. 张冲．1977年以来中国喜剧电影研究[M]．北京：中国电影出版社，2006

48. 张英进．多元中国：电影与文化论集[M]．南京：南京大学出版社，2012

49. 郑军，编著．光影两万里：世界科幻影视简史[M]．天津：百花文艺出版社，2012

50. (汉)班固，撰．(唐)颜师古注．汉书[M]．北京：中华书局，1962

51. (唐)魏徵．隋书[M]．北京：中华书局，1973

52. [法]查尔斯·泰勒．自我的根源：现代认的形成[M]．韩震，等译．南京：译林出版社，2001

53. [法]大卫·勒布雷东．人类身体史和现代性[M]．王圆圆，译．上海：上海文艺出版社，2010

54. [法]米歇尔·福柯．疯癫与文明[M]．刘北成，等译．北京：生活·读书·新知三联书店，2007

55. [法]米歇尔·福柯．规训与惩罚：监狱的诞生[M]．刘北成，杨远婴，译．北京：生活·读书·新知三联书店，1999

56. [法]米歇尔·福柯．性经验史[M]．佘碧平，译．上海：上海人民出版社，2011

57. [法]让·鲍德里亚．符号政治经济学批判[M]．夏莹，译．南京：南京大学出版社，2009

58. [法]让·鲍德里亚．象征交换与死亡[M]．车槿山，译．上海：译林出版社，2006

59. [法]让-弗朗索瓦·利奥塔尔．后现代状态：关于知识的报告[M]．车槿山，译．北京：生活·读书·新知三联书店，1997

60. [加拿大]达科·苏恩文．科幻小说变形记：科幻小说的诗学和文学类型史[M]．丁素萍，李靖民，李静滢，译．合肥：安徽文艺出版社，2011

61. [捷克]米兰·昆德拉．小说的艺术[M]．董强，译．上海：上海译文出版社，2004

62. [美]大卫·波德维尔．电影诗学[M]．张锦，译．桂林：广西师范大学出版社，2010

63. [美]迈克尔·怀特．魔戒的锻造者：托尔金传[M]．吴可，译．上海：上海译文出版社，2004

64. [美]让·鲍德里亚．消费社会[M]．南京：南京大学出版社，2001

65. [美]孙隆基．中国文化的深层结构[M]．桂林：广西师范大学出版社，2004

66. [美]托马斯·沙兹．好莱坞类型电影：公式、电影制作与片场制度[M]．李亚

梅，译，台北：远流出版事业公司，1999

67.［美］约翰·菲斯克．解读大众文化［M］.江苏：南京大学出版社，2006

68.［美］埃里克·拉克斯．伍迪·艾伦谈话录［M］.付裕，纪宇，译．开封：河南大学出版社，2016

69.［美］克里斯蒂安·黑尔曼．世界科幻电影史［M］.陈钰鹏，译．北京：中国电影出版社，1988

70.［美］托马斯·沙兹．旧好莱坞·新好莱坞：仪式、艺术与工业（修订版）［M］.周传基，周欢，译．北京：北京大学出版社，2013

71.［美］夏娜·哈尔彭，德尔·克洛斯，金·霍华德·约翰逊．喜剧的真相：即兴表演手册［M］.李新，等译．北京：世界图书出版公司，2016

72.［美］朱迪斯·巴特勒．性别麻烦：女性主义与性别身份的颠覆［M］.宋素风，译．上海：上海三联书店，2009

73.［苏联］米哈伊尔·巴赫金．巴赫金全集（第6卷）［M］.钱中文，译．石家庄：河北教育出版社，2009

74.［匈］阿格尼丝·赫勒，现代性理论［M］.李瑞华，译．北京：商务印书馆，2005

75.［匈］伊芙特·皮洛．世俗神话——电影的野性［M］.崔君衍，译，北京：中国电影出版社，2003

76.［意］翁贝托·艾柯，编著．丑的历史［M］.彭淮栋，译．北京：中央编译出版社，2012

77.［英］齐格蒙特·鲍曼．现代性与矛盾性［M］.邵迎生，译．北京：商务印书馆，2003

78.［英］布赖恩·奥尔迪斯，戴维·温格罗夫．亿万年大狂欢：西方科幻小说史［M］.舒伟，孙法理，孙丹丁，译．合肥：安徽文艺出版社，2011

79.［英］布兰斯顿．电影与文化的现代性［M］.北京：北京大学出版社，2012

80.［英］杰拉德·德兰蒂．现代性与后现代性：知识，权力与自我［M］.李瑞华，译．北京：商务印书馆，2012

81.［英］克里斯·希林．身体与社会理论［M］.李康，译．北京：北京大学出版社，2010

82.［英］迈克·费瑟斯通．消费文化与后现代主义［M］.南京：译林出版社，2001

83.［英］卓别林．卓别林自传：戏剧人生［M］.王敏，译．合肥：安徽人民出版社，2012

84. Gilles Deleuze and Felix Guattari：A Thousand Plateaus：Capitalism and Schizophrenia［M］.Minneapolis and London：The University of Minnesota Press,

1987

85. Gilles Deleuze：Nietzsche and Philosophy［M］. London：The Athlone Press，1983

86. Gilles Deleuze：The Logic of Sense［M］. New York：Columbia university Press，1900

87. Joan Tumblety. Remaking the Male Body［M］. Oxford：Oxford University Press，2012

88. Margo DeMello. Body Studies：An Introduction［M］. London Routledge，2014

89. Robert R. Desjarlais. Body and Emotion［M］. Philadephia：University of Pennsylvania Press，1992

90. Susan Brownell. Training the Body for China：Sports in the Moral Order of the People's Republic［M］. Chicago：the University Of Chicago Press，1995

期刊类

1. 曹飞越. 拯救干涸的蓝海——中国科幻电影的困境与出路[J]. 中国电影市场，2012(4)

2. 陈立胜. 身体作为一种思维的范式[J]. 东方论坛. 青岛大学学报，2002(2)

3. 陈旭光，陈阳，李宁，高原.《星际穿越》与科幻电影：类型、叙事与文化精神[J]. 创作与评论，2015(16)

4. 陈旭光，吴言动. 关于中国电影想象力缺失问题的思考[J]. 当代电影，2012(11)

5. 陈亦水. 尾巴的耻辱：中国电影科幻空间的科玄思维模式与身份困境[J]. 北京电影学院学报，2015(6)

6. 池笑琳. 宏大叙事在当下文学艺术中的价值和意义[J]. 文艺理论与批评，2009(6)

7. 龚金平. 喜剧思维的偏离与喜剧精神的匮乏——关于国产喜剧电影的再思考[J]，电影新作，2013(2)

8. 韩琛. 青春如蜕：第六代的成长电影[J]. 衡水学院学报，2008(2)

9. 胡继华. 赛博公民：后现代性的身体隐喻及其意义[J]. 文艺研究，2009(7)

10. 胡静. 浅谈中国科幻电影缺失的原因[J]. 文学界(理论版)，2011(6)

11. 胡鹏林. 柏拉图的身体—灵魂观考辨[J]. 湖北师范学院学报(哲学社会科学版)，2010(2)

12. 黄会林，刘藩. 传统民族精神与主旋律电影[J]. 电影艺术，2007(6)

13. 黄雯，蔡立英. 高概念科幻片对中国科幻电影的启示——以《地心引力》为例[J]. 当代电影，2014(9)

14. 贾磊磊."红色恋情"——中国电影的经典叙事方式(一)[J].电影创作,2002(1)

15. 贾磊磊.中国电影的精神地图——论主流电影与文化核心价值观的传播路径[J].当代电影,2007(3)

16. 贾磊磊.中国主流电影中的国家形象及其表述策略[J].解放军艺术学院学报,2007(1)

17. 贾磊磊.重构中国主流电影的经典模式与价值体系[J].当代电影,2008(1)

18. 李宝红.梁启超英雄观辨[J].湖北大学学报(哲学社会科学版),1997(2)

19. 李刚.谱系化与升级重构:好莱坞超级英雄电影的概念设计与奇观复现[J].当代电影,2015(9)

20. 李军红.关于主旋律电影遇冷原因及突围策略的思考[J].齐鲁艺苑,2006(5)

21. 李丽华,李俏梅."灵魂的改造"与"身体的改造"——从《青春之歌》看身体的现代性进程[J].广州大学学报(社会科学版),2013(7)

22. 李其维,金瑜.斯腾伯格(R. J. Sternberg)三重智力理论述评[J].心理科学,1994(5)

23. 李亚.中国电影缺类研究之科幻片[J].文教资料,2009(18)

24. 林超.异托邦与现实世界的交互:"元年"前的中国科幻电影[J].北京电影学院学报,2015(6)

25. 刘智.好莱坞科幻电影中的基督原型[J].当代电影,2007(1)

26. 卢嘉毅.浅析冷战时代科幻电影的文化意涵[J].今传媒,2011(4)

27. 路春艳,王占利.主旋律电影的商业化与商业电影的主旋律化[J].当代电影,2013(8)

28. 麦永雄.德勒兹:生成论的魅力[J].文艺研究,2004(3)

29. 梅兰.狂欢化世界观、体裁、时空体和语言[J].外国文学研究,2002(4)

30. 孟庆涛.身体在后现代的遭遇——以福柯的刑罚哲学为例[J].学术交流,2010(3)

31. 聂晟涛,宋永琴.国产科幻电影的困境之辩[J].电影评介,2013(23)

32. 盘剑.国产科幻片阙如与中国电影发展之"坎"[J].电影新作,2013(6)

33. 彭沂.美国严肃科幻电影中的"人""异"较量[J].电影文学,2013(4)

34. 宋法刚.论中国科幻电影的缺失[J].电影文学,2007(19)

35. 苏洪义.迟到的艺术之春——影片《吉鸿昌》从剧本到银幕的17载风雨内幕[J].军营文化天地,2008(5)

36. 孙桂荣.敛抑与狂欢的背后:身体话语与消费文化研究[J].宁夏大学学报(人文社会科学版),2004(5)

37. 田卉群.《智取威虎山》：从红色经典到类型大片的二元进化论[J]. 电影艺术，2015(2)

38. 田卉群. 分裂的主体与停转的宇宙——试析英模传记片人物塑造模式存在的问题[J]. 电影艺术，2009(6)

39. 田卉群. 行走在空中的影像——试析英模传记片"苦情"式[J]. 中国图书评论，2009(9)

40. 王小平. 规训与监控：现代性牢笼中的身体——电影《看上去很美》的危机焦虑[J]. 鲁东大学学报(哲学社会科学版)，2007(1)

41. 王晓丽. 妥协·谵妄·软骨·媚俗：当下中国青春片的四副面孔[J]. 当代文坛，2016(4)

42. 王瑶. 全球化时代的民族寓言——当代中国科幻中的文化政治[J]. 中国比较文学，2015(3)

43. 王一鸣，黄雯，曾国屏. 中美科幻电影数量比较及对我国科幻电影发展的几点思考[J]. 科普研究，2011(1)

44. 王玉良. 华语科幻电影中的"伦理性"想象[J]. 电影新作，2016(1)

45. 吴加才. 身体消费的现代性悖论[J]. 前沿，2011(6)

46. 夏忠宪. 拉伯雷与民间笑文化、狂欢化——巴赫金论拉伯雷[J]. 外国文学评论，1995(1)

47. 修倜. 喜剧美学：从表象自由到人性自由——由康德到席勒的理论推进[J]. 华中师范大学学报(人文社会科学版)，2010，49(6)

48. 修倜. 喜剧性矛盾与六大喜剧理论模式——喜剧性研究的理论基点[J]. 华中师范大学学报(人文社会科学版)，2004

49. 徐向阳. 规训与反叛：影像奇观下的身体现代性[J]. 电影文学，2009(11)

50. 徐源. 假面浪子——意大利喜剧电影中的即兴喜剧传承[J]. 当代电影，2008(8)

51. 严鸿. 论谢晋的"政治/伦理情节剧"模式——兼论谢晋九十年代以来的电影[J]. 电影艺术，1999(1)

52. 杨大春. 从法国哲学看身体在现代性进程中的命运[J]. 浙江学刊，2004(5)

53. 尹鸿，陈航. 进入90年代的中国电影[J]. 当代电影，1993(1)

54. 尹鸿，何建平. 时世造就品格[J]. 当代电影，2002(5)

55. 尹鸿. 灾难与救助：主流电影文化的典型样本[J]. 当代电影，1999(6)

56. 虞吉. "国营电影厂新片展览月"：新中国电影文化模式与叙事范式的创生[J]. 文艺研究，2014(3)

57. 张聪. "物化"视域下的致命诱惑：鲍德里亚语境中的"时尚"与"身体"[J]. 探求，

2009(2)

58. 张翔宇，吴航行 . 中国科幻电影的现状及其思考[J]. 电影评介，2011(13)

59. 张瑶 . 产业错位与市场争夺——中美科幻电影比较研究[J]. 当代电影，2013(8)

60. 张颐武 . 身体的想象：告别"现代性"[J]. 美苑，2004(5)

61. 张真，高洁 . 都市幻景、魅影姊妹和新兴艺术电影的特征[J]. 杭州师范大学学报(社会科学版)，2010(4)

62. 赵方杜 . 规训权力演绎中的身体境遇——论福柯的现代性诊断[J]. 理论月刊，2012(10)

63. 赵俊芳，谭善明 . 论柏拉图对话录中的"身体"[J]. 齐齐哈尔大学学报(哲学社会科学版)，2014(5)

64. 钟芝红 . 被放逐的身体：作为始源的柏拉图"灵魂论"[J]. 宜宾学院学报，2015(11)

65. 周蓉 . 新时期中国科幻电影审美特征研究[J]. 电影文学，2016(1)

66. 周忠元，赵光怀 . "中国梦"的话语体系构建和全民传播——兼论宏大叙事与平民叙事的契合与背反[J]. 江西社会科学，2014(3)

67. 朱立元，胡新宇 . 卡夫卡与文学机器——浅析德勒兹与瓜塔里的文学理论[J]. 中外文化与文论，2009(2)

68. [法]路易·阿尔都塞 . 意识形态和意识形态国家机器(续)[J]. 李迅，译 . 当代电影，1987(4)

论文类

1. 高海波 . 拉斯韦尔战时传播理论研究[D]. 华中科技大学博士学位论文，2010

2. 何天洋 . 后现代语境下主旋律电影意识形态叙事策略的变化及成因分析[D]. 贵州大学硕士学位论文，2007

3. 贺彩虹 . 笑的解码——从喜剧性营构看 1990 年以来中国喜剧电影的得与失[D]. 山东师范大学博士学位论文，2011

4. 康瑛 . 西方现代语境下的身体性理论阐释[D]. 陕西师范大学硕士学位论文，2003

5. 李宗彦 . 论产业化进程中的主旋律电影(2002—2007)[D]. 山东师范大学硕士学位论文，2008

6. 梁文婷 . 中国大陆青春电影研究[D]. 湖南师范大学硕士学位论文，2015

7. 刘嘉 . 鲍德里亚：消费社会语境中的身体理论[D]. 华中师范大学硕士学位论文，2013

8. 庞立燕 . 新世纪以来中国大陆喜剧电影研究[D]. 南京师范大学硕士学位论文，2011

9. 王立峰 . 论巴赫金的狂欢化理论——诙谐文化的审美意义[D]. 河北大学硕士学位论文，2004

10. 王士霖 . 中国大陆第六代电影影像中的身体规训研究[D]. 辽宁大学硕士学位论文，2016

11. 王文君 . 新世纪以来英模电影中的模范形象研究[D]. 云南师范大学硕士学位论文，2016

12. 张瑜 . 新世纪以来中国小成本喜剧电影研究[D]. 山东师范大学硕士学位论文，2014

13. 周旭 . 冯小刚喜剧电影幽默台词建构的语用策略研究[D]. 温州大学硕士学位论文，2010

14. 朱洁茹 . 简论中国喜剧电影百年审美风格演变与新世纪的发展特质[D]. 山东大学硕士学位论文，2010

15. 邹晓燕 . 笑泪之间的厚度[D]. 南京艺术学院硕士学位论文，2013

图书在版编目（CIP）数据

电影创意思维研究／田卉群编著. —北京：北京师范大学出版社，
2019.11

京师影视学术书系

ISBN 978-7-303-25144-5

Ⅰ. ①电… Ⅱ. ①田… Ⅲ. ①电影剧本－创作方法－研究
Ⅳ. ①I053.5

中国版本图书馆 CIP 数据核字（2019）第 206900 号

————————————————————————

营 销 中 心 电 话 010-57654738 57654736
北师大出版社高等教育与学术著作分社 http://xueda.bnup.com

DIANYING CHUANGYI SIWEI YANJIU

出版发行：出版发行：北京师范大学出版社 www.bnup.com
　　　　　　北京市西城区新街口外大街 12—3 号
　　　　　　邮政编码：100088
印　　刷：天津旭非印刷有限公司
经　　销：全国新华书店
开　　本：730 mm×980 mm 1/16
印　　张：14.5
字　　数：232 千字
版　　次：2019 年 11 月第 1 版
印　　次：2019 年 11 月第 1 次印刷
定　　价：68.00 元

策划编辑：周 粟　　　　　　责任编辑：陈佳宵
美术编辑：王齐云　　　　　　装帧设计：王齐云
责任校对：段立超 王志远　　责任印制：马 洁